Michael Böpel

Vereinsliebe

AF272815

Michael Böpel war seit der Kindheit in einem Sportverein. Dank großartiger Mitspieler gelang in jungen Jahren der Aufstieg in die 2. Volleyball-Bundesliga, ehe sich die Prioritäten bei ihm verschoben. Erst knapp zehn Jahre später erkannte er den Verlust und den unvergleichlichen Wert des Mannschaftssports.

Michael Böpel lebt zusammen mit seiner Frau in Hamburg und betreibt das Schreiben als Hobby neben seinem Beruf in der Medienbranche. *Vereinsliebe* (2022) ist nach *Kopflose Meute* (2020) der zweite Roman von ihm.

Michael Böpel

Vereinsliebe

Roman

Bibliografische Information der Deutschen
Nationalbibliothek:
Die Deutsche Nationalbibliothek verzeichnet diese
Publikation in der Deutschen Nationalbibliografie;
detaillierte bibliografische Daten sind im Internet über
http://dnb.dnb.de abrufbar.

© 2022 Michael Böpel

Umschlagsgestaltung: Sevda Katschmarz

Herstellung und Verlag: BoD – Books on Demand,
Norderstedt

ISBN: 978-3-7568-0963-9

Für die unermüdlichen Mitarbeiter in den Sportvereinen!

1

Abschied der Jugend

Der Stürmer mit der großen Nummer Neun auf dem Rücken nahm den Ball gekonnt aus der Luft an und ließ die Verteidiger mit einer einzigen Körpertäuschung stehen. Er raste, den Ball eng am Fuß führend, in den Strafraum. Dort ließ er mit einer weiteren gekonnten Drehung den verzweifelt hinterherhechelnden Verteidiger ins Leere rutschen und schoss mit Links unbedrängt halbhoch ins lange Eck.

Gebannt, mit dem Torschrei auf seinen Lippen, sah er der bunten Adidas-Plastikkugel hinterher – und registrierte überrascht, wie ein hellgrün kostümierter Puma seine rechte Pranke im Sprung ausfuhr und den Schuss seitlich am Pfosten vorbei lenkte.

Enttäuscht sank die Nummer Neun auf die Knie und schlug die Hände vor das Gesicht.

„Bravo, Finn!", klatschte ein Mann am Seitenrand. Der leichte Bauchansatz zeichnete sich unter dem Trainingsanzug ab.

Es war der Jugendtrainer des 1. FC Meiendorf, eines kleinen Fußballvereins im Nordosten Hamburgs, der ein Schattendasein neben den großen Vereinen der Hansestadt führte.

Finn war der grüne Puma. Er stand heute zum letzten Mal im Tor der Meiendorfer U-18. Nicht, weil er für diese Altersklasse dann zu alt wäre - im Gegenteil, er würde in Kürze erst siebzehn Jahre - sondern weil er nach dieser Saison aufgrund seines Talents bereits in den Herrenbereich aufsteigen sollte.

Umso größer war Finns Motivation heute, im letzten Saisonspiel, kein Gegentor zu bekommen. Seine Mannschaft konnte zwar nicht mehr die Meisterschaft in der Jugendliga erringen, lediglich Platz vier wäre bei einem Sieg realistisch, Finn wollte aber der Mannschaft beweisen, dass seine vereinsinterne Beförderung vollkommen zurecht geschah. Nebenbei konnten er und seine Mitspieler dem Gegner empfindlich weh tun:

Denn es handelte sich um den Tabellenzweiten aus dem Schleswig-Holsteiner Umland, Hamburgs Speckgürtel, der zwingend einen Sieg benötigte, wenn er noch die Liga gewinnen wollte.

Kurze Zeit später pfiff der Schiedsrichter zur Halbzeit. Auf dem Weg in die Kabine klopften mehrere Mitspieler Finn auf die Schulter. Sie alle hatten vorhin den wuchtigen Schuss bereits im Netz zappeln sehen. Finn registrierte die Aufmunterungen kaum. Auf dem Weg zur Kabine suchte sein Blick die Zuschauer ab, in der Hoffnung jemanden Bestimmtes zu finden. Immer wieder streifte er über die halbvolle Tribüne, über die Männer mit Bierflaschen an den Stehtischen und über die Warteschlange vor dem Ausgabefenster des maroden Vereinsheims. Erfolglos. Seine tolle Parade war anscheinend unbemerkt geblieben. Enttäuscht streifte er die Torwarthandschuhe ab und nahm einen Schluck sehr schalen Wassers aus seiner Plastiktrinkflasche.

„Ey, Finn!"

Das war sein Freund Paul. Mittelfeldspieler mit der Nummer Sieben, Kapitän und Herz der U-18. Er war ein Jahr älter, aber dennoch einen guten Kopf kleiner und weniger muskulös als Finn:

„Hör zu: Deren rechte Seite schiebt offensiv extrem nach vorne. Gerade auch bei Ecken und Freistößen. Das wird in der Zweiten noch stärker der Fall sein – die Idioten sind schließlich gezwungen gegen uns zu gewinnen!"

Er sah Finn in die Augen, als er mit der Taktikanalyse fortfuhr:

„Bei den abgewehrten Ecken werde ich mich nach links fallen lassen. Mach das Spiel schnell, gib mir das Ding", sagte er im bestimmenden Tonfall zum kopfgrößeren Finn. Der nickte zaghaft und nahm einen weiteren Schluck. Gerade als die beiden gemeinsam den

Kabineneingang erreicht hatten, erahnte Finn endlich die gesuchte Person im Augenwinkel. Eine kräftige Gestalt kam händereibend aus der Tür der Männertoilette. Sein Vater schien allerdings Finns spektakuläre Aktion vor der Pause verpasst zu haben.

*

Erik streifte die feuchten Hände an seiner Jeans trocken. Eben auf dem Klo hörte er das Raunen und den Zuschauerapplaus. Er hatte schon befürchtet, ein Tor verpasst zu haben. Er schaute auf die kleine Holztafel oberhalb des Vereinsheims. Es stand weiter null zu null. Erleichtert setzte er seinen Gang fort. Der war unrund. Das lag keinesfalls an den zwei getrunkenen Bieren. Das fehlende rechte Kreuzband machte sich jedes Jahr mehr und mehr bemerkbar. Das daraus resultierende Humpeln führte wiederum zu einem Beckenschiefstand, was weitere Schmerzen beim Gehen verursachte. Ein Teufelskreis.

Er erreichte die Stehtische und lehnte sich erleichtert mit seinem muskulösen Oberkörper dagegen.

„Mensch, Erik. Dein Lütter hat eben einen Ball rausgefischt. Sagenhaft!", rief ihm ein weißhaariger Mann vom Nachbartisch zu. Er hatte tiefe Falten im Gesicht und zog an einer Zigarette. Erik kannte ihn, der Rentner verpasste kein einziges Spiel, egal welcher Mannschaft des FCM. Der Sportplatz, oder besser: das Vereinsheim, war ihm regelrecht ein zweites Zuhause geworden.

„Das hättest du sehen sollen. Fast so gut wie du früher. Wie eine Katze!", fuhr er fort und ahmte Finns Übergreifbewegung.

„Schade, dass er gerade dann pissen muss, wenn sich sein Filius als Welttorhüter bewirbt!", juxte ein weiterer Alter mit drei Bierflaschen auf dem Arm. Es war der Leiter der Fußballabteilung.

„Macht ja nix. Kommt sicher heute Abend im Sportstudio nochmal in Zeitlupe."

Beide lachten. Erik machte ein verkniffenes Gesicht. Am liebsten hätte er etwas Schlaues erwidert. Leider fielen ihm die besten Antworten immer erst Minuten später ein. Daher antwortete er lediglich mit einem „Danke Dieter", als der Abteilungsleiter vor ihm eine der Bierflaschen auf den Tisch stellte.

Sie stießen an und nach dem ersten Schluck klopfte der Weißhaarige Erik nochmal freundschaftlich auf die Schulter: „Ernsthaft, Erik. Man erkennt bei Finn immer mehr das Talent des berühmten Vaters."

„Daher zieht Toni ihn auch hoch zur Ersten", antwortete Erik schulterzuckend und griff nach den Zigaretten in der Brusttasche seines Kurzarmhemdes.

„Das ist auch richtig so. Wenn man schon den Sprössling der Familie Eimer im Verein hat, sollte man ihn auch entsprechend fördern – sonst schafft er es nie so weit nach oben wie sein Vater!", stimmte Dieter zu. Erik nickte zustimmend und steckte sich die Zigarette an. Sagte aber nichts. Er hatte heute keine Lust wieder über früher zu reden.

Glücklicherweise erschienen die ersten Spieler zurück auf der Bildfläche und die Aufmerksamkeit lag sofort wieder auf den Jugendlichen. Ein freundlicher Applaus erklang von der gegenüberliegenden Tribüne. Sie war größtenteils von Elternteilen belegt und ähnelte mehr einer Treppe mit langgezogenen Betonstufen als einer Bundesliga-Stadionkurve aus dem Fernsehen. Als einer der letzten kam Finn zurück auf den Platz. Sein Blick war konzentriert und änderte sich auch nicht, als er dem seines Vaters begegnete. Der nickte ihm unmerklich zu und griff erwartungsfroh nach seinem Bier.

*

Bereits kurz nach Wiederanpfiff konnte sich Finn abermals auszeichnen, als er einen strammen Schuss aus zwanzig Metern souverän im Sprung abwehrte. Es zeichnete sich das erwartete Bild ab. Die FCM-Jungs wurden mehr und mehr in die Defensive gedrängt. Nach knapp einer Stunde zogen die Gäste ein regelrechtes Powerplay auf. Der Dauerdruck musste zwangsläufig zum ersehnten Tor führen, was die Meisterschaft bedeuten konnte. Eigentlich.

Die nächste Angriffswelle rollte über die linke Meiendorfer Abwehrseite auf Finns Tor zu. Den Ball nicht aus den Augen verlierend, registrierte Finn das Lösen der gegnerischen Nummer Neun vom Gegenspieler im Strafraum. Die Flanke kam punktgenau auf den zehnten Meter, genau in den Lauf des Stürmers. Der brauchte nur noch ins Eck einzunicken, wenn nicht Finn dazwischen gegangen wäre und die Flanke vor dem heranrauschenden Gegner mit der offenen rechten Hand ins Toraus bugsiert hätte.

Es war eine unkonventionelle Torwarttechnik, ein Profi hätte den Ball wohl rigoros herausgefaustet. Das Unorthodoxe sah aber spektakulär aus. Die Zuschauer honorierten die Aktion entsprechend mit lauten „Ahs" und „Ohs". Finn stand auf, klopfte sich die Handschuhe an seinem grünen Trikot ab und rief kämpferisch:

„Los Jungs! Nicht nachgeben. Die machen heute kein Tor!"

Seine anfeuernde Stimme überschlug sich dabei aufgrund des Stimmbruchs. Die Mitspieler schienen dennoch motiviert und positionierten sich im Strafraum, die nachfolgende Ecke erwartend.

„So Kleiner: Jetzt ist es gleich soweit ...", zischte ihn die Nummer Neun an und tänzelte im Fünfmeterraum dicht vor Finns Nasespitze herum.

Finn achtete nicht weiter auf ihn.

„Achtung die Drei!", schrie er und deutete auf den freistehenden Spieler am Elfmeterpunkt. Dann fixierte er den Eckballschützen. Sein Blick streifte dabei Paul, der ihm zuzwinkerte.

Die getretene Ecke pflückte sich Finn sicher im Fünfmeterraum herunter. Aufmerksam schaffte er sich Orientierung und warf den Ball mit einer kraftvollen Schleuderbewegung bestimmt 30 Meter weit ab. Genau in den Lauf seines gestarteten Freundes Paul. Der fackelte nicht lange, passte die Kugel direkt weiter nach vorne zum Meiendorfer Toptorschützen Hendrik. Der brauchte nur noch ein paar Schritte zu gehen.

„Schieß! Schieß!", ertönte es mehrstimmig von der Tribüne. Die Eltern hielt es kaum auf den Stühlen.

Hendrik nahm sich ein Herz und zimmerte das Spielgerät auf des Gegners Kasten. Mit einem Zischen schlug dort der Ball hinter dem regungslosen Torwart ein.

„Jaaaa!", jubelte der untersetzte Coach am Seitenrand. Er drehte sich zu den Eltern und ballte die Fäuste.

„Juhu!", jubelten die Eltern auf der Tribüne.

„Ja, ja, ja!", rief Hendrik, als er jubelnd abdrehte und sich von seinen Mannschaftskollegen abfeiern ließ.

Paul blickte zurück zu Finn und reckte den Daumen nach oben. Finn nickte lächelnd zurück.

Sein Vater Erik beobachte die Szene zufrieden von draußen und klatschte einmal in die Hände.

Es folgten wütende Angriffe auf das Meiendorfer Tor. Sie waren aber allesamt zu überhastet und ungenau, und damit kein Problem für Finn und die FCM-Abwehr.

Wenige Minuten später pfiff der Schiedsrichter ab.

Über der Meiendorfer Sportstätte mischte sich großer Jubel mit dem Aufschrei der Geschlagenen. Die FCM-Jungs klatschten sich ab. Paul legte Finn fast zärtlich den Arm um:

„Habe ich es Dir nicht gesagt? Die ganze Seite war bei denen offen. Super Spieleröffnung, Finn!"

Finn lächelte. Er freute sich über das Lob und über den gelungenen Abschluss seiner Jugendlaufbahn. Seine Gedanken gingen allerdings schon wieder nach vorne. Ab jetzt zählte der Herrenbereich. Er würde härter und fleißiger trainieren müssen als bisher. Sein Blick suchte wieder den des Vaters. Diesmal fand er ihn auch.

Erik nickte wohlwollend. Er hatte in diesem Moment dieselben Gedanken wie sein Sohn.

2
Alte Geschichten

Der warme Sommertag ging zu Ende. Es wurde bereits langsam dunkel, dennoch war vor und im Vereinsheim des 1. FC Meiendorf die Hölle los.

Den erfolgreichen Saisonabschluss ihrer Söhne nutzten die meisten Väter als willkommene Ausrede, noch auf ein oder zwei Getränke länger als gewöhnlich zu bleiben und auch die Jugendlichen testeten ihre Grenzen aus.

Es gab an diesem Abend - grob gesagt - drei Gruppen: die Hartgesottenen, die Vernünftigen und die Geizkragen.

Die hartgesottenen Väter und Mütter scharten sich um den Tresen im Klubraum. Die vernünftigen Elternteile vertieften sich draußen an den Stehtischen in Unterhaltungen über Schulleistungen und Zukunftsaussichten der Kinder. Die Geizigen schließlich sammelten sich auf dem Parkplatz vor einem Kombi mit geöffnetem Kofferraum und tranken selbstmitgebrachtes Flaschenbier.

Die Jugendspieler verteilten sich flexibel auf Gruppe zwei und drei. Hauptgrund: Im abendlichen Schummerlicht waren Flirtversuche mit den anwesenden Mädchen deutlich einfacher als im engen Vereinsheim unter den aufmerksamen Elternblicken.

Erik gehörte zur ersten Gruppe. Er saß auf einem Barhocker direkt am Zapfhahn. Die geöffneten oberen Hemdknöpfe ließen eine Goldkette auf der beharrten Brust hervorblitzen. Er nippte an seinem Getränk und genoss die Raumatmosphäre. Er liebte die Geselligkeit nach Spieltagen fast so sehr wie das Spiel selbst. Das war schon zu seiner aktiven Zeit der Fall gewesen. Die Diskussionen über strittige Entscheidungen oder das Nachstellen von Spielaktionen gehörten zu diesem Sport einfach dazu. So war es auch heute Abend.

„Also, wie Hendrik die einzige Chance eiskalt versenkt hat? Ein guter Stürmer braucht nicht viele Gelegenheiten", floskelte ein untersetzter Mittvierziger.

Allgemeine Zustimmung.

„Aber vergiss nicht meinen Pawel, der war auch stark!" Das war Pawels Vater, Heini Kaminski. Ein zäher Handwerker mit rauen Händen und mit eigenem Betrieb. Einer der größten Gönner und Sponsoren der FCM-Jugend.

„Wenn Pawel kommende Saison nicht zu den 1. Herren gezogen wird, wechselt er den Verein! Das verspreche ich. Dann drehe ich auch den Geldhahn zu!", drohte er lauthals, so dass es auch jeder mitbekam.

„Das macht der Toni schon", antwortete der Mittvierziger beschwichtigend und blickte über die Theke zu einem athletischen Mann mit dunklen Haaren und blauen Augen. Ein Frauenschwarm, der es auch wusste. Das war Toni. Er war der Trainer der ersten FCM-Mannschaft, hieß passenderweise Musculus mit Nachnamen und half heute beim Bierzapfen aus.

„Ein Cheftrainer hat stets überall seinen Blick. Der Nachwuchs bekommt selbstverständlich immer eine Chance", sagte er gelassen und zapfte ein weiteres Bier an.

„Pawel ist ja sowieso kommendes Jahr zu alt für die U-18. Er wird bei uns zur Probe mitmachen können. Durchsetzen muss er sich dann allein. Das gilt für alle. Egal, ob der Vater ein Mäzen ist oder einen berühmten Namen trägt."

Toni schielte zu Erik hinüber. Der blieb gelassen und lächelte nur.

„Naja, ich glaube schon, dass Finn von Eriks Namen profitiert!", warf Kaminski vorwurfsvoll ein. Eriks Lächeln wich einem Stirnrunzeln, so dass Kaminski schnell beschwichtigte: „Verstehe mich nicht falsch, Erik. Finn ist ein talentierter Torhüter."

„Aber?", fragte Toni provozierend und reichte das Frischgezapfte mit einem zweideutigen Lächeln weiter an eine geduldig wartende Mutter mit blonden Haaren. „Nun ja, wir kennen doch alle Eriks legendäre Spiele damals in der Relegation!", griff der Abteilungsleiter Dieter in die Diskussion ein: „Wir sind alle stolz darauf, den Mann im Verein zu haben, der damals St. Pauli im Elfmeterschießen nach oben in die 1. Liga gebracht hat."

Er klopfte Erik auf die Schulter und deutete Toni mit einem Zeigefinger an, selbst auch noch ein Bier haben zu wollen.

„Leute, Leute, Leute!", knurrte Erik. „Jetzt lasst doch mal die alten Kamellen ruhen. Finn hat mit dem damaligen Aufstieg nichts zu tun, der war noch nicht einmal Quark im Schaufenster – und ist heute schon besser als ich damals in dem Alter."

„Na komm, Erik!", Dieter lallte bereits etwas. Er hatte offenkundig schon einige Bier vernichtet.

„Erzähl uns noch einmal, wie Du die Elfer gehalten hast. Was hast Du nochmal zum Kruse gesagt, als der als fünfter Stuttgarter Schütze am Elfmeterpunkt stand?" Er kicherte voller Vorfreude, da er die Antwort bereits kannte: „Komm schon Erik! Bitte!" Erik winkte beschwichtigend mit beiden Händen ab.

„Na los, sag es!", forderte Dieter ungeduldig. Erik zauderte, ehe er letztlich doch resignierend seinen legendären Satz von damals gepresst hervorbrachte:

„Gleich ist alles im Eimer!"

Gelächter brach aus. Die Pointe mit Eriks Nachnamen brachte immer Erheiterung in die Runde. Egal, wie oft sie auch erzählt wurde. „Erik Eimer - Fußballgott!", ertönte es nun mehrstimmig im Klubraum. Erik winkte ab, auch wenn die Huldigung ihm jedes Mal schmeichelte und er sich wie damals mit Anfang zwanzig vor der Fankurve fühlen konnte. Das Interesse der Blondine wurde geweckt. Sie war scheinbar eine der wenigen, die Eriks Story noch nicht kannten.

*

Währenddessen hatten sich Finn und Paul mit weiteren Mitspielern abseits der Erwachsenen auf dem Fußballplatz breit gemacht. Sie vertrieben sich die Zeit mit Lattenschießen. Ziel des Wettbewerbs war es, mit einem Schuss genau die Latte des Tores zu treffen. Reihum wurde geschossen, nach jeder Runde ging es fünf Meter weiter zurück. Jeder nicht erfolgreiche Versuch führte zum Ausschluss.

Der Wettbewerb war bereits fortgeschritten. Aus etwa 25 Metern galt es jetzt die Latte zu treffen. Nach jedem Versuch fielen die Blicke der Jungs immer wieder zum Rand der Tartanbahn, in Richtung der zuschauenden Mädchen. Als wenn die sich dem Gewinner am Ende um den Hals werfen würden.

Einer nach dem anderen scheiterte an der enormen Reichweite. Pawel, ein kräftiger Flügelstürmer mit Pickeln im Gesicht, Sohn von Kaminski, war nun an der Reihe. Er legte sich den Ball auf die Markierung, nahm Maß – und traf mit einem satten Klatschgeräusch die Latte.

„Bähm – Jungs. Hier kommt der Papa und zeigt euch, wo es lang geht!", feixte er und linste zu den Mädchen hinüber.

Der kleine Dribbelkönig Paul war der nächste. Er schnappte sich die Kugel und ging ein paar Schritte zurück. Mit schiefem Kopf fixierte er das Tor, lief an und traf wunderschön in den rechten Torwinkel, aber eben nicht an die Latte. Bedröppelt gesellte er sich zu den anderen ausgeschiedenen Spielern auf die Seite.

„Oh, oh! Nur noch einer, dann steht der verdiente Sieger fest!", tönte Pawel selbstbewusst.

Er schaute sich um, ob es auch alle mitbekamen. Finn machte sich bereit. Als Jüngster hatte er in der Mannschaft trotz guter Leistungen einen schwierigen Stand. Er positionierte den Ball auf dem abgewetzten Rasen.

„Du bist Torwart – gib lieber gleich auf", höhnte Pawel siegessicher.

Finn ließ sich nicht aus der Ruhe bringen. Er nahm Anlauf und chippte den Ball gefühlvoll auf die Querlatte. Mit einem *Pong* hüpfte er von dort hinter das Gehäuse.

„Übertritt! Du warst zu weit vorne", protestierte Pawel vehement.

„Das ist doch Fake. Der Kleine hat geschummelt."

Die Mädchen kicherten. Pawels Verhalten war das eines bockigen Kleinkindes. Er wurde rot, als er es selbst bemerkte. Und wütend. Finn lächelte amüsiert.

„Das findest du witzig, oder wie?", wollte Pawel wissen. „Kleiner, nur weil du der Sohn vom Eimer bist, kannst du dir nicht alles erlauben! Bilde dir nur nichts darauf ein, dass Toni dich zu den Herren hochzieht. Bei denen wirst du ganz klein aussehen. Kotz-Eimer, das bist du. Ich kann auch anders mit dir umspringen..." Er hob die Fäuste wie ein Preisboxer.

„Lass doch Finn in Ruhe!", riefen die Mädchen von gegenüber.

„Ja", ergänzte Inga, ein großes blondes Mädchen aus der Abschlussklasse und Schwarm der meisten Jungs an der Meiendorfer Schule: „Lass Finn zufrieden. Er ist doch noch fast ein Kind. Aber so süß."

„Ach, leckt mich doch alle am Arsch! Weiber ...", schrie Pawel noch wütender zurück. „Keine Ahnung vom Fußball! Ich habe gewonnen und basta!" Finn zuckte nur mit den Schultern:

„Ja? Na dann, Glückwunsch, Pawel", sagte er leise. Mehr zu sich als zu den anderen. Er trottete gleichgültig in Richtung Vereinsheim davon. Pawel blieb mit einem schalen Erfolgserlebnis zurück.

„Warte mal!", rief Inga. Sie rannte Finn hinterher. Der drehte sich erst um, als sie ihn schon beinahe erreicht hatte.

„Der Spruch war doof von mir – du bist kein Kind mehr."

„Ach komm", erwiderte Finn, „ich weiß schon, wie ihr alle über mich denkt. Der Kleine, der nur spielt, weil sein

Vater ein früherer Bundesligaspieler war."
„Nein. Das stimmt doch überhaupt nicht!"
Finn warf ihr einen stirnrunzelnden Blick zu.
„Okay. Es ist schon so, dass wir wissen, wer dein Vater ist. Aber darauf sind wir doch stolz. Dass wir jemanden kennen, der ..."

„Der ein Star ist?", fragte Finn vorwurfsvoll.
„Star ist auch wieder falsch. Einen, den man eben kennt. Ein prominentes Gesicht der Stadt. Das ist doch etwas Schönes ..."

Inga schaute Finn mitleidig an. Ihr war gerade aufgegangen, wie hart ein Leben sein musste, indem stets ein Vergleich mit jemand anderem gezogen wurde. Jemand, der auch noch dein eigener Vater war.

„Aber", ergänzte sie schnell, „Du bist Du! Wir haben alle das Spiel geschaut. Die eine, um ihren Freund zu unterstützen, die andere ihren Bruder zu sehen und die meisten, um heute Abend Spaß zu haben. So viel passiert hier in Meiendorf ja nun wahrlich nicht!" Sie lachte und machte mit den Armen eine kreisende Bewegung:

„Und wir alle, ehrlich, wir alle haben gesehen, wie gut du heute gespielt hast. Unabhängig von deinem Nachnamen."

„Der albern ist", grinste Finn nun, dem die Aufmunterung durch die hübsche Inga sichtlich guttat.

„Es ist halt ein ... Nachname. Eimer."

Sie musste nun auch losprusten.

„Aber du bist Finn. Du bist jünger als alle anderen hier und wirst kommende Saison bei den 1. Herren spielen. Das macht Eindruck, mehr als dieser bescheuerte Weitschusswettbewerb, über den morgen niemand mehr auch nur ein Wort verlieren wird." Sie sah ihn von unten nach oben an: „Und wie ein Kind siehst du auch wirklich nicht mehr aus. Sehr sportlich und maskulin."

Finn lief rot an. Das hatte noch nie ein weibliches Wesen zu ihm gesagt. Völlig neue Gefühle stiegen in ihm auf.

„Du musst mich nicht weiter aufmuntern. Aber danke", genierte er sich und blickte sich um. Die ungewohnte Situation wurde unheimlich. Unkontrollierbar.

„Ich sollte jetzt gleich gehen", suchte er einen Ausweg. „Schon?", Inga packte ihm am Arm. Finn durchzuckte die Berührung wie ein Blitz, so intensiv wirkte sie auf ihn.

„Es wird gleich erst richtig witzig. Warte ab, wenn die Crew zum Alkohol greift."

Sie zeigte mit dem Daumen auf ihre Clique hinter dem Tor, ohne dabei Finn aus den Augen zu lassen. Ihr Gesicht kam seinem dabei immer näher, bis sich ihr Mund schließlich auf seinem wiederfand. Finn wich ruckartig zurück.

„Entschuldige", murmelte er schüchtern und fürchtete, sie könnte ihn aufgrund seiner Unerfahrenheit auslachen. „Schon gut, mein Fehler. Das war etwas ... etwas unbedacht", erwiderte Inga, griff wieder nach seinem Arm und zog ihn kichernd mit sich.

„Komm, lass uns dahinten zur Bank gehen."

*

Es wurde später und der Klubraum des Vereinsheims leerte sich stetig. Übrig blieb der harte Kern um Abteilungsleiter Dieter und andere ehrenamtliche Vereinsvertreter.

Auch Kaminski war zu dieser Stunde noch vor Ort. Er hatte Toni in ein Gespräch verwickelt und versuchte weiter den Cheftrainer vehement davon zu überzeugen, seinen Sohn Pawel nächste Saison in der ersten Mannschaft zu berücksichtigen.

Die Aufmerksamkeit um Erik hatte sich gelegt. „Gottseidank!", wie Erik bei sich selbst dachte. Gedankenverloren blickte er vor sich hin und lauschte den Tönen der Musikanlage, als er an der Schulter angestoßen wurde. Es war die blonde Frau von vorhin.

„Entschuldigung. Wir kennen uns wohl noch gar nicht?"

Sie lächelte und hob ihr halbvolles Glas.

„Ich bin Nadine."

„Sehr erfreut. Erik. Erik Eimer", antwortete Erik gelangweilter, als er es eigentlich beabsichtigt hatte.

„Ich weiß. Das war eben nicht zu überhören", lachte sie unerschrocken zurück. „Was hat es denn mit der Geschichte auf sich: Gleich ist alles im Eimer?" Ungefragt nahm sie auf dem Hocker neben ihm Platz und rückte interessiert heran. Erik seufzte.

„Du bist dann wohl die Einzige in Meiendorf, die meine alten Geschichten noch nicht kennt."

„Ich bin gespannt."

Er zeichnete nachdenklich unsichtbare Linien auf dem schmierigen Thekenholz als er anfing: „Vor dreißig Jahren hatte ich das Glück, mit meiner Leidenschaft Geld zu verdienen: dem Fußball."

„Du warst einmal ein Profifußballer?"

Ihre Augen blitzten bei dem P-Wort interessiert auf.

Erik war es mittlerweile gewohnt, dass Menschen aufgeregt wurden, weil sie dachten, einem berühmten Prominenten nahezukommen. Ungerührt fuhr er fort:

„Ja. Ich hatte das Glück, beim FC St. Pauli einen Vertrag unterschreiben zu dürfen. Und zwar in der legendären Aufstiegssaison. Wir spielten einen einfachen Ball, hatten am Saisonende dann das nötige Glück und starteten eine Siegesserie, die uns auf den dritten Platz führte. Du weißt, was das bedeutet?"

„Ähm", zögerte sie. Sie war noch dabei einzuordnen, ob sie Erik schon mal in der Sportschau gesehen hatte: „Ähm ..."

„Relegation!", half er ihr.

„In zwei Spielen, einem Hin- und einem Rückspiel, entscheidet sich die Arbeit eines kompletten Jahres. Entweder der Sechzehnte der Ersten Liga steigt ab oder der Zweitligist auf. Wir waren der Herausforderer. Unser Gegner die Stuttgarter Kickers. Die keine gute Saison gespielt hatten."

„Und? Ihr habt es geschafft!?"

„Wir hatten weiterhin Fortuna und alles Glück der Welt auf unserer Seite. Das Hinspiel in Stuttgart ging Null zu Null aus. Wir hatten kaum eine Torchance. Die Kickers zwar auch nicht, aber sie waren zweifellos die technisch besseren Fußballer. Das zeigte sich auch im Rückspiel: Dreimal erzielten sie sogar ein Tor. Dreimal wurde es wegen einer Abseitsstellung nicht gegeben."

Er hielt ihr drei Finger vor die Nase, um das gesagte zu unterstreichen.

„Da war dann eigentlich glasklar, wie es kommen musste."

„Nämlich, dass Ihr gewinnt?", riet sie.

„Ja. Im Elfmeterschießen."

„Elfmeterschießen?"

„Das Rückspiel endete ebenso null zu null. So musste zum ersten Mal ein Elfmeterschießen über Auf- und Abstieg entscheiden. Die jeweils ersten Schützen versagten. Der Druck war unermesslich! Unmenschlich hoch. Sie verschossen kläglich. Die restlichen Schützen traten dann aber souveräner auf."

Er lachte bitter und zuckte mit den Schultern, als er daran denken musste:

„Ich war kein einziges Mal in der richtigen Ecke. Hatte nicht den Hauch einer Chance gegen die präzisen Schüsse! Dann kam unser fünfter und letzter Spieler an die Reihe. Er lief an – und schoss stramm nach rechts. Dort prallte sein Schuss gegen den Innenpfosten, von wo er ins Netz hoppelte. Fünf Zentimeter weiter und er wäre zurück ins Feld gesprungen. Nun führten wir, vier zu drei. Der letzte Stuttgarter musste treffen. Oder ihr Abstieg wäre besiegelt. Alle Augen waren auf den

Schützen gerichtet. Der Stuttgarter Mittelstürmer Kruse. Eigentlich ein ausgebuffter Profi auf seiner letzten Karrierestation. Er hatte nichts mehr zu verlieren. Aber so eine Situation macht selbst aus solchen Sportlern Nervenbündel. Ich sah ihm die Verunsicherung an, als er auf dem Weg von der Mittellinie zum Strafraum war. Sowas erkennt man. Ich stellte mich auf den Elfmeterpunkt und erwartete ihn mit einem Lächeln. Das Millerntorstadion tobte. Und als er mich fast erreicht hatte, sagte ich den Satz."

Erik zeigte mit dem Zeigefinder auf Nadine, so wie er damals auf Kruse gedeutet hatte:

„Gleich ist alles im Eimer!"

Sie lachte. Erik zuckte mit den Schultern. „Der Rest ist schnell erzählt. Er lief an. Ich sprang nach rechts. Er traf mich. Es war keine Reaktion von mir. Er traf mich einfach."

Sie lachte immer noch: „Wow! Alles wie im Märchen. Muss toll sein, Sportgeschichte zu schreiben. Der Fußballgott wollte es so!"

„Ja, das stimmt wohl. Aber er hat alles Glück in diese beiden Spiele gelegt. Es war danach aufgebraucht. Die Saison darauf kassierte ich in den ersten drei Spielen zehn Gegentore. Mir nichts, dir nichts war ich weg vom Fenster. Erste Liga ist nochmal was anderes. Wir hatten einen neuen Torwart aus Jugoslawien. Der war einfach besser als ich. Ich machte kein Spiel mehr. Absteigen mussten wir dennoch."

Wieder zuckte er resigniert mit den Schultern: „Ich wechselte später in die unteren Ligen. Riss mir das Kreuzband und kam nicht mehr auf die Beine." Er setze sein Bierglas an, leerte es und stellte das Glas geräuschvoll zwischen sich und Nadine.

„Ende der Geschichte", beendete er seine Story. „Ich muss dann jetzt auch mal los. Meinen Jungen finden. Es ist schon spät."

Er stand auf und winkte zum Abschied Toni und Dieter. Nadine blickte dem humpelnden Mann nachdenklich hinterher.

„Irgendwie eine traurige Gestalt", dachte sie bei sich.

*

Finn war sich immer noch nicht sicher, ob er träumte oder ob es tatsächlich Wirklichkeit war: Er saß eng an eng mit Inga, einem der schönsten Mädchen der Oberstufe, im Mondlicht auf der Lehne einer Bank und unterhielt sich mit ihr.

Offenbar war sie wirklich interessiert an ihm. Er hatte noch nie eine Freundin. Mädchen waren ihm fremd, irgendwie unnahbar vorgekommen. Bei Inga war es nun schon nach wenigen Momenten ganz selbstverständlich, sich zu öffnen und über Details seines Lebens zu erzählen.

„Wie lange spielst du jetzt schon beim FCM?", fragte sie gerade.

„Seitdem ich denken kann. Ich glaube, mein Vater hat mich schon als Dreijährigen hierhergebracht. Es war fast wie bei Mogli aus dem Dschungelbuch. Nur dass er mich nicht nachts in einem Korb vor das Vereinsheim gestellt, sondern mich schon ganz offiziell zum Kindertraining angemeldet hat."

Er lächelte unsicher und hoffte, Inga würde die Anspielung aus dem Disney-Film verstehen. Sie nickte denn auch.

„Fußball ist also bereits dein komplettes Leben ein Teil von dir?"

„Ja, wenn man so will. Seitdem ich denken kann, gehe ich zwei bis dreimal die Woche zum Training und jedes Wochenende ist Spieltag."

„Puh, ist das nicht eintönig?"

„Da habe ich nie drüber nachgedacht. Es war einfach immer so", antwortete Finn irritiert.

Er hatte tatsächlich noch nie darüber nachgedacht.

„Versteh mich bitte nicht falsch: Ich habe auch früher im Verein Sport getrieben. Aber mich zusätzlich auch in Musik probiert und später im Tanzen. Ich glaube, als junge Menschen sollten wir alle Richtungen ausprobieren."

Sie kramte in ihrer Handtasche herum. „Apropos Ausprobieren", sie zückte eine Packung Zigaretten, „Du rauchst als Sportler sicher nicht, oder?"

Finn zuckte zusammen als sich ihr Gesicht im Schein eines Feuerzeugs erhellte und sie sich die Zigarette ansteckte.

„Vielleicht hast Du ja auch bereits deine Bestimmung gefunden ...", sagte Inga und stieß eine Rauchwolke aus. Wie eine Fabelfigur ergänzte sie verdeckt durch die Rauchwolke noch:

„... dann brauchst du dich nicht ausprobieren."

Der Zigarettenqualm störte Finn seit jeher bei seinem Vater, dennoch ging bei Inga davon jetzt eine gewisse Faszination für ihn aus. Es wirkte so erwachsen.

Hatte sie Recht? Hatte er nie nach rechts oder links geschaut, ob dort spannende Optionen auf ihn warteten?

Ein Schatten bewegte sich am Vereinsheim, das ruhig und dunkel hinter den Büschen lag.

„Finn? Wo steckst du?"

„Mein Vater!", stieß Finn hervor. „Ich muss los."

Inga trat die Zigarette auf der Sitzfläche der Bank aus.

„Alles klar, Finn Eimer. Wir sehen uns!" Verschwörerisch zwinkerte sie ihm zum Abschied zu, ehe sie zurück zu ihrer Clique ging. Finn sah ihr schwerverliebt hinterher.

3

Trainingsplan

Am nächsten Morgen wachte Finn durch Vogelgezwitscher auf. Es war ein ruhiger Sonntagmorgen im Hamburger Stadtteil Meiendorf. Er zog die Gardine in seinem Kinderzimmer auf und blickte aus dem vierten Stock auf die Straße vor der Hochhaussiedlung. Friedlich parkten die Autos, kein Mensch war zu sehen. Er blickte auf die roten Digitalziffern des Weckers: Gleich halb Neun.

Verschlafen warf er sich zurück ins Bett und zog die Decke über den Kopf:

Was war das gestern für ein Tag gewesen? Der erfolgreiche Saisonabschluss vor den Augen seines Vaters bedeutete ihm viel. Wenn er an den Schlusspfiff dachte, klopfte sein Herz immer noch vor Stolz! Oder war es eher die abendliche Begegnung mit Inga, die ihm jetzt das Kribbeln im Bauch bescherte?

Sein Vater hatte immerhin nicht schlecht geschaut, als er gestern Abend aus der dunkelsten Ecke des Sportplatzes hervorkam. Glücklicherweise schien er Ingas Zigarette nicht gerochen und auch sie selbst nicht bemerkt zu haben. Zumindest sagte er nichts zu ihm, als sie gemeinsam den kurzen Weg nach Hause gingen.

Sein Vater war nie sehr gesprächig gewesen. Gestern Abend kam er Finn aber noch nachdenklicher vor als sonst. Auch über das Spiel verlor er kein Wort mehr. Finn war froh, als er ihm schließlich „Gute Nacht" sagen und in seinem Zimmer verschwinden konnte.

Es klopfte an der Zimmertür.

Finn grunzte als er sich unter der Decke hervorquälte: „Ja?"

„Frühstück ist fertig", ertöne es dumpf von der anderen Seite der Tür.

Finn atmete tief durch und streckte sich. Sein müder Blick streifte durch das Kinderzimmer mit all den Jugendpokalen in den Regalen und Fußballpostern an den Wänden. Dort, zu Füßen des mit Reißzwecken fixierten Welttorhüters Gianluigi Donnarumma, lag seine zusammengeknüllte Puma-Trainingshose. Er schlüpfte hinein und schlurfte wenig später in die Küche der väterlichen Dreizimmer-Wohnung.

Hier saß Erik an einem kleinen Holztisch. Eine dampfende Tasse Kaffee vor sich sah er Finn erwartungsfroh an: „Guten Morgen!"

„Morgen, Vati!", gähnte Finn.

„Ich habe uns schon Brötchen geholt." Er deutete strahlend auf den gefüllten Brotkorb: „Dinkel!"

„Gibt es heute keine Franzbrötchen?"

Die Enttäuschung war Finn anzusehen. Sonntags gab es sonst stets die süße Hamburgische Spezialität aus Zimt und Zucker.

„Nein. Heute nicht."

Erik faltete umständlich ein beschriebenes Blatt aus seiner Hosentasche:

„Ich habe mir noch gestern Nacht Gedanken gemacht."

„Gedanken?", fragte Finn, während er eines der körnigen Dinkelbrötchen aufschnitt und mit skeptischem Blick beäugte.

„Ja. Über dich!"

„Okay?"

Finn griff vergeblich nach dem Nutella-Glas. Erik rückte es außerhalb seiner Reichweite und drückte ihm stattdessen wortlos den Honig in die Hand. Dann strich er das Blatt Papier auf dem Küchentisch glatt: „Hier", er klopfte mit dem Zeigefinger bestimmend auf den Zettel, „ich habe Dir eine Übersicht erstellt. Die aufgelisteten Lebensmittel gehören alle zum Power Food!"

„Pauower ... what?"

Finn kaute auf seinem Honigdinkelbrötchen herum. „Power Food! Das sind Lebensmittel mit besonders vielen Inhaltsstoffen, die gut für die Gesundheit sind. Die steigern dein Leistungspotenzial."

Finn schaute verständnislos und biss nochmal von seinem Frühstück ab.

„Finn! Gestern war ein Abschluss – aber auch ein Anfang für uns. Für dich. Ab heute bist du Bestandteil der Herrenmannschaft. Wir müssen einen Gang zulegen. Bedeutet: mehr Training und gesündere Ernährung."

Finn verdrehte die Augen: „Vati. Mach mal halb lang – erstens startet die Saison erst in ein paar Wochen. Zweitens ist Sonntagsmorgen und drittens spiele ich dann in der Oberliga. Nicht in der Bundesliga."

„Ja, was denkst du denn?", fragte Erik herausfordernd.

„Glaubst du, die Profis haben als solche angefangen? Ohne Fleiß kein Preis."

„Das sind drei Euro für das Phrasenschwein", erwiderte Finn trotzig. Er ließ sich vom Ton des Vaters nicht einschüchtern.

Der wurde nun ärgerlich.

„Jetzt hör mal: Du bist jetzt sechzehn Jahre! Ich sage dir, du weißt noch gar nicht wie gut du bist!"

Eriks Stimme wurde lauter: „Ich in deinem Alter war noch nicht so weit wie du jetzt! Du musst jetzt dranbleiben, wir sind schon so weit gekommen. Ich schwöre dir, du bist noch lange nicht am Ende. Ich kann das beurteilen, meinst du nicht?"

Er blickte Finn eindringlich an.

„Ja Vati, klar. Ich habe doch auch Lust mich in der 1. Mannschaft durchzusetzen."

„Lust?"

„Ja. Was denn sonst?"

Finn war langsam genervt.

„Wille? Ist Wille besser als Lust?", fragte er ironisch.

„Wille? Schon besser", nickte Erik etwas zufriedener: „Willig und ehrgeizig musst du sein. Leidensfähig. Es wird nicht alles lustig werden." Er betonte das Wort *lustig* auf eine seltsame Art und Weise.

„Und wenn der Moment da ist, ist es nicht mehr lustig. Der Spaß vergeht vielleicht sogar. Genau dann musst du nochmal eine Schippe drauflegen. Dann, nur dann schaffst du es!"

Erik drehte das beschriebenen Blatt Papier auf die Rückseite und tippte wieder auf das nächtliche Gekrakel:

„Ich habe dir einen Trainingsplan für die Sommerpause erstellt. Jede Woche Sonderläufe, Sprungkrafttraining und Balanceübungen. Nur noch Balltraining ist nicht ausreichend. Du musst körperlich stärker werden."

Finn verdrehte die Augen und pustete hörbar aus. Es reichte. Er hatte keine Lust dazu, sich an einem schönen Sonntagmorgen belehren zu lassen. Trotzig stand er auf, in der Absicht, sich aus dem brummenden AEG-Kühlschrank eine kalte Cola oder einen Schokopudding zu holen. Er öffnete die weiße Tür – und stutzte.

Der Kühlschrank war innen kaum wiederzuerkennen: Fein und ordentlich waren Lebensmittel in Plastikboxen und Schubladen verstaut. Auf manchen stand sein Name. Auf manchen der Zusatz *„Training"* oder *„Spieltag"*.

„Da schaust du, was?", triumphierte Erik.

„Ich habe die Küche schon optimiert. Dein Junkfood gibt es nicht mehr, stattdessen ..."

Eine Rocky-Melodie ertönte. Der Handy-Klingelton kam aus dem Kinderzimmer.

„Mein Telefon", sagte Finn überflüssigerweise und verschwand, dankbar die väterliche Belehrung beenden zu können.

Mit einem Knall flog die Tür hinter ihm zu. Erik sah Finn still hinterher. Leroy Sané, in Lebensgröße als Poster an die Tür geklebt, grinste in den Flur hinein und jonglierte dabei wie selbstverständlich einen bunten Ball. Erik musste lächeln. Leroy hatte es mit seinem

Vater, dem früheren Wattenscheider Stürmerprofi, sicher auch nicht immer einfach.

Das Telefon im Flur riss ihn aus seinen Gedanken. Er schaute zur Wanduhr im Flur: Es war viel zu früh für Bianca. Was war denn heute Morgen los? Zögerlich ging er an den Apparat.

„Hallo, Eimer?"

Ein unverwechselbares Lachen am anderen Ende der Leitung. Erik wusste sofort, wer der Anrufer war. „Carsten?", fragte er dennoch ungläubig.

„Natürlich erkenn ich dich! Was für eine Überraschung. Ich ..."

Erik wurde unterbrochen.

„Okay. Ja, warte. Juli, Juli ...", er blätterte im Kalender auf dem Schuhschrank.

„Warte. Wann? Am 25. Juli – ja, da kann ich. Bis dann. Danke, dass du an mich gedacht hast." Er legte auf.

Als wenn Erik Eimer viele Termine hätte. Am 25. Juli trug er sich den Termin im ansonsten jungfräulich weißen Terminplaner ein:

Millerntor Gegengerade, 20 Uhr

*

Finn schmiss sich auf sein Bett und nahm den Anruf an: „Ja?", er kannte die Nummer nicht.

„Hallo, hier ist Inga."

Finns Herz pochte. Ruckartig stand er kerzengerade im Zimmer und strich sich die Haare zurecht, so als ob sie ihn gerade sehen könnte.

„Störe ich?"

„Nein, nein!", beschwichtigte Finn schnell und ergänzte so cool wie möglich: „Passt gut gerade."

Inga hatte die Nummer von jemanden aus seiner Mannschaft bekommen. Sie erzählte vom weiteren

Verlauf des gestrigen Abends. Von sich übergebenden Jugendlichen, die zu viel getrunken hatten. Von streitenden Eltern, die kaum noch der Sprache mächtig waren. Von Pawel, der weiterhin auf seinen Sieg im Lattenschiessen pochte. Und sie betonte immer wieder, wie nett es mit Finn gestern war. Sie funkten schnell wieder auf einer Wellenlänge.

Finn erzählte ihr von seinem neuen Trainingsplan. Eigentlich in der Absicht, sein Unverständnis darüber zum Ausdruck zu bringen. Er merkte aber, wie beeindruckt Inga von alldem war. Daher verkniff er sich einen Fluch und sagte stattdessen Wörter, die er schon mal gehört hatte:

„Ja, so ist es. Nur noch Balltraining reicht nicht. Ich muss auch körperlich richtig zulegen."

„Wow. Dabei bist du jetzt schon so ... so sportlich!", säuselte Inga.

Finns Brust wurde jetzt schon breiter. Sie telefonierten fast zwei Stunden miteinander. Dann erst legte Finn mit einem Grinsen auf. Der Ärger über seinen Vater von vorhin war verflogen.

*

Am frühen Abend tigerte Erik nervös zwischen Wohnzimmercouch und Küchenfenster hin und her. Er mochte die Sonntage nicht, weil er wusste, was passieren würde:

Bianca würde ihren Sohn abholen, sich noch im Treppenhaus vor Eriks Augen nach Finns Wohlbefinden erkundigen und ihn dabei von oben bis unten mustern. So, als wenn Finn innerhalb der letzten 48 Stunden keine Nahrung bekommen und sich mindestens einen tödlichen Virus durch die unsäglichen hygienischen Zustände bei Erik eingefangen hätte.

Seine Ex-Frau war eine wahre Künstlerin darin, Erik ihre Überlegenheit spüren zu lassen. Sie war ihm schon vor Jahren fremdgegangen. Spätestens nach seiner sportlichen Invalidität, als ihr endgültig klar wurde, wie wenig wahrscheinlich ein luxuriöses Leben mit Erik Eimer wäre, hatte sie mit ihm abgeschlossen und sich scheiden lassen. So lebte sie nun seit zehn Jahren zusammen mit einem hanseatischen Schnösel im Blankeneser Villenviertel am anderen Ende der Stadt. Ein Schnösel, der durch die elterliche Reederei auf immer ausgesorgt zu haben schien.

Zu Eriks Glück bestand sein Sohn darauf, weiter im Meiendorfer Verein zu spielen. Die Nähe zum berühmten Fußball-Vater war einem Kind wichtiger als das gutbürgerliche Katalogleben der Mutter. Erik hoffte inständig, dass dies noch lange der Fall bliebe. So konnte er seinen Sohn in der Woche zumindest auf dem Fußballplatz sehen. Sonst blieb ihm nur noch jedes zweite Wochenende, an dem er Finn bei sich haben durfte.

Dafür war er dankbar. Er blickte zu Finn auf die Couch hinüber. Sein Sohn schaute gerade gebannt die Abendpartie der Bundesliga. Er bemerkte Eriks Blick nicht und auch nicht dessen heute besonders ausgeprägte Anspannung: Er musste Bianca für sein Vorhaben mit ins Boot holen – kannte aber bereits jetzt ihre Reaktion. Es klingelte.

Mit einem Seufzen öffnete Erik die Wohnungstür. Bereits wenig später vernahm er das gewohnte Schnaufen Biancas im Treppenhaus, die wie immer stöhnend die vier Stockwerke hinauf stiefelte. Das Schnaufen wurde lauter, bis der ihm bekannte, hochrote Kopf in seinem Blickfeld auftauchte.

Sei bloß freundlich, dachte er noch bei sich, als Bianca schon fauchte:

„Wow! Stinkt das hier. Kommt das aus deiner Wohnung oder von den Asozialen aus der dritten Etage?" Sie fächerte sich mit einer übertriebenen Geste selbst Luft zu und keifte weiter:

„Du merkst es wahrscheinlich gar nicht mehr, wenn man den ganzen Tag in dem Mief hockt, gewöhnt man sich ja dran."

Locker bleiben, es hört gleich auf.

„Ist Finn fertig? Ich muss mich wirklich beeilen. Dein Affenfelsen hat noch immer keine eigenen Parkplätze. Ich stehe vor einer Einfahrt, mal wieder."

„Keine Sorge, so schnell lassen dich die Nachbarn schon nicht abschleppen."

Verdammt, das klang zu genervt.

„Das glaube ich auch nicht! Die Kriminellen hier rufen wohl kaum die Bullen", zürnte seine Ex-Frau weiter. „Ich habe eher Angst davor, die treten mir die Außenspiegel ab. Die asozialen Vollproleten!"

Die gegenüberliegende Wohnungstür öffnete sich einen Spalt. Ein faltiges Gesicht erschien.

„Guten Abend Frau Ersoy. Hier ist alles in Ordnung." Erik deutete lächelnd auf Bianca. „Meine Frau, ähm Ex-Frau, holt nur eben Finn ab."

Das Gesicht namens Frau Ersoy nickte gütig und wissend, als es wieder hinter der sich schließenden Tür verschwand.

„Lebt die immer noch?", blaffte Bianca höhnisch.

Jetzt reicht es, dachte Erik – sagte aber zuckersüß: „Warst du beim Friseur?"

Bianca glotzte verständnislos. Es brauchte ein paar Sekunden, bis das Gesagte ankam.

„Nein", sie strich sich eine Strähne ihres braunen Haares hinter das Ohr, „das ist schon fast eine Woche her."

Ein Anflug eines Lächelns erschien tatsächlich auf ihrem Gesicht.

Wunderbar – weitermachen, Erik!

„Finns Tasche ist schon gepackt. Der Junge schaut gerade noch das Bayern-Spiel. Er weiß aber, dass er es nicht zu Ende gucken darf. Wie geht es Adrian?"
„Du meinst Arnulf?", korrigierte Bianca wieder schnippisch.

Verdammtes Namensgedächtnis.

„Ja, Arnulf. Natürlich, wie konnte ich diesen Namen vergessen. Hat er weiterhin so viel Stress in der Reederei oder hat er fähigere Leute gefunden, die ihm Arbeit abnehmen können?"

Interesse zeigen, das ist gut.

„Er hat zumindest weiterhin mehr Stress als du", antwortete sie knapp und linste an Erik vorbei.
„Finn!", rief sie in die Wohnung. „Finn! Kommst du bitte. Die Mutti ist hier."
Ihre Stimmlage war von einem auf den anderen Moment eine andere.
Finn erschien schlurfend mit einer großen Sporttasche im Wohnungsflur. Er zog sich seine weißen Nikes im Stehen an:
„Hallo, Mutti!", nuschelte er.
Dann wandte er sich an Erik:
„Bayern liegt 0:3 gegen Bochum zurück. Krass, oder?"
Erik kam nicht zum Antworten, Bianca war schneller:
„Na, komm schon. Du musst heute Abend noch die Mathe-Aufgaben machen. Du weißt, wie wichtig das für deine Note ist."
Finn umarmte Erik: „Tschüss, Vati! Bis Dienstag."
„Dienstag? Du meinst Mittwoch!", korrigierte ihn seine Mutter: „Und: Du kannst Mittwoch nicht zum Fußball. Donnerstag steht die Erdkunde-Arbeit an."
„Aber ...", stotterte Finn.
Er blickte hilfesuchend zu Erik.

Jetzt zählt es, sie wird es verstehen.

„Ähm", stotterte Erik, „also. Bianca, es wäre wirklich gut, wenn Finn von nun an immer dienstags und donnerstags zum Fußball kann. Er spielt jetzt bei den 1. Herren. Da muss er noch härter als sonst trainieren. Er wird auch fleißig vorher die Hausaufgaben machen, damit seine Schulleistungen weiterhin stimmen!"

Er kam sich vor wie ein Bittsteller beim Papst. Oder bei der Päpstin – falls es sowas ab.

„Als wenn die Schulleistungen stimmen würden", schüttelte Bianca den Kopf.

„Du wirst es sehen, Mutti – schon die Erdkunde-Arbeit diese Woche wird gut!"

„Abwarten. Darüber sprechen wir noch zu Hause. Komm jetzt." Sie zog ihren Sohn mit sich.

„Warte noch!", rief Erik und eilte zurück vom Treppenhaus in die Wohnung. Als er zurückkam, hatte er eine Handvoll Proteinriegel bei sich:

„Hier mein Lieber! Denk an deinen Plan. Ich muss mich auf dich verlassen können."
Finn nahm die Riegel nickend entgegen.

„Von was für einen Plan sprichst du? Ach, ich will es gar nicht wissen", schimpfte Bianca resignierend. „Auch darüber werden wir noch reden."

Sie warf Erik einen letzten wütenden Blick zu, als sie und Finn die Treppe nach unten nahmen.

Das hat alles beinahe reibungslos funktioniert.

4

Sommerferien

Zwei Monate später. Die Ferien hatten begonnen. Was heißt begonnen? Es waren schon fast zwei Wochen von den sechs schönsten Wochen des Jahres um.

Finn hatte die Versetzung ohne Probleme hinbekommen. Er hatte auch nie Zweifel gehabt, es nicht zu schaffen. Sicherlich war er kein Überflieger, aber ein gutes Pferd sprang eben auch nur so hoch wie es musste. Die fünf in Mathe war für ihn kein Beinbruch. Die Einser in Sport sowie in seinem zweiten Lieblingsfach, Geschichte, glichen es locker aus. In den anderen Fächern lag er mit zahlreichen Dreien und Vieren im soliden Mittelfeld.

Seine Mutter verfiel aufgrund des Zeugnisses zwar nicht in Freudensprünge, aber es entzog ihr die Grundlage, ihn aus dem Trainingsbetrieb zu nehmen. Zumindest, wenn er es auch zukünftig schaffte, sich oberhalb der kritischen Notengrenze zu halten. Aber was interessierte es ihn in diesem Augenblick?

Er hatte schließlich Ferien. Finn blinzelte in die Sonne, schützte seine Augen dabei mit der Hand, freute sich auf den geplanten Freibadbesuch am Nachmittag ...

„Was ist denn, Junge?", motzte Erik, indem er einen U-Turn auf seinem Fahrrad drehte und den Parkweg zurückfuhr.

„Kannst du nicht mehr oder wieso bleibst du stehen?", fragte er und lüftete die rote Baseballkappe, um Luft an seinen Kopf zu lassen.

Finn spulte wie jeden zweiten Morgen das Vormittagsprogramm, bestehend aus Steigerungsläufen, ab. Erik hatte sich hierfür eine Strecke durch den Park, direkt an der Wandse ausgeguckt, einem ruhigen Zulauffluss zur Alster. Dabei ließ er es sich nicht nehmen, seinen Sohn auf einem quietschenden Fahrrad zu begleiten, dem eine neue Rückfelge gutgetan hätte.

„Nein Vati, alles okay. Ich dachte, ich hätte was vergessen", sagte Finn ausweichend, atmete tief ein und lief weiter. Es lagen noch rund sieben Kilometer vor ihm, von denen das letzte Stück im Vollsprint zu absolvieren war. Noch befand er sich aber erst im zügigen Dauerlauf.

„Was wünscht du dir eigentlich zum Geburtstag?", fragte Erik unvermittelt, während er gemütlich neben Finn rollerte.

„Puh, ist ja nicht mehr lange hin", pustete der. „Ich weiß nicht. Du brauchst mir nichts schenken. Ich bekomme bereits die Trainingsstunden von dir. Arnulf und Mutti wissen schon, was ich haben möchte."

Er lief weiter, ungeachtet dessen, dass nun sein Vater hinter ihm zurückblieb.

„Vati! Hast du einen Platten, oder wie?" Erik trat wieder fester in die Pedale und holte auf. „Also, eines ist klar", erklärte er hörbar verärgert: „Du wirst von mir immer etwas zum Geburtstag bekommen. Immer. Und wenn dich die beiden zuschütten mit Geld. Von mir gibt es immer etwas. Das war so und wird so bleiben. Du bist mein Sohn."

Schweigend absolvierten beide die nächsten Meter.

„Stufe zwei!", schrie Erik unvermittelt und streng. Finn zuckte zusammen und zog seinen Lauf an. „Aber es ist doch erst Stufe drei dran? Wir sind erst bei Kilometer sechs", schnaufte er. Erik antwortete nicht.

Ohne weitere Worte legten sie mehre Kilometer zurück. Finn keuchte, die Sommersonne brannte ihm auf dem Kopf. Erik fuhr mit grimmigem Blick nebenher.

„Stufe eins! Volle Power!" Finn sprintete jetzt und gewann tatsächlich nochmal deutlich an Geschwindigkeit. Sogar Erik kam mit seinem Drahtesel nicht hinterher. Das angeschlagene Tempo konnte Finn allerdings nicht lange halten. Sein Vater schloss wieder zu ihm auf.

„Nicht nachlassen. Auf geht es! Endspurt!"

Endspurt war gut! Es waren sicherlich noch fast zwei Kilometer bis zum vereinbarten Ziel. Finn kämpfte verzweifelt. Die Atmung wurde schwerer und schwerer. Er verlor Meter um Meter Geschwindigkeit.

„Komm Finn! Komm! Gerade wenn es hart wird, wird es wichtig!", schrie Erik ihm direkt ins Ohr.

Dabei musste er aufpassen, ein Rentnerehepaar samt Hund nicht mit dem Rad vom Parkweg abzudrängen. Die alten Herrschaften blickten dem Trainingsgespann kopfschüttelnd hinterher.

„Komm Finn! Kämpf!", feuerte Erik an und fuhr ein Stück voraus.

Das half Finn tatsächlich. Er konzentrierte sich auf das vor ihm fahrende Hinterrad und fand ein zügiges Tempo, das er halten konnte. Die letzte Biegung hin zur Zielgerade kam endlich in Sichtweite. Erik fuhr zur Seite, wurde langsamer und schrie: „Zieh! Los, Endspurt!"

Sein Sohn gehorchte. Er sprintete, was das Zeug hielt. So schnell er noch konnte. Endlich. Endlich erreichte er den imaginären Zielstrich. Erschöpft stützte er sich mit beiden Händen auf den Knien ab und atmete heftig durch. Sein Kopf war hochrot, als Erik ihn erreichte.

„Gut gemacht, Junge. Ich bin stolz auf dich. Bisherige Bestzeit!" Er präsentierte Finn das Display seiner Stoppuhr. Der schaute nicht mehr richtig hin. Er richtete sich auf, ging drei Schritte an den Wegesrand und kotzte hinter die dort platzierte Parkbank.

*

Nachmittags blinzelte Finn wieder in die Sonne. Glücklich. Diesmal brauchte er auch keine Angst zu haben, von einem meckernden Trainervater aus seinen Gedanken gerissen zu werden.

Er schloss die Augen und achtete auf die Lärmgeräusche um ihn herum:

Geplärre von heulenden Kindern. Schimpfereien von deren Eltern. Gejohle wilder Jugendlicher und deren barfüßiges Gerenne auf dem Rasen. Das Platschen von aufspritzenden Wasserfontänen. Eine schrille Trillerpfeife des dickbäuchigen Bademeisters.

Er liebte das Farmsener Freibad unweit der väterlichen Wohnung!

Schon seit jeher war er in den Sommerferien hierhergekommen. Hier hatte er zuerst Schwimmen gelernt. Hier hatte er Pommes rotweiß von seinem ersten Taschengeld bestellt. Hier hatte er zum ersten Mal einen Wespenstich erhalten. Und hier hatte er nun seinen ersten Kuss bekommen.

Er öffnete die Augen und drehte sich auf seinem Badehandtuch auf die Seite. Von weitem näherte sich Inga. Er bewunderte ihren stolzen Gang und die tolle Figur, die in dem buntgestreiften Bikini perfekt zur Geltung kam. Er konnte es kaum glauben, dass er und sie ein Paar waren. Das waren sie doch? Oder war man das nicht nach einem Kuss?

Inga erreichte ihn und setzte sich provozierend auf ihn. Lachend drückte sie ein kaltes Magnum-Eis auf seine   Brust.

„Hey!" Mit einem Griff an die Taille rang er sie zur Seite und lag nun auf ihr. Ihre Gesichter waren dicht beieinander. Unglaublich, wie schön ihre Augen waren!

„Ich glaube, ich bin in dich verliebt", murmelte er leise. Sie lachte. Aber nicht gemein, sondern ein wirklich ehrliches, glückliches Lachen.

„Du glaubst, du bist in mich verliebt? Das will ich aber auch hoffen!" Sie lachte wieder: „Ich knutsche mit Sicherheit nicht mit jedem Jungen rum."

„Sind wir dann also jetzt ... also sind wir..."
„Zusammen? Ein Paar?"

Er zögerte unsicher: „Ja?"
„Na klar, du Schwachkopf."

Sie umarmte und küsste ihn lange und ausgiebig. Finns Hand wanderte langsam zu ihrer knapp bedeckten Brust ...

„Ey Schnecke! Wenn du mit dem Kind fertig bist, zeige ich dir gerne mal Sachen für Erwachsene!" Ein vielstimmiges Gelächter ertönte und holte das verliebte Paar zurück auf die Freibadwiese.

Ruckartig löste sich Inga von Finn – und beide schauten überrascht auf. Da stand Pawel. Pawel Kaminski mit einer Gruppe weiterer Jungs. Er schaute sie herausfordernd an. Dann zwinkerte er Inga zu und spielte mit der Zunge an dem Eis in seiner Hand. Wieder begleitet von einem höhnischen Gemurmel aus der Gruppe.

„Pawel!"

Inga sprang elegant auf und ging ein paar Schritte auf die Gruppe zu. Kurz vor Pawel kam sie zum Stehen: „Pawel. Beobachtest du etwa heimlich fremde Leute?" Sie schaute verkniffen in die Runde von Jungs: „Und ihr? Seid ihr die Freunde von dem Spanner?"

Sie machte eine eindeutige auf und ab Bewegung mit der Hand:

„Dass er so ein mieser Wichser ist, wusste ich schon. Aber ihr alle auch? Man, man – wenn das die Runde bei mir in der Clique macht. Mädchen stehen nicht auf kleine Spanner!"

Pawel lief rot an. Überrumpelt wusste er nicht, was er antworten sollte. Die restliche Gruppe schien geschlossen einen Schritt zurückzuweichen. Inga stand weiterhin herausfordernd vor ihnen, als sie sagte:

„Also, Leute. Schaut nochmal hin. Prägt euch das Bild ein – und viel Spaß heute Abend beim Einschlafen."

Sie drehte sich um und kam zurück zu Finn, der das Schauspiel staunend verfolgt hatte. Sein Mund stand noch immer halb offen, als Inga ihn vor den anderen nochmal intensiv küsste:

„Komm, lass uns ins Wasser gehen", sagte einer aus Pawels Clique beschämt. Dankbar willigten alle ein.

„Ich schmeiß mich weg, wie cool kannst du denn bitte bleiben. Hammer wie du die blamiert hast", stellte Finn bewundernd fest – und drückte Inga an sich. „Ich lass mir doch von denen nicht meinen Tag versauen. Vollidioten!", sie löste sich aus der Umarmung und nestelte eine Zigarette aus ihrer Handtasche.

Während sie sich eine ansteckte, deutete sie auf ihr herumliegendes   Zeug:
„Komm, lass uns unsere Sachen packen. Ich hätte noch andere Ideen für unseren Abend."

„Ey, Eimer!", ertönte Pawels Stimme abermals. Diesmal   von   weiter   weg. Finn schaute in seine Richtung. Pawel war inzwischen fast am Schwimmbecken angelangt und posaunte aus der   Ferne:
„Warte, bis ich dich Weichei allein treffe. Dann kannst du deine Kleine nicht mehr vorschicken!"

Er drohte mit der Faust, dann verschwand er aus dem Blickfeld. Finn grinste:

„Inga, du scheinst tatsächlich einen wunden Punkt bei ihm getroffen zu haben. Hoffentlich rächt sich das nicht."

*

Wumm! Wumm! Wumm!
Am Morgen darauf hämmerte es dreimal an Finns Zimmertür. Der schlug die Augen langsam auf. Dem schummrigen Lichteinfall durch die Gardinen nach zu urteilen, war es noch sehr früh, kurz nach Sonnenaufgang.
Wumms!!!
Diesmal flog die Tür mit einem schwungvollen Krachen auf.

„Auf geht es, Junge! Kurzes Warm-Up, dann geht es an die Sprungkraft!", rief sein Vater elanvoll.

„Oh", plötzlich stockte er:

„Ähm... Entschuldigung. Ich wusste nicht – ich meine, woher? Ich habe nichts gehört ...“

Inga zog die Bettdecke ein wenig höher, bedeckte ihre nackten Schultern. Sie lächelte zaghaft und erwiderte nur freundlich: „Guten Morgen!“

„Morgen, Vati!“, Finn tauchte verschlafen aus dem Bett hervor.

„Das ist Inga. Meine Freundin“, wie gut das klang, dachte er und fuhr schnell fort:

„Es war spät gestern nach dem Kino und ich wollte nicht, dass sie allein mit dem Bus nach Hause fährt. Ich zieh mich schnell an. Wir können gleich los!“

Erik war immer noch perplex. In der linken Hand hielt er einen für Finn vorbereiteten Proteinshake, der nun bedenklich von links nach rechts überzuschwappen drohte. Nervös murmelte er noch:

„Alles klar, ja. Ich warte im Wohnzimmer.“

Dann schloss er die Tür. Diesmal lautlos und vorsichtig. Inga und Finn kicherten. Sie sahen sich glücklich an. Am liebsten hätte Finn sich wieder an sie gekuschelt. Aber das Training stand auf dem Programm.

„Oje, du hast Vati ganz schön aus dem Konzept gebracht“, er musste wieder lachen. Dann wurde er jedoch ernst: „Er hat aber leider recht, heute Vormittag ist Sprungkraft dran.“

„Der zieht das Trainingsding, von dem du erzählt hast, echt durch, was?“

„Ja natürlich. Aber nicht er zieht das durch – sondern *wir* beide! Vati tut das für mich und ich will es doch auch. Ich will mich unbedingt nächste Saison durchsetzen!“

Finns Wangen röteten sich, so sehr sah man ihm die Leidenschaft seiner Worte an.

„So meinte ich es nicht“, beschwichtige Inga schnell, „ich finde es bewundernswert, wie du die Sache durchziehst. Außerdem weiß ich doch, Dich gibt es nur zusammen mit dem Fußball. Als Torwart bist du mir schließlich auch aufgefallen. In deiner knappen Hose ...“

Sie gab ihm einen Klaps auf den Po. „Hey!", spielte er den Empörten, ehe er sich auf sie stürzte und ihr einen Kuss gab.

„Bleib ruhig noch liegen. Schlaf noch ein wenig. Wenn du später gehen willst, zieh einfach die Wohnungstür zu. Oder nein, warte."

Er zog eine Schreibtischschublade auf. „Hier nimm meinen Ersatzschlüssel und schließ bitte ab."

„Ein eigener Schlüssel? Das geht aber schnell."

„Ach so, geht das zu schnell?", fragte er unsicher.

„Nein, gib her. Ich schließ ab. Ich kann ihn dir nachher ja wiedergeben. Apropos", sie richtete sich im Bett auf: „Wann sehen wir uns denn wieder? Heute? Morgen?"

„Heute Mittag holt mich meine Mutter ab. Bis zum Wochenende bin ich wieder bei ihr in Blankenese. Leider sehen wir uns wohl erst Samstag wieder."

„Och nee, was mache ich denn nur so lange ohne meinen Torwart?", jammerte Inga künstlich. „Ich finde das doch auch schade", pflichte Finn ihr traurig bei.

Inga grinste. Dann fügte sie gut gelaunt hinzu:

„Nein, Quatsch. Ist doch okay. Ich wollte eh mit den Mädels mal wieder was unternehmen. Und so ist halt der Deal zwischen deinen Eltern, du hast es dir nicht ausgesucht. Umso schöner wird es, wenn wir uns Samstag sehen. Wir können ja auf den Kiez ins *Halo* – Tanzen gehen!"

Sie klatsche bei dem Gedanken an die Disko auf der Großen Freiheit vor Freude dreimal schnell in die Hände. Finn nickte und war erleichtert: Zwischen ihm und Inga passte einfach alles.

Er schlüpfte rasch in die Trainingsklamotten, gab ihr einen weiteren verliebten Kuss und sagte leise: „Freue mich schon auf dich am Wochenende."

„Komm, hau ab!", winkte sie ihn aus der Tür. „Sie ist einfach perfekt", dachte Finn still bei sich, als er das Zimmer schweren Herzens verließ.

Nur wenige Minuten später standen er und Erik draußen vor dem Häuserblock. Finn dehnte seine Muskeln und schüttelte die Gelenke aus. Den kurzen Weg zum Vereinsplatz nutzte er als Aufwärmrunde – sein Vater folgte ihm wie immer per Rad.

Finn trabte locker los, als Erik fragte:

„Also, wegen vorhin ...“

„Schon gut“, wiegelte Finn ab, „lass uns nicht drüber reden.“

„Ich habe euch in der Nacht überhaupt nicht gehört. Tut mir leid, wenn ich hereingeplatzt bin.“

„Kein Problem, deshalb waren wir doch leise. Wir wollten dich nicht stören.“

Sie legten den Weg zum Sportplatz ohne weitere Konversation zurück. Beide versanken stumm in morgendlichen Gedanken:

Finn dachte an Inga, wie hübsch sie so verschlafen vorhin aussah. Wie lustig sie einfach war. Unglaublich, sie war seine Freundin!

Erik grübelte, warum er nichts mitbekommen hatte. War er einfach alt geworden und hörte schlechter. Erst machte der Körper schlapp, dann nacheinander die Organe, bis das Herz aufhörte zu schlagen. So jung wie sein Sohn müsste er nochmal sein. Er freute sich für Finn. Der Junge war verliebt und mit dem blonden Mädchen hatte er wirklich eine wahre Schönheit erwischt!

Plötzlich durchzuckte es ihn wie ein Blitz: Finn war ja eigentlich noch ein Kind!

„Sag mal, Finn. Du passt auf, oder?“

„Was meinst du?“

„Na ja, du passt auf, dass ... Du weißt schon – also, wenn ihr miteinander ... also, es sah vorhin schon sehr danach aus, dass ...“, er druckste hilflos herum.

„Oh Mann, Vati!“ Finn war die Unterhaltung peinlich. Er brauchte und wollte keine Vater-Sohn-Aufklärungsgespräche.

„Mach dir bitte keine Gedanken: Auch wenn Mutti es anders sieht, aufgrund meiner Vier in Bio. In Sexualkunde haben alle aufgepasst. Auch ich. Und wenn du es genau wissen willst: Wir schlafen noch nicht miteinander. Inga ist nicht so eine!"

Jetzt war es Erik selbst peinlich, er wollte schnell das Thema wechseln: „Gut, gut. So, da sind wir." Unnötigerweise zeigte er auf den vor ihnen liegenden Platz. Er schloss das Tor auf.

„Hol die Hütchen – und zwei Turnkästen aus dem Materialraum. Wie letzte Woche. Erst Stabilisationsübungen, dann Sprungkraft, am Ende ein wenig Balltraining. Hopp, hopp!"

Finn gehorchte brav. Er war froh, das peinliche Gespräch schnell beendet zu haben und trabte zur Garage mit den Sportgeräten. Er fühlte sich leicht, stark und locker. Die Schufterei in den Ferien schien sich tatsächlich schon auszuzahlen. Oder die Schmetterlinge im Bauch verliehen ihm Flügel.

5

Geburtstagsgeschenke

Die Sommerferien neigten sich dem Ende entgegen. Finn hatte sich punktgenau an seinen Trainingsplan gehalten. Selbst auf die zehn Tage Mallorca, die er im Sommer mit Arnulf und seiner Mutter sonst für gewöhnlich machte, ließ er sausen. Die Tage verbrachte er lieber trainierend in Meiendorf mit seinem Vater und vor allem in der Nähe von Inga. Es war der bisher schönste Sommer, an den sich Finn erinnern konnte.

Aber ein Highlight hatten die Ferien noch parat: Heute war sein Geburtstag!

Sofort nach dem Aufwachen war er aufgesprungen und die weiße Treppe in Arnulfs Villa barfuß nach unten gelaufen. Auch mit jetzt Siebzehn war die Freude über diesen Tag so groß wie bei einem Kind. Das Gesetz zählte ihn ja auch schließlich jetzt noch zu den Kindern. Er stürmte in das geräumige Wohnzimmer und entdeckte auf dem Esstisch erwartungsgemäß einen Haufen Geschenke. Seine Mutter begrüßte ihn mit einem kerzenbestückten Schokoladenkuchen in den Händen:

„Herzlichen Glückwunsch, mein Engel!", sagte sie ungewohnt sanft.

Er bedankte sich artig und blies die Kerzen aus. Dann machte er sich eilig an das erste Päckchen. Zielgerichtet griff er das kleinste aus dem Stapel – und es war genau das, was er sich erhofft hatte: die aktuelle Version des Spiels *FIFA* vom Gaming-Anbieter EA Sports.

„Danke!", jubelte er strahlend.

„Bedank dich bei Arnulf. Ich hatte das Computerspiel gar nicht mehr auf dem Zettel", antwortete seine Mutter schulterzuckend.

„Ja, danke – aber wo ist Arnulf überhaupt?"

„Er musste früh ins Büro. Probleme bei der Reederei, da konnte er nicht auf dich warten."

„Natürlich", erwiderte Finn nur knapp – und machte sich weiter ans Auspacken.

Im nächsten Geschenk steckte ein wertiger Montblanc-Füllfederhalter. Skeptisch beäugte er den glänzenden Stift. Er hatte weder Ahnung vom tatsächlichen Preis noch was er damit anfangen sollte. Er hatte doch bereits einen blauen Pelikan-Füller? Fragend, blickte er seine Mutter an.

„Das ist ein Meisterstück – Gold Coated. Der kostet über 500 Euro!"

„F-Ü-N-F-Hundert!?!"

Finn konnte es nicht glauben. Wer brauchte so etwas für so viel Geld? Wenn er es richtig wusste, betrug das monatliche Einkommen seines Vaters seit der Berufsunfähigkeit nur unwesentlich mehr als der Preis dieses einzigen Stiftes. Er runzelte die Stirn.

„Ja, fünfhundert. Du bist kein Kind mehr, da gibt es Erwachsenengeschenke."

Das zeigte sich auch im weiteren Verlauf, denn aus den nächsten Päckchen kamen zahlreiche Bücher, ein Paar edle Halbschuhe, zwei Hemden sowie ein neuer lederner Rucksack für die Schule zum Vorschein. Artig bedankte sich Finn für alles, aber er war schon enttäuscht über die Unkenntnis seiner Mutter. Wusste sie es nicht besser oder war es Schikane, dass sie ihm einfach keine Sportklamotten, Fußballkarten oder wenn schon Bücher, dann zumindest welche über die Fußball-Bundesliga schenkte?

Seine Mutter schien die fehlende Begeisterung zu bemerken.

„Ein wenig mehr könntest du dich freuen, meinst du nicht? Weißt du wie teuer allein eines der Hemden ist?"

„Danke, Mutti. Ich freue mich ja."

„Los, probiere es doch mal an!"

Sie hielt ihm das Hemd prüfend vor den Oberkörper, um sich ein Bild zu machen.

„Können wir das später machen? Ich wollte noch telefonieren und mich bei meinen Freunden für die Glückwünsche bedanken. Und dann fährst du mich ja schon zu Vati, oder?"

„Ja, ja. Das hatte ich dir doch versprochen. Ich dachte nur, wir könnten ...", setzte seine Mutter an. Aber Finn war bereits verschwunden.

*

Erik wurde ungeduldig.

Grummelnd hievte er einen Umzugskarton nach dem anderen von links nach rechts. Der Schweiß stand ihm auf der Stirn. Die stickige Kellerluft und die körperliche Anstrengung taten ihm gar nicht gut. Und Zeitdruck hatte er zu allem Überfluss auch noch. Selbst schuld. Wieso fing er jetzt erst mit der Suche an? Er griff sich missmutig die nächste Kiste, auf der *Geschirr* geschrieben stand. Sie war wahnsinnig schwer und glitt ihm mit einem Klirren aus den Händen.

„Verdammt!", fluchte Erik laut auf.

Auch unter dieser Kiste war nicht das, wonach er suchte. Das konnte doch nicht wahr sein – wo war die schwarze Holzkiste? Der schmale Kellerraum seiner Mietswohnung war kaum größer als vier Telefonzellen und dennoch war die Kiste nicht auffindbar. Eriks Blick fiel in die hintere Ecke, wo sich vier alte Winterreifen seines Alfa Romeos stapelten. Sie waren längst porös und reif für den Recyclinghof. Er hatte den Wagen vor mehr als fünfzehn Jahren verkaufen müssen. Mindestens so lange schimmelten die Gummireifen hier unten vor sich hin.

„Moment mal", murmelte Erik.

Er kämpfte sich durch allerlei Gerümpel in die Ecke vor. Sein Kreuz schmerzte, als er den obersten Reifen vom Stapel hob. Jetzt konnte er in den Turm aus Gummi schauen.

„Aha!" Er schob den zweiten Reifen mit beiden Händen zur Seite und griff in die dunkle runde Öffnung der verbliebenen Autoreifen. Vorsichtig holte er die gesuchte Kiste hervor und strich den Staub von der Oberfläche.

Dann öffnete er sie und eine Reise in die Vergangenheit begann. Nacheinander kamen Porträts seiner Idole zum Vorschein. Manche waren signiert, andere noch schwarzweiß und zerknittert. Es waren aber alle dabei, wie er zufrieden feststellte: Sepp Maier, Harald „Toni" Schumacher, Oliver Kahn, Uli Stein, Andreas Köpke, auch Richie Golz oder Klaus Thomforde und sogar Toni Turek. Und Bodo Illgner. Das Weltmeister-Idol seiner eigenen Jugend!

Gegen einige der bekannten Torleute durfte er sogar selbst als Aktiver spielen. Fast zärtlich legte er die Porträts auf einem der Umzugskartons ab und kramte weiter in der Kiste. Da waren Medaillen, lose Schraubstollen und da, am Boden, da war noch etwas: „Perfekt!"

Zufrieden verließ Erik den chaotischen Kellerraum. Um das Gerümpel würde er sich irgendwann anders kümmern müssen. Er blickte auf seine Armbanduhr – in einer guten Stunde würde Bianca Finn vorbeibringen.

*

Es regnete, als der Volvo-SUV vor dem Häuserblock anhielt. Es war ein sommerlicher Starkregen, der wie eine aufgedrehte Dusche vom Himmel herunter prasselte.

Sicherlich wäre der Guss in fünf Minuten vorbei. Finn wollte aber nicht so lange warten. Er gab seiner Mutter einen Abschiedskuss und stieg aus dem Wagen aus. Seine Sporttasche schulternd lief er die Einfahrt zum Eingangsbereich hinauf. Der Summer ertönte, ohne dass er die Klingel betätigen musste. Sein Vater hatte sein Kommen wohl vom Küchenfenster aus beobachtet.

Pitschnass stieg Finn das Treppenhaus hinauf. Nach dem eher enttäuschenden Vormittag freute er sich wahnsinnig auf seinen Vater. Oben angekommen empfing der ihn mit einem strahlenden Gesicht:

„Happy Birthday, Großer!"

Er drückte Finn fest an sich.

„Danke, Vati. Lass mich bloß schnell reinkommen. Ich bin klitschnass."

Mit einem nassen Quietschgeräusch streifte er die Sportschuhe von den Füßen und betrat die Wohnung.

Auf dem Wohnzimmertisch standen im Licht einiger Kerzen Schalen mit Schokoladentäfelchen und anderen Süßigkeiten. Sein Vater war nie ein guter Koch oder gar Bäcker gewesen, aber Süßkram durfte an einem Geburtstag nicht fehlen. Trainings- und Ernährungspläne hin oder her. Finns Blick lag aber auf den beiden Geschenken, die inmitten der Dekorationen lagen. Eines war flach und sehr groß. Das andere kleiner. Es hatte in etwa die Größe eines Schuhkartons. Finns Bauch kribbelte vor Aufregung. Er hatte keine Ahnung, was es mit den Überraschungen auf sich haben könnte.

„Sind die für mich?", fragte er und merkte schon bei der Formulierung, wie dumm die Frage war. „Natürlich, für wen sonst", lachte sein Vater mit roten Wangen. Er schien nicht minder aufgeregt zu sein.

Finn stürzte sich auf das größere der beiden Päckchen und riss das Papier herunter. Zum Vorschein kam ein riesiger Bilderrahmen.

Hinter dem Glas befanden sich die Porträts und Autogrammkarten sämtlicher Nationaltorhüter und anderer ehemaliger Bundesligakeeper – auch sein Vater selbst war zu erkennen. Die behandschuhten Männer in bunten Trikots umrahmten eine Aufstiegsmedaille in der Mitte des Bildes.

Finn strahlte über das ganze Gesicht: „Danke!"

„Das sind die Erinnerungen an meine Karriere. Große Titel gab es nicht. Aber den Aufstieg und die

Begegnungen mit den Sportstars kann mir keiner nehmen. Und ich möchte sie dir gerne als Ansporn schenken."

Finn bemerkte das Zittern in der Stimme. Der Moment schien seinem Vater sehr nahe zu gehen.

„Los, mach das zweite Geschenk auch noch auf!", drängte Erik schnell, ehe er noch zu flennen anfing.

Finn riss das zweite Paket auf. Zum Vorschein kam wie vermutet ein Schuhkarton. Allerdings war er viel zu leicht, als dass Schuhe in ihm sein konnten. Fragend schüttelte er die Pappschachtel.

„Na, schau schon rein", ermunterte ihn sein Vater. „Du weißt, viel Geld habe ich nicht. Aber ich denke, es wird dir gefallen."

Gespannt öffnete Finn den Deckel und erblickte einen silbrig-lila glänzenden Stofffetzen. Er entfaltete ihn und erkannte einen Bundesadler und das Adidas-Logo auf einem Retro-Torwarttrikot mit Ellbogenpolstern.

Ehrfürchtig und staunend strich er mit der Hand über das Trikot.

„Das ist das Originaltrikot der deutschen Nationalmannschaft. Leider nicht aus dem WM Finale 1990, aber getragen von Bodo Illgner im Qualifikationsspiel gegen Belgien 1991."

„Wo hast du das her?"

„Ich war Balljunge damals im Niedersachsenstadion. Und war im richtigen Moment an der richtigen Stelle", lachte Erik. „Gefällt es dir?"

„Ob es mir gefällt? Spinnst du? Wahnsinn. Ich glaube, ich habe noch nie so tolle Geschenke bekommen. Danke, Vati!"

Er umarmte ihn lange. Beiden war bewusst, wie wichtig der Augenblick zwischen Vater und Sohn war.

Die Stille wurde durch ein kräftiges Schrillen unterbrochen. Die Türklingel.

„Hast du noch jemanden eingeladen?", fragte Finn ahnungslos.

„Was denkst du denn? Mach einfach die Tür auf."
Wenige Minuten später war Finns Glück perfekt, als Inga ihm im Hausflur ein Ständchen brachte und ihm schließlich lachend um den Hals fiel.

„Ich lass euch beide dann mal allein", druckste Erik herum und griff sich seinen Haustürschlüssel. Inga und Finn sahen sich an und nickten beide unmerklich.

„Du brauchst nicht zu gehen!", protestierte Finn.

„Wir gehören zusammen."

Er griff die Hand seines Vaters und die von Inga: „Ich wünsche mir als Geburtstagskind, dass wir drei den restlichen Tag gemeinsam verbringen."

Es wurde ein harmonischer Nachmittag, an dem sich Inga und Erik näher kennenlernten. Finns Vater schwelgte in Erinnerungen und hatte einige Anekdoten aus der Kindheit seines Sohnes zu berichten. Inga zeigte keinerlei Schüchternheit. Sie verstand sich auf Anhieb gut mit Erik. Alle drei lachten viel und Finn konnte sich nicht erinnern, wann er seinen Vater das letzte Mal so gelöst gesehen hatte. Nur als Inga ihn mit auf den Balkon begleiten wollte, um ihrerseits eine Zigarette zu rauchen, zögerte Erik einen Moment.

Der Hinweis auf ihre Volljährigkeit überzeugte ihn jedoch – wer war er, dass er erwachsenen Menschen Vorschriften machte?

Als der Abend mit einer riesengroßen Familienpizza gekrönt wurde, stöhnte Erik zufrieden auf und hielt sich seinen runden Bauch:

„So, ihr Lieben. Nichts für ungut, der alte Herr muss jetzt ins Bett. Gute Nacht, Inga – gute Nacht Geburtstagskind. Ab morgen herrscht wieder Disziplin. Kommende Woche ist Trainingsauftakt!"

Finn nickte pflichtbewusst. Als Erik den Raum verlassen hatte, waren seine Gedanken aber nur noch bei Inga. Genau wie seine Hände und sein Mund. Knutschend rutschten beide von der Couch und wechselten schließlich nach nebenan in das Kinderzimmer.

Mehr als eine Stunde später lagen sie nur noch spärlich bekleidet Arm in Arm auf seinem Bett.

„Du hast eine coolen Dad!", sagte sie leise.

„Ich weiß."

„Ich könnte mit meinen Eltern nie so offen reden."

„Das ist ja meistens so. Die eigenen Eltern sehen in dir immer das Kind, was sie beschützen müssen."

„Ein weiser Spruch – wie alt bist du nochmal geworden? 55 Jahre? Oder woher kommen die Lebensweisheiten?"

Sie ärgerte ihn, indem sie ihn kitzelte.

„Hey, hör auf", lachte Finn.

„Wir sollten bald schlafen. Du hast meinen Vater ja gehört ..."

„Sofort, ich rauche nur noch eben eine."

Lässig stand Inga auf und schnippte eine Zigarette aus der kleinen Pappschachtel. Sie entzündete und blies den Rauch genüsslich aus. Dann öffnete sie das Fenster.

Finn betrachtete ihre halbnackte Silhouette vor dem Meiendorfer Nachthimmel. Er sprang auf und kam zu ihr ans Fenster.

„Du bist so hübsch", sagte er und küsste sie wieder. Dann führte er ihre Hand an seinen Mund und nahm einen Zug von der Zigarette. Als er anfing zu husten, mussten beide lachen.

6
Willkommen

Die allerletzten Tage der Sommerferien waren angebrochen. Schüler bekamen Magengrummeln. Manche spürten auch Vorfreude darauf, die Mitschüler bald wieder zu sehen und ihnen von den Urlaubserlebnissen zu berichten.

Finn verschwendete seinerseits keinen einzigen Gedanken an den bald beginnenden Schulstress. Für ihn war heute der Tag der Tage! Der wichtigste Tag der Ferien. Vielleicht seines bisherigen Lebens.

Er hatte seine Sporttasche tagsüber sorgfältig gepackt. Und nochmal dreimal nachkontrolliert, ob er alles dabeihatte. Von Handschuhen, Hosen bis Duschgel oder Tapeverband. Selbst seine Mutter war anders als sonst. Sie wusste, wieviel Arbeit Finn in die letzten Wochen gesteckt hatte, daher drückte selbst sie, die bekennende Nicht-Sportlerin, ihrem Finn beide Daumen. Der war heilfroh, dass er sowohl seiner Mutter als auch Erik ausreden konnte, ihn zum ersten Training zu begleiten.

„Nein, das geht nicht. Wir sind eine H-E-R-R-E-N-Mannschaft. Wie sieht das denn aus, wenn ich wie bei den Bambini von Mama und Papa gebracht werde?"

Das leuchtete beiden ein. Auch wenn Erik sichtlich geknickt war. Zu gern hätte er die ersten Schritte seiner Torwarthoffnung live mitverfolgt.

Finn war den Weg über den Parkplatz hin zum Vereinsheim und zu den daneben liegenden Kabinentrakt unzählige Male gegangen. Heute war jedoch alles anders. Allein die vielen abgestellten Autos auf dem Parkplatz zeigten, dass es kein Jugend- sondern eine Erwachsenenveranstaltung war.

Sein Herz klopfte heftig und er spürte einen Kloß im Hals, als er die Kabine betrat. Kaum jemand der

Anwesenden nahm dort Notiz von ihm. Die 1. Herren waren zu sehr mit sich selbst beschäftigt. Spieler begrüßten sich untereinander, juxten und alberten herum. Finn sah sich nach einem freien Platz um und entdeckte ihn in einer Ecke, direkt an der Tür zur Toilette. Er stellte die Sporttasche ab und setzte sich. Mit großen Augen beäugte er die anderen.

Viele kannte er vom Namen her: Dahinten! Ein untersetzter Mittdreißiger. Das war Robert, der beste Scorer der vergangenen drei Jahre. Und dort, ein kleiner Albaner. Vielleicht knapp 1,70 m. Einer der schnellsten und besten Dribbler in der Oberliga Hamburgs. Auf der ihm gegenüber liegenden Kabinenseite entblößte ein großer Kerl seinen Oberkörper. Zum Vorschein kamen wahre Muskelberge – das war Torsten, eine Abwehrkante alten Schlages. Und dort ... das war doch Paul! Sein Freund Paul!

Mit einem Lächeln winkte Finn den langjährigen Mitspieler zu sich heran.

„Mensch, Paul! Was machst du denn hier?", freute er sich und die beiden Freunde gaben sich einen gekonnten Handshake wie es Basketballstars in der NBA gerne taten.

Paul war wie üblich die Ferien über bei der Oma an der Nordsee gewesen. Sie hatten sich daher seit Wochen nicht gesehen.

„Finn! Wie waren die Ferien? Mein lieber Mann, du siehst gut aus. Hast du viel trainiert?", fragte Paul anerkennend.

„Ja, ja", wiegelte Finn ab. Er wollte nicht als ehrgeiziger Streber dastehen. „Mein Vater hat mir ein Trainingsprogramm geschrieben, da habe ich ein wenig mehr Sport in den letzten Wochen gemacht." Er wollte schnell das Thema wechseln.

„Aber was machst du hier? Ich dachte, du wärst noch an der Nordsee? Bist du nun auch in der Ersten?" Paul schüttelte den Kopf: „Nein."

Ehe Finn seiner Enttäuschung Ausdruck verleihen konnte, ergänzte sein Freund kämpferisch:

„Noch nicht! Toni hat mich für die ersten Wochen dazu geholt. Er glaubt an mein Talent, aber ich muss ihn noch überzeugen. Daher erstmal Probetraining."

„Du schaffst das. Bisher warst du noch in jeder Mannschaft Stammspieler", bestärkte Finn ihn. Er wünschte sich wirklich ungemein, wieder mit Paul zusammenzuspielen. Es würde vieles einfacher machen.

„Du bist der berühmte Finn Eimer? Stimmts?", grummelte hinter ihm eine tiefe Stimme.

Finn fuhr herum und blickte in ein aufgedunsenes Gesicht. Der Mann streckte ihm die Hand entgegen. Er hatte eine stattliche Größe, fast 1,90 m, schätzte Finn. Und er besaß gut und gerne zehn Kilo Übergewicht. Finn kannte den Mann und hatte sich den Augenblick der Begegnung zuletzt häufiger ausgemalt.

„Ja, Finn Eimer. Guten Tag", sagte er förmlich und ergriff die ihm dargebotene Hand.

„Du siehst kräftig aus, für dein Alter – Kleiner", bemerkte der Mann anerkennend. „Ich bin Tomasz. Jeder hier nennt mich Tomek."

„Ich weiß", erwiderte Finn verlegen. Er merkte, wie er rot anlief. Natürlich kannte er Tomek, die Nummer 1 zwischen den Pfosten des FCM.

„Ey, Kleiner. Du musst keine Angst vor mir haben." Tomek hielt sich die stattliche Wampe: „Ich habe die besten Zeiten schon hinter mir und kenne meine Aufgaben. Wir beide sind keine Gegner, sondern ein Team. Man sagt immer, Torleute ticken anders. Ich finde, Torleute ticken genau richtig. Die anderen", er zeigte auf die feixenden Kollegen im Hintergrund, „die da, die ticken alle anders."

Er deutete mit einem drehenden Zeigefinger an seine Stirn und lachte. Finn lachte mit. Tomek machte ihm das Kennenlernen einfach.

Der Lärmpegel in der Kabine ebbte schnell ab, als Toni Musculus den Raum betrat. Braungebrannt mit einem hellen Lächeln schaute der Trainer in die Runde und begab sich an die schmale Raumseite, wo auch ein Taktikboard stand.

„Hey Männer! Das tut gut Euch wiederzusehen. Wird höchste Zeit, den Geruch von Rasen zurück in der Nase zu haben. Ich denke, wir sind alle lange genug unseren Frauen zu Hause auf die Nerven gegangen!" Er lachte lauthals über seine eigene Bemerkung und die umherstehenden Männer stimmten grölend mit ein.

„Robert", fuhr Toni fort, „ich glaube, du musst noch eine Runde ausgegeben. Als Torschützenkönig ist es Brauch sich bei seinen Mitspielern zu bedanken!"

„Na klar, Coach!"

Robert hatte eine sehr ruhige und leise Stimme. Finn war überrascht, er hatte den mehrfach besten Torschützen und Leistungsträger viel präsenter und selbstsicherer erwartet. Robert war ihm sofort sympathisch.

Tonis Augen wanderten weiter durch die Reihen. Bei Paul und Finn blieb er hängen: „Ah! Sieh an!"

Die nebeneinandersitzenden Jungs zuckten zusammen, als sie alle Augen auf sich gerichtet wussten.

„Unsere talentierten Neuzugänge – Finn kennt ihr sicher, sein Vater hat ja durchaus den einen oder anderen entscheidenden Ball gehalten. Er wird Tomek ganz schön nerven!"

Wieder schallte ein Lachen durch die Umkleide.

„Und Paul soll unseren beruflich in die USA abgewanderten Steve ersetzen. Er trainiert erstmal zur Probe mit. Die letzten Spieltage in der vergangenen Saison waren aber ordentlich, Paul. Mach nur so weiter!", motivierte Toni den aufgeregten Paul, der eifrig wie ein Wackeldackel nickte.

Tonis Blick wanderte suchend weiter durch den Raum. Er wurde aber scheinbar nicht fündig und wanderte zurück zu den beiden Jüngsten:

„Wo ist denn Euer Dritter?"

Paul und Finn blickten dumm aus der Wäsche und sahen sich verdutzt an.

Finn wusste noch nicht einmal etwas von Pauls Probetraining. Wer sollte denn der ominöse dritte Spieler sein?

Die Mannschaft samt Cheftrainer fuhr zusammen und drehte sich überrascht um, als die Tür ruckartig geöffnet wurde.

„Sorry, störe ich?", fragte ein grinsender Pawel. Er stolzierte wie selbstverständlich und gutgelaunt in die Kabine, suchte sich ein Plätzchen und lehnte sich lässig an die Wand.

„Ah, Pawel. Das nächste Mal bitte pünktlich, ja?", ermahnte Toni, ehe er stockte:

„Und wo genau sind deine Sportklamotten? Wir gehen gleich raus auf den Platz!"

Pawel zuckte mit den Schultern und krempelte den rechten Ärmel seines blauen Hoodies hoch. Zum Vorschein kam sein mit Plastikfolie umwickelter Arm.

„Sorry, Coach. Ich darf noch keinen Sport machen. Das Tattoo muss noch abheilen."

Schweigen im Raum.

Fast alle blickten zu Toni. Wie würde der Coach reagieren?

„Gut, Pawel", sagte er ruhig. „Ich glaube, deine Geschwindigkeit auf den Außenbahnen könnte uns helfen." Er deutete auf den Arm:

„So hilfst du uns natürlich wenig bis gar nicht. Geh nach Hause, kühl deinen Arm und komme in zwei Wochen wieder. Dann sehen wir weiter!"

„Ab nächster Woche bin ich wieder einsatzfähig", erwiderte Pawel korrigierend.

„Komm in ZWEI Wochen wieder, habe ich gesagt! Bis dahin will ich dich hier nicht sehen!", schrie Toni unvermittelt. Seine Augen traten zornig hervor, als er wütend auf die Kabinentür deutete. Alle Spieler blickten Pawel nach, der wie ein geprügelter Hund fortschlich.

Finn blickte wieder zu Paul. Beide Freunde hatten wohl denselben Gedanken:

Willkommen bei den 1. Herren des 1. FC Meiendorfs!

Nach dem kurzen Zwischenfall mit Pawel ging Toni schnell zur Tagesordnung über und schickte die Spieler für ein lockeres erstes Training auf den Platz. In der beginnenden Abenddämmerung war die Stimmung wieder losgelöst. Die Freude, endlich mit den Mitspielern am Ball zu sein, war jedem einzelnen Spieler anzumerken.

Einem lockeren fünf gegen zwei in mehreren Gruppen, bei denen zwei Spieler in einem, von den fünf anderen, gebildeten Kreis den Ball erobern mussten, folgte eine kurze Passübung mit Nachlaufen.

Danach separierte Toni die Torhüter von den Feldspielern, damit spezifischer geübt werden konnte. Tomek griff sich Finn und zog ihn in Richtung eines Nebenplatzes.

„Komm, Kleiner. Ich zeige dir ein paar Übungen."

Finn schnappte sich ein gefülltes Ballnetz und begleitete den gewichtigen Mann wortlos. Nach ein paar Metern musste er aber dann doch eine Frage loswerden:

„Gibt es denn keinen Torwarttrainer? Ich dachte, das wäre inzwischen gang und gäbe?"

„Naja", Tomek schmunzelte.

„Die letzten Torwarttrainer haben sich alle mit Toni überworfen. Der Coach redet fast überall rein. Das passt den meisten nicht. Vor allem, wenn er dann deren Entscheidung korrigiert und ihre Autorität so begräbt. Verstehst du?"

„Du meinst, wenn er dich wieder zur Nummer 1 gemacht hat?", fragte Finn ernst.

„Ja, haha! Vielleicht auch das."

Tomek schlug Finn auf den muskulösen Rücken und stutzte.

„Mein lieber Schwan. Du bist wirklich gut in Form, Kleiner!" Dann erst bemerkte er an Finns besorgte Miene, dass die Bemerkung ernst gemeint war.

„Mach Dir keine Sorgen. Ich weiß, dass Toni dein Talent kennt. Er geht nach Leistung, wenn die bei uns mindestens gleich ist, dann spielt der Jüngere. Also du. Er hätte auch gerne deinen Vater als Co-Trainer gehabt. Aber die Konstellation Vater-Sohn als Trainer-Spieler-Gespann sei selten gut gegangen, meint er."

Sie hatten den ramponierten Nebenplatz erreicht. Finn schüttete die Bälle aus dem Netz.

„Die brauchen wir erstmal gar nicht, Kleiner!"

Tomek baute eine Art Parcours aus mitgebrachten Hütchen auf – und zeigte Finn wie er die Begrenzungen zu passieren hatte: nämlich in einem Durcheinander aus Sprint, Hinwerfen, Aufspringen, Sprüngen, Entengang, Hinwerfen, Aufspringen, Hechtsprüngen und ähnlichem.

Finn hatte so noch nie trainiert. Er zog die Übungen klaglos und ohne große körperliche Anstrengung durch. Tomek spornte ihn immer wieder und wieder zu schnelleren Bewegungen an. Dann, nach etwa einer halben Stunde, ging es endlich mit Schusstraining weiter. Tomek platzierte sich dabei auf Höhe des Elfmeterpunktes und donnerte die Kunststoffbälle auf Finns Tor.

Es setzte nach kurzer Zeit stärker werdender Sommerregen ein. Das machte die Bälle zwar glitschiger, aber änderte nichts an der Tatsache, dass Finn kaum einen Ball passieren ließ. Er schmiss und fing, als wenn es das Selbstverständlichste auf der Welt wäre und Gott ihn nur dafür geschaffen hätte.

Nachdem Finn mal wieder alle Bälle gesammelt und für eine neue Runde an Tomek übergeben hatte, wurde der merklich ungeduldiger und schoss immer wilder und härter. Finns Fangquote litt darunter, aber seine Reflexe waren weiterhin grandios. Nach mehreren Runden mit gut und gerne sechzig Torschüssen, hatte Finn vielleicht dreißig Prozent durchgelassen.

Eine Wahnsinnsquote bei der Nahdistanz!

Ein schriller Pfiff ertönte über die Anlage: „Alles klar, Männer! Kommt zusammen!", rief Toni freundlich gestimmt. Scheinbar hatten ihm die Darbietung seiner Spieler gefallen. Auch die Torhüter kehrten zurück auf den Hauptplatz.

„Soll reichen fürs Erste!", lobte Toni als die Mannschaft gemeinsam am Mittelkreis stand und einen Kreis   bildete. Der Cheftrainer fragte provozierend in die Runde:

„Welcher Tag ist heute?"

Dann ertönte der Schlachtruf aus allen Männerkehlen gleichzeitig: „F-E-S-T-T-A-G!"

Die Spieler klatschten und verließen feixend den nassen Rasen. Toni und Tomek warteten, bis die meisten der Männer im Trockenen verschwunden waren. Erst dann fragte der Coach seinen erfahrenen Torwart und langjährigen Wegbegleiter:

„Und? Wie war der Eimer?" Toni deutete auf den schlammverschmierten Finn ein paar dutzend Meter vor ihnen.

„Ganz ehrlich, Toni?", antwortete Tomek stoisch: „Der wird nicht lange bei uns sein!"

Toni runzelte die Stirn, ehe Tomek ergänzte:

„Der ist viel zu gut! Du hättest ihn sehen sollen. Ich habe alles rausgehauen was ich konnte. Aus nicht mal elf Metern! Der hat Reflexe wie ein Tiger. Und ich habe ihn vorher unseren Teufelslauf absolvieren lassen."

Toni lachte schallend und klopfte sich auf den Oberschenkel: „Deine sinnfreie Anreihung von Sprüngen und Sprints, meinst du? Jedes Bundeswehrcamp ist dagegen ein durchdachter Lehrplan der Sporthochschule Köln!"

„Ja, eben", stimmte Tomek zu. „Der hat die Teufelsläufe absolviert. Ohne Murren. Ohne Schnaufen. Und dann fischt er einen Ball nach dem nächsten aus den Ecken." Tomek schüttelte nur den Kopf:

„Der Eimer! Der Eimer ist ein Volltreffer!"

Das sah auch ein Schatten so, der sich in diesem Moment vorsichtig und unbemerkt aus den Büschen hinter dem Fangzaun löste:

Erik hatte es sich selbstverständlich doch nicht nehmen lassen, den ersten Auftritt Finns als versteckter Trainingskiebitz zu verfolgen. Er fühlte sich bestätigt, hatte er es schließlich immer gewusst: Finn würde in seine Fußstapfen passen. Zufrieden pfeifend schlenderte Erik nach Hause.

7
Museumsbesuch

Das Jackett spannte unangenehm an den Schultern, als Erik es sich zuknöpfte. Die Hose musste er bereits zusätzlich mit Hosenträgern sichern. Der Krawattenknoten war ihm nach mehrmaligen Versuchen zu allem Überfluss auch nicht gut geglückt. Es war mehr als ein Jahrzehnt vergangen, seitdem er sich letztmals so herausgeputzt hatte.

Das war spürbare Tatsache.

Kein Wunder also, dass er sich kostümiert wie im Kölner Karneval fühlte, als er im ungewohnten Aufzug in die Hamburger U-Bahn stadteinwärts stieg. Dort fand er einen Fensterplatz und dachte schon nach kurzer Zeit wieder an Finn, während das Stadtbild vorbeizog. Der wurde vorhin von Paul zum Kicken auf dem benachbarten Bolzplatz abgeholt. Die beiden fuhren wohl freiwillige Extraschichten. Genau wie er selbst früher! Ein Lächeln huschte über sein Gesicht, als er an die Zeit dachte:

Auch der junge Erik Eimer ließ sich in jeder freien Minute die Bälle um die Ohren schießen. Er hatte nicht das größte Talent, aber mit Sicherheit war er schon als Jugendlicher wahnwitzig ehrgeizig. Nur so konnte er es in den bezahlten Fußball schaffen. Finn war aus demselben Holz wie er geschnitzt. Eben ein echter Eimer.

Erik schreckte aus den Erinnerungen hoch und eilte hektisch aus dem Bahnwagen. Beinahe hätte er das nötige Umsteigen am Barmbeker Bahnhof verpasst. In seinem humpelnden Gang stieg er dort nun in die Bahn gegenüber ein. Richtung St. Pauli.

Er liebte die Bahnstrecke. Sie erinnerte ihn stets an die Zeit als Profi, als er mehr als einmal an Spieltagen mit der Bahn zum Stadion gefahren war. Natürlich weitaus früher als die treuen Zuschauer, die in großer Zahl erst kurz vor Anpfiff anreisten.

Rückblickend bildete er sich ein, dass er die Bahnfahrt zur Spielvorbereitung in Form eines mentalen Trainings nutzte. In Wahrheit ließ er seinen geliebten Alfa Romeo aber zu Hause stehen, um abends mit den Mitspielern und Fans in einer der zahlreichen Hamburger Kiez-Kneipen zu versacken. Er war damals berühmt für seine nächtlichen Eskapaden gewesen. Die Leute liebten ihn deswegen. Er war einer ihresgleichen. Eriks Mundwinkel zogen sich nach oben, wenn er heute an die längst vergangenen, verrückten Nächte zurückdachte.

„Nächster Halt: Feldstraße – Ausstieg in Fahrtrichtung links" kündigte die automatische Ansage mit einer mechanischen Frauenstimme an.

Draußen im Sonnenlicht setzte Erik eine Sonnenbrille älteren Modells auf, die er zu Hause in einer Kommode wiederentdeckt hatte. Inzwischen erschien ihm das Modell „Magnum" wieder modern. Voller nostalgischer Erinnerung schlenderte er wie früher über das Heiligengeistfeld Richtung Stadion.

Das altehrwürdige Millerntorstadion zeichnete sich vor der tiefstehenden Sonne ab. Es war nicht mehr zu vergleichen mit der Spielstätte seiner Zeit. Damals bestanden die Tribünen teilweise noch aus Sand und Kiesaufschüttungen.

Auch war von Logen oder VIPs wie heute nicht die Rede. Das Gros der Fans kam aus einfachsten Verhältnissen und war dankbar für die bloße Ablenkung in Form eines Stehplatzes im Stadion, um den Arbeitsalltag zu vergessen.

Heute war das Millerntor ein wahres Schmuck-kästchen für knapp 30.000 Menschen. Mit seinen Backsteinmauern wirkte es wie ein englischer Fußballtempel aus der Premier League. Nicht wie ein Stadion eines zweitklassigen Nordklubs.

Erik erreichte die Westseite, die so genannte Gegengerade. Vor ihr parkten eine Menge edler Limousinen. Der dunkle Lack blitzte in der Sonne. Den

Eingang musste er nicht lange suchen. Eingerahmt von einem Absperrband war ein roter Teppich ausgelegt, der die Besucher des FC St. Pauli Museums begrüßte. Davor sammelten sich auch bereits ein halbes Dutzend Pressevertreter. Erik hörte das maschinengewehrartige Klicken der hochmodernen Kameras, als er über den weichen Teppich schritt. Auf einem Transparent über dem Eingang stand der Anlass des heutigen Abends in großen, braunweißen Lettern:

„25 Jahre Relegation – Heimkehr der Legenden"

Der Verein hatte alle Ehemaligen der Aufstiegstruppe eingeladen. Erik fand solche Events normalerweise kitschig. Er selbst musste seine Eindrücke des Elfmeterschießens bereits zig Mal im Vereinsheim zum Besten geben, da war eine verklärte Rückschau an anderer Stelle eigentlich nicht zusätzlich notwendig. Eigentlich!

Denn wann hatte Erik seit dem Karriereende sonst Gelegenheit, sich so wichtig wie heute zu fühlen?

Er versuchte, das lästige Humpeln so gut es ging zu unterdrücken, und schritt stolz zum Eingang. Dort freute er sich, als ein Fotograf in ihm den Elfmeterheld erkannte.

„Herr Eimer! Herr Eimer – ein Lächeln bitte für die Mopo-Leser!", rief ihm der verschwitzte Morgenpost-Reporter zu.

Erik gehorchte dankbar. Er setzte die Sonnenbrille lässig ab, zog den Bauch ein und spreizte beide Hände neben seinem Gesicht. Ganz so als wollte er einen imaginären Ball fangen. Dann setzte er seinen Weg fort.

„Erik, altes Scheißhaus!"

Die Stimme kannte er. Er drehte sich um und erblickte einen Mann, der mit dem unverwechselbaren Watschelgang eines Ex-Fußballers auf ihn zukam. Sie umarmten sich freundschaftlich.

„Carsten, schön dich zu sehen", begrüßte Erik den blonden Mann:

„Und Danke, dass du auch an mich gedacht hast, als du unsere Jungs alle abtelefoniert hast."

Carsten war der Kapitän der Aufstiegself. Ein begabter Mittelfeldspieler, der über Jahre hinweg Leistung für den Verein gebracht hatte und so zu wahrem Legendenstatus gekommen war.

„Logisch!", wiegelte Carsten ab.

Erik fiel auf, dass die blonden Haare inzwischen leicht ins Graue übergingen.

„Dich konnte ich auch problemlos erreichen. Nicht wie manch anderen der Jungs. du hast immer noch die gleiche Nummer wie früher. Wohnst du mit Bianca noch in Meiendorf?"

„Nein", sagte Erik und korrigierte sich gleich wieder: „Ja."

„Wie denn jetzt?", fragte Carsten verwirrt.

„Ich lebe noch in meiner alten Wohnung. Aber Bianca hat mich verlassen. Schon eine Weile her."
„Ach so, das tut mir leid."

Eine unangenehme Stille entstand.

Erik unterbrach sie mit einer, wie er hoffte, belanglosen Frage: „Und du? Wohnst du noch in Altona? Über dem Laden – wie hieß der noch gleich?"
„Goldener Matrose!", platzte es förmlich aus Carsten heraus.

„Genau!"
Erik klatschte sich vor Aufregung mit einer Hand auf den Oberschenkel.

„Der mit den zwei Billardtischen und der süßen Bedienung! Mensch, da haben wir Spaß gehabt. Gibt es den Schuppen noch?"

Carsten zuckte mit den Schultern.

„Keine Ahnung. Ich bin vor Jahren aus der Stadt rausgezogen. Der Trubel wurde doch zu bunt. Wir wohnen jetzt auf einem ruhigen Hof in Niedersachsen. Also keinen Bauernhof, es war ein Hof und wir haben ihn uns zu einem stattlichen Anwesen ausgebaut. Genug Platz für die Kinder und den Hund. Du musst uns unbedingt besuchen kommen!"

„Klar, auf jeden Fall", antwortete Erik merkwürdig emotionslos. Er begriff, dass wohl weder die Einladung ernst gemeint war noch, dass er große Lust zu einem Besuch einer heilen Familienwelt hatte. Heute war einfach ein Abend für die Erinnerung. Da gehörte es sich, so zu tun, als wenn die früheren Mitspieler weiterhin die Freunde fürs Leben waren.

„Komm, wir gehen rein und schauen, wer schon alles da ist."

Erik wurde von seinem früheren Kapitän mitgezogen und befand sich wenig später in geselliger Runde. Neben Carsten standen noch der Libero Jochen, der Vorstopper André und der Mittelfeldstaubsauger Michael um einen Stehtisch herum.

„Unsere Positionen gibt es im modernen Fußball gar nicht mehr", witzelte Jochen.

„Wir sind wahrlich museumsreif. Den Torwart gibt es noch immer. Erik, du würdest auch heute noch Elfmeter halten."

„Alles im Eimer!", rief Carsten und alle Männer lachten mit. Auch Erik zwang sich zu einem Lächeln, ehe er erwiderte:

„Naja, das Torwartspiel hat sich schon enorm weiterentwickelt. Ich habe damals die Rückpässe nur schnell loswerden wollen. Bloß nach vorne, weit weg vom eigenen Gehäuse. Heute bist du als Torhüter der erste Aufbauspieler."

Ein durchtrainierter Hüne kam an ihrem Tisch vorbei. Die aktuelle Nummer 1 der Profis.

„Er", Erik deutete auf den Mann, „er wäre mit seinem heutigen Können damals im Kreis der Nationalmannschaft."

Der Hüne schien die Worte nicht gehört zu haben, blieb dennoch stehen und drehte sich zur

Altherrenrunde um: „Guten Abend, die Herrschaften", sagte er mit einer kräftigen Bassstimme.

Dann veränderte sich die Stimme um ein paar Tonlagen, wurde fast kleinlaut:

„Herr Eimer. Darf ich Sie um ein Foto bitten?"

Irritiert schaute Erik auf. Wollte der Hüne ihn verarschen?

„Bitte. Sie sind eine Kultfigur des Vereins. Es wäre mir eine große Ehre. Klaus, komm doch einmal. Mach bitte ein Foto von uns!"

Der Hüne gab einem herannahenden Mann mit dunklem Schnauzer und zurückgekämmter Gelfrisur sein Handy. Das riesige Display funkelte im Scheinwerferlicht der Deckenstrahler. Es musste das neueste und wohl gleichzeitig teuerste Apple-Modell sein.

„Recht freundlich die Herren", bat der Mann namens Klaus. Er machte ein paar Aufnahmen, dann klatschte der Hüne mit Erik ab:

„Danke! Sie sind eine lebende Legende!"

Eriks Brust wurde breit vor stolz. Es war sehr lange her, dass er um Fotos oder gar Autogramme gebeten wurde. Seine früheren Mitspieler lachten und zogen Erik die nächsten Minuten auf, indem sie jeden der vorbeieilenden Gäste fragten, ob er oder sie nicht ein Foto mit der Vereinslegende machen wollte.

Eriks Euphorie verflog allerdings so schnell wie sie gekommen war. Er musterte im Laufe des weiteren Abends still die anwesenden Ex-Mitspieler. Die unterhielten sich glänzend und fühlten sich auf der Bühne einer abendlichen Gala sichtlich wohl. Erik ließen sie mehr und mehr links liegen. Er registrierte ihre teuren Armbanduhren, die glänzenden Lederschuhe und die edlen Ringe an ihren Fingern. Scheinbar ging es jedem seiner Ex-Kollegen finanziell auch heute gut. Nur er selbst hatte Pech gehabt.

Oder war er zu sorglos durchs Leben gegangen?

Zu verschwenderisch?

Traurig und beschämt schaute er an sich und seinem zu eng sitzenden Anzug herab. Er blickte suchend nach dem Hünen. Die aktuelle Nummer 1 stand an der anderen Ecke des Raumes. Würde der später solche Probleme wie er selbst bekommen? Mit Sicherheit nicht!

Heutzutage war deutlich mehr Geld im Spiel als zu seiner Zeit. Und die heutige Spielergeneration wurde auch unterstützt und professionell beraten. Es hatte sich im Laufe der Jahre eine regelrechte Spielerberater-Szene gebildet. Teilweise waren es ehemalige Profis, teilweise auch mehr oder weniger seriöse Geschäfts-männer, die Agenturen gründeten und so am Fußball-Business partizipieren wollten.

„Moment mal", murmelte Erik zu sich selbst.

Carsten und die anderen waren weiter in Gesprächen über alte Zeiten vertieft und registrierten nur am Rande, wie ihr Ex-Mitspieler den Tisch verließ und sich durch die Menge drängte. Erik kannte den schnauzbärtigen Mann namens Klaus von vorhin. Er war sich ganz sicher.

„Hey, Erik! Alles im Eimer?", rief ihm ein angetrunkener Großvater auf seinem Weg durch den Festsaal hinterher. Es war ein ehemaliges Vorstandsmitglied, das sich anscheinend nur allzu gern von Erik nochmal die Elfmetergeschichte schildern lassen wollte. Erik winkte nur beiläufig und kämpfte sich weiter durch die Menschen. Wo war der Hüne jetzt?

Ah – dort in der Ecke!

Gemeinsam mit anderen Profis der aktuellen Mannschaft stand er umringt von ein paar jungen Frauen in knappen Kleidern in Thekennähe. Klaus war nicht zu sehen. Erik blinzelte erfolglos suchend in die Menge. Vielleicht war er bereits gegangen? Gerade als er aufgeben und wieder zurückgehen wollte, kam der Schnauzbart jedoch aus dem Gang, der zu den Toiletten führte. Er wischte sich die Hände an der Hugo Boss Hose seines Anzugs trocken, als Erik ihn ansprach.

„Entschuldigung?"

„Ah, Herr Eimer. Was gibt es? Soll ich noch ein Foto machen?", witzelte der Schnauzbart.

Erik lachte höflich mit und schüttelte den Kopf. „Nein, nein. Das ist nicht nötig, denke ich. Ich habe nur eine kurze Frage? Sie - Sie sind doch Klaus Giercke? Der Gründer von *Giercke and Friends*?", fragte Erik zögerlich.

„Der bin ich. Leibhaftig wie der Teufel. Ich dachte, Sie hätten mich vorhin erkannt?", erwiderte Klaus Giercke und zeigte ein strahlendweißes Lächeln.

„Habe ich auch", log Erik. „Ich habe nur zu spät geschaltet. Sie, als Gründer einer der führenden Spielerberatungsagenturen, können mir vielleicht einen Tipp geben."

Giercke strich seinen Schnauzer stirnrunzelnd glatt: „Sind Sie nicht ein wenig zu alt, um sich Karrieretipps abzuholen?"

„Ich?", fragte Erik verdutzt.

Dann schüttelte er vehement den Kopf:

„Nein, oh Gott. Es geht nicht um mich!", korrigierte er schnell: „Es geht um meinen Sohn. Finn! Ein wirklich großes Torwarttalent. Über ihn möchte ich gerne mit Ihnen sprechen!"

Giercke stockte kurz. Dann lachte er laut:

„Ha, ha, ha! Und ich dachte, Sie wollten nochmal selbst angreifen!"

Wieder schüttelte Erik freundlich mit dem Kopf. Gierckes Augen funkelten als er ruhig weitersprach:

„Wissen Sie, Herr Eimer. Wir Fußballer", er zeigte in den festlich geschmückten Saal, „wir sind doch eine große Familie. Für den Sohn von Erik Eimer habe ich selbstverständlich immer ein Ohr. Ich bin Romantiker. Was wäre das für eine grandiose Geschichte? Der Sohn vom kultigsten Torwart Hamburgs tritt in die Fußstapfen des Vaters!"

Giercke lachte wieder und legte Erik eine Hand auf die Schulter, als er weitersprach:

„Kommen Sie, erzählen Sie mir mehr, Herr Eimer. Wo spielt Ihr Finn? Wie alt ist er? Ich möchte alles wissen." Plötzlich hielt er inne.

„Aber vorher, lassen Sie uns bitte ein Bier holen und Sie erzählen mir die Geschichte: Was haben Sie nochmal im Elfmeterschießen damals zu dem Stuttgarter gesagt?" Wieder lachte Giercke.

„Er lacht etwas zu häufig", stellte Erik für sich fest.

Dennoch erzählte er ihm die legendäre Geschichte, sogar, zum ersten Mal seit langem, mit allen Details und voller Enthusiasmus. Er hatte das Gefühl, mit Giercke auf diese Weise ein untrennbares Band zu knüpfen.

Am Ende des Abends speicherte er glücklich dessen Telefonnummer in seinem Handy ab. Er brauchte den Spielerberater zukünftig noch.

Finn sollte schließlich keinesfalls enden wie der Vater.

9

Auf Abwegen

Während sein Vater mit dem Spielerberater Giercke auf der Festveranstaltung des FC St. Pauli anbandelte, ließ sich Finn von Paul warmschießen.

Die beiden Freunde waren auf dem öffentlichen Bolzplatz im Meiendorfer Park gegangen. Er sah von weitem grün und rasenbewachsen aus. Erst bei genauerer Betrachtung kamen die zahlreichen Löcher in der ramponierten Rasenfläche zum Vorschein. Direkt vor den netzfreien Toren wuchsen gar keine Grashalme mehr.

Vor einem der Gestänge stand Finn im Torwarttrikot der 90er Jahre, welches sein Vater ihm gerade zum Geburtstag geschenkt hatte und seinerseits vom Nationalkeeper als Jugendlicher persönlich bekommen hatte. Finn spürte eine mystische Energie, die durch den alten Stofffetzen auf ihn übertragen wurde.

Paul legte sich den Ball zum nächsten Schuss bereit. Dabei häufte er mit den Händen ein wenig Sand auf und positionierte den Ball darauf. Er lief kraftvoll an und traf die auf dem Hügel liegende Kugel satt mit dem Vollspann. Sie zischte durch die Luft. Finn sprang in die rechte Ecke, erwischte den Schuss, indem er mit seinem linken Arm spektakulär übergriff. Die Flugkurve veränderte sich. Aber nur leicht. Der Schuss donnerte an die Unterkante des Lattenkreuzes und von dort ins Tor.

„Tor! Sechzehn Treffer von dreißig Schüssen!", jubelte Paul und spannte seinen kleinen Bizeps an.

Das Trikot des FC Barcelonas war körperbetont und ihm etwas zu eng. Er liebte es trotzdem oder auch genau deshalb. Messi war sein Idol, seitdem er ein Junge war. Allein schon, weil Paul, genau wie der mehrfache Weltfußballer, selbst immer zu den kleinsten Spielern in der Mannschaft zählte.

„Ich habe gewonnen!", rief er und klatschte freundschaftlich mit Finn ab.

Der verkniff das Gesicht:

„Der letzte Ball, den muss ich einfach haben", ärgerte er sich. „Stell Dir vor, in einem entscheidenden Spiel, der letzte Ball. Und dann schaff ich es nicht, ihn abzuwehren."

„Und stell du dir mal vor: Der letzte Schuss im Finale von mir – und er knallt so ins Tor wie der eben ...", entgegnete Paul.

Er legte beruhigend den Arm um Finn und fuhr fort: „Mensch, so ist eben der Sport. Es können nicht beide gewinnen. Deshalb macht er uns doch so einen Spaß! Und wir üben heute Abend genau deshalb hier: aus Spaß! Und damit wir im entscheidenden Moment die Sieger sein werden."

Finn streifte sich die Torwarthandschuhe ab und wischte den Schweiß von der Stirn. Sein Gesicht war vom Staub des Sportplatzes dreckig braun. Er wusste: Paul hatte natürlich recht.

Aber seinen Ehrgeiz konnte er dennoch nicht auf Knopfdruck ausstellen. Auch wenn Paul sein engster Freund war und er inständig hoffte, mit ihm gemeinsam bei den 1. Herren kicken zu dürfen.

Er pfefferte die Handschuhe gegen den meterhohen Maschendrahtzaun hinter dem Tor und schrie dabei seine Enttäuschung heraus. Daraufhin zog er das bunte Trikot aus und warf es gleich hinterher. So als wenn er nicht würdig wäre, es zu tragen.

Mit großen Augen bewunderte Paul den Freund. Finns entblößter Oberkörper war durchtrainiert und gekennzeichnet von starken Muskelsträngen an den Schultern und einem fabelhaften Waschbrettbauch. Er wies kein Gramm Fett zu viel auf.

„Wow, Finn. Du hast es in den Ferien echt wissen wollen, oder?", fragte er bewundernd.

Finn schaute gleichgültig an sich herunter und zuckte mit den Schultern:

„Ja, das Training meines Vaters war auch buckelhart. Aber Tomek hat mich vorgestern in der Tat auch hart rangenommen. Da habe ich erst gespürt, wie sinnvoll die Vorbereitung war."

Wieder zuckte er mit den Schultern und breitete resignierend die Hände aus:

„Genutzt hat es mir aber eben auch nicht!"

„Ach was, Finn! Wahnsinn - der Fleiß wird sich auszahlen. Du wirst es schon sehen!" Wieder schaute Paul den Freund ungläubig an:

„Allein Dein Sixpack – ach, was sage ich: Es ist ja eher ein Twelvepack, mein lieber Mann."

Es ertönte ein langgezogenes Pfeifen. Ein Ton, den man aus Filmen kannte, bei denen Jungs Mädchen hinterher pfiffen. Grinsend tauchte Inga am Rande des Platzes auf. Bekleidet in dunkler enger Jeans und aufgeknotetem T-Shirt kam sie auf die beiden Jungen zu.

„Ich komme wohl genau richtig?", bemerkte sie keck. Und prüfte mit ihren Fäusten den eigenen Bauch: „Ich kann mir wohl noch etwas abschauen?"

Sie hatte Finn erreicht, strich ihm über den entblößten Oberkörper und gab ihm einen Kuss zur Begrüßung.

Paul suchte seinen Pullover und seine Trinkflasche zusammen. Ihm war die Szene sichtlich peinlich. Er fühlte sich wie das fünfte Rad am Wagen und ging bereits in Richtung der abgestellten Fahrräder. „Eh, wo willst du denn hin?", rief Inga ihm hinterher und schoss den Ball unbeholfen in Pauls Richtung. „Ich kann auch noch ein wenig Übung brauchen, wie du sehen kannst. Der Idiot hier", sie stieß ihren Ellbogen gegen Finn, „der kann mir höchstens das Fangen beibringen."

Finn nickte zustimmend und bedeutete Paul wieder zurückzukommen:

„Genau Paul, gehe noch nicht. Lass uns noch ein wenig chillen!"

Der Freund seufzte auf und drehte wieder um: „Aber nur, wenn ich euch wirklich nicht störe."

Das tat er nicht.

Die drei saßen noch zwei Stunden im Torraum des verwaisten Bolzplatzes und unterhielten sich angeregt. Es war ein fabelhafter Spätsommertag, der nur sehr langsam Abschied nehmen wollte. Die Temperatur lag weiter deutlich über der zwanzig Grad Marke.

Sie sprachen von dem unaufhaltsam nahenden Schulstart: „Ich habe überhaupt keine Lust darauf. Meine Mutter wird wieder zu Fräulein Rottenmeier, wenn meine Noten nicht passen", sinnierte Finn.

Sie sprachen von den 1. Herren und dem ersten Training: „Ich bin überrascht, technisch können wir schon mithalten. Klar, konditionell und körperlich sind die eine Stufe weiter. Aber so viel besser als wir sind die auch nicht", machte Paul sich selbst Hoffnungen.

Sie sprachen von Pawel und seiner Tattoo-Aktion: „So ein Idiot. Sieht ihm ähnlich, dass er seine Komplexe auf diese Art zu kompensieren versucht", analysierte die Hobby-Psychologin Inga.

Dann war der Zeitpunkt gekommen. Die Sonne verschwand langsam hinter den Dächern der Häuser und es wurde deutlich kühler.

Finn fröstelte und rieb sich mit verschränkten Armen über die Schultern.

„Brrrhh - langsam wird es frisch."
Paul nickte und war dabei seine Sachen endgültig einzusammeln.

„Leute, wartet mal", hielt Inga die beiden zurück. Sie wühlte in ihrer Handtasche und nestelte eine Zigarettenpackung hervor. Paul machte große Augen. Beinahe panisch stellte er fest: „Ich rauche nicht!"

Inga öffnete die Packung und holte eine zu groß geratene Zigarette hervor. Es war ein Joint.

Er war nicht sehr professionell gedreht, fand Finn - nicht, dass er sich damit auskannte, aber das spitzzulaufende Ende war sehr lose gedreht und öffnete sich beinahe wieder. Dennoch bewunderte er Inga für ihre Lässigkeit und ihr Selbstbewusstsein. Er spürte die gleiche Bewunderung wie im Freibad, als Inga Pawel lächerlich gemacht hatte.

„Kommt schon", munterte Inga die beiden Jungs auf: „Das kommt gut, bevor man schlafen geht. Ich sage Euch, solche Träume hattet Ihr noch nie."

Sie zündete sich den Joint an und zog verrucht an seinem Ende. Hustend blies sie den Rauch wieder aus: „Gutes Zeug ..."

Sie röchelte und hielt Paul das glühende Stäbchen hin. Der zögerte und schaute erst Inga, dann Finn an. Der erkannte die Verunsicherung des Freundes und bedeutete ihm, den Joint weiterzureichen. Er wollte vor Inga nicht wie ein Schlappschwanz dastehen:

„Gib her", sagte er bestimmt und nahm schließlich einen tiefen Zug. Er hustete stark und lange.

Inga lachte: „Sag ich doch: Gutes Zeug!"

Finn hustete noch immer. Dann hielt er Paul den Joint wieder vor die Nase. Sein Freund zögerte erneut. Schließlich griff er nach der Tüte, ließ sie in den Sand des Torraums fallen und trat ihn im Staub aus: „Ich rauche nicht, Finn. Und du solltest es auch sein lassen. Sonst packst du es nicht!", stellte er wütend klar.

Seine Stimme war dabei seltsam belegt. Als wenn er kurz vor den Tränen wäre. Inga und Finn konnten nichts darauf antworten. Paul schnappte sich seine Sachen, rannte zu seinem Rad und verschwand in der abendlichen Dämmerung.

„Was ist denn mit dem los? Versteht wohl gar keinen Spaß mehr?", fragte Inga schulterzuckend.

10
Stundenplan

Die Ferien waren beendet.

Der erste Schultag lief im Gymnasium Blankenese wie in den letzten Jahren dahin. Die Schüler kamen aufgeregt in die muffigen Räume zurück, berichteten sich untereinander von ihren Urlauben und anderen Ferienerlebnissen, um dann sehr schnell wieder in den alten Trott zu verfallen. Die Freude über das Wiedersehen verflog auch bei Finn schnell. Nicht nur, weil er Inga vermisste oder er diesmal keinerlei Urlaubsanekdoten erzählen konnte, sondern vor allem, weil sein neuer Stundenplan in diesem Jahr fürchterlich zusammengestellt war.

Sicherlich mochte er Mathematik noch nie gerne. Aber am Dienstagnachmittag in der 8. und 9. Stunde? Das bedeutete er wäre erst gegen 16:30 Uhr zu Hause, um dort noch seine Hausaufgaben zu erledigen. Erst dann wäre seine Mutter bereit, ihn die Dreiviertelstunde zum Fußballtraining zu fahren. Ein knapper Zeitplan, um pünktlich in Meiendorf auf dem Platz zu stehen.

Auch die Biologie-Frühstunde am Freitag würde regelmäßig mütterliche Diskussionen mit sich bringen. Schließlich wäre Finn donnerstags immer erst spät vom Training wieder zu Hause und müsste am Freitag um 7:10 Uhr ausgeschlafen in der Klasse sitzen.

Finn sah in seinem inneren Geiste bereits Toni und Tomek vor sich, wie sie ihm gönnerhaft erklärten, dass er talentiert, aber, aufgrund der mangelnden Trainingsbeteiligung, erstmal nur die Nummer 2 hinter Tomek wäre und vorläufig Spielpraxis in der Jugend sammeln sollte.

Was wäre das für eine Blamage?

Und auch die Plagerei in den Sommerferien wäre umsonst gewesen. Da hätte er auch mit Arnulf und seiner Mutter in den Ferien nach Mallorca fliegen können.

Nach der letzten Schulglocke des Tages grübelte er auf dem Weg nach Hause über einen Ausweg nach: Sein Alltag fand in Hamburg-Blankenese bei seiner Mutter statt. Hier war seine Schule, hier stand sein Bett. Aber sein eigentlicher Lebensmittelpunkt war weiterhin Meiendorf. Im Nordosten der Stadt. Bei seinem Vater. Und Inga. Und Paul. Und bei den 1. Herren des 1. FC Meiendorf. Es musste doch eine Lösung geben!

An der hellen Villa angekommen, begrüßte er Arnulf auf der Hauseinfahrt. Der Stiefvater fuhr erschrocken zusammen, als er ihn bemerkte:

„Hey Finn! Ich habe dich noch gar nicht erwartet", druckste Arnulf herum und schlug hektisch den Kofferraum seines dunklen SUVs zu, der glänzend auf der Einfahrt stand.

„Am ersten Schultag passiert noch nicht so viel", erwiderte Finn schulterzuckend, als wenn er sich entschuldigen müsste.

„Wo willst du denn heute Mittag hin? Ich denke heute ist dein freier Tag?"

„Ich? Ach so, nein – in der Reederei ist weiter der Teufel los. Ohne neues Personal bleibt alles immer noch an mir hängen. Wird Zeit, dass du deinen Schulabschluss machst und bei mir einsteigst!", scherzte Arnulf und lachte verkniffen.

„Ich will dich nicht aufhalten", ging Finn nicht auf die witzig gemeinte Anspielung ein und schritt Richtung Haustür.

Er hatte die Golftasche im Kofferraum genau gesehen und glaubte seinem Stiefvater kein Wort. Aber immerhin hatte er nun vielleicht doch eine Idee, um die Stundenplanmisere zu lösen.

*

Am Abend entließ ihn seine Mutter mit einem „Du nimmst den ersten Bus um kurz nach Neun und kommst so schnell es geht nach Hause – morgen ist Schule!" aus dem Auto. Finn nickte artig und schulterte die Sporttasche.

Zur eigenen Überraschung war er einer der letzten in der Umkleidekabine, obwohl die Einheit erst in zwanzig Minuten losgehen sollte. Toni stand mit einer Gruppe an der Taktiktafel und erläuterte eine neue Eckballvariante. Auch Paul war bereits vor Ort und streifte sich gewissenhaft die Stutzen über. Er tat, als ob er Finn nicht bemerkte. Die Sache mit dem Joint war noch nicht ausgeräumt.

Auf Finns Platz neben Tomek stand eine fremde Sporttasche. Daneben grinste ihn ein nur allzu bekanntes Gesicht entgegen:

„Du musst dir wohl einen anderen Platz suchen, Eimer!", höhnte Pawel schadenfroh.

Finn konnte kaum reagieren, als Tomek ihn bereits aus der Situation befreite. Er schob Pawels Tasche mit seinen stämmigen Armen beiseite und deutete auf den Platz neben sich:

„Komm her! Das hier ist unser Terrain. Hier sitzen die Torhüter! Und du", er wandte sich an Pawel:

„Ich denke, du hast noch Trainingspause, wenn ich den Coach richtig verstanden habe?"

„Habe ich nicht mehr", entgegnete Pawel blitzschnell, als wenn er nur auf die Frage gewartet hätte. Er schob den Ärmel hoch und präsentierte sein verheiltes Tattoo: drei fingerbreite Ringe, die sich um seinen Unterarm wickelten.

„Mein Vater hat nochmal mit dem Coach gesprochen. Er hat überreagiert – da alles ausheilt ist, darf ich natürlich sofort einsteigen."

„Na dann", sagte Tomek gespielt uninteressiert. Ihm war klar, dass hier der Sponsoreneinfluss von Pawels Vater eine Rolle spielte. Aber er schenkte Pawel keine Beachtung mehr und drehte sich zurück zu Finn:

„So, Kleiner. Fertig machen. Wir gehen wieder auf den Nebenplatz. Stabilisation und Sprungtraining. Später wird dann zusammen mit der Mannschaft an den Bällen gearbeitet." Tomek deutete mit dem Daumen auf die anderen in seinem Rücken: „Die machen jetzt sowieso erstmal Lauf- und Sprinteinheiten. Sei froh, dass Toni uns da außen vorlässt."

Das Torwarttraining stellte Finn vor keine allzu großen körperlichen Probleme. Ohne Mühen sprang er unzählige Mal vom Boden auf, um dann über eine Hürde hechtend, zugeworfene Bälle zu fangen. Katzenartig streckte er sich dabei, um sich dann im Fallen geschmeidig abzurollen. Wieder und wieder schallte Tomeks Stimme mit einem „Gut so!" oder „Hopp!" über den Platz, ehe ein schriller Pfiff, die Szene unterbrach.

Der Cheftrainer Toni bat alle, auch Tomek und Finn, in den Mittelkreis. Finn sah die erschöpften Gesichter der Feldspieler. Scheinbar war die Laufeinheit wahrlich kein Spaß gewesen.

„So, Männer!", klatschte Toni in die Hände.

„Alt gegen Jung. Zweimal zwanzig Minuten! Der Verlierer zahlt nächste Woche ein Abendessen im Trainingslager."

Die Männer grölten und klatschten in die Hände. „Wir brauchen Gegner und keine Opfer", lachte Robert und zog die Stutzen hoch. Der Goalgetter gehörte wie Tomek zu den Ältesten der Truppe und war sich sicher, die Jungspunde in die Schranken zu weisen. Finn, Paul und Pawel gehörten natürlich zur jungen Garde und zogen sich wie ihre Mitspieler ein grellgelbes Leibchen über. Es ertönte ein greller Pfiff aus Tonis Trillerpfeife und das Trainingsspiel begann.

In den ersten zehn Minuten passierte nicht viel. Die Älteren passten sich untereinander routiniert die Bälle zu. Dabei ließen sie ihre Gegenspieler gerne dicht an sich herankommen, um sie dann entweder mit einer Körpertäuschung oder einem geschickten Abspiel auszuspielen. Bei Manövern dieser Art gab es dann jede Menge Frotzeleien und Gelächter.

Finn hatte bis dato noch keinen nennenswerten Ballkontakt gehabt. Er sah seine Mitspieler erfolglos hinterherhecheln, ihre Gesichter wurden von Minute zu Minute frustrierter. Die dummen Sprüche der alten Hasen taten ihr übriges.

Es kam daher, wie es kommen musste: Nach einer Ballstafette über mehr als fünfzehn Stationen kombinierten sich die Alten vom eigenen Strafraum zentral bis vor Finns Sechzehner durch. Dort erreichte der Ball Robert. Der Goalgetter ließ zwei Abwehrspieler stehen und war kurz vor der Strafraumlinie, als ein düsteres Rauschen erklang und ein böser Schrei den Platz erfüllte. Pawel konnte seinen Frust nicht mehr kanalisieren und senste Robert übel von der Seite um. Der letztjährige Torkönig wälzte sich mit schmerzverzerrtem Gesicht auf dem Rasen.

Wütend preschten Spieler beider Mannschaften auf Pawel zu. Der selbst zwar erschrocken von seiner Tat, aber sich dennoch keiner Schuld bewusst war.

„Spinnst du?", rief Fata erbost. Der kleine albanische Dribbelkünstler spielte zwar als Mittzwanziger bei den Jungspunden mit, wusste aber zu genau, wie wichtig Robert für den FCM war.

Auch die anderen Spieler bedrängten Pawel stark. Toni und selbst der aus seinem Tor herausgeeilte Tomek gingen dazwischen.

Robert kam nur langsam wieder auf die Beine. Gestützt von einem Mitspieler testete er die Belastbarkeit seines rechten Sprunggelenks.

„Ah, verdammt!", fluchte er.

„Bringt ihn in die Kabine", befahl Toni.

„Der Fuß muss schnell gekühlt werden. Und du", er richtete sich an Pawel, „du entschuldigst dich und gehst gleich mit. Das ist ein Trainingsspiel und die meisten von uns müssen morgen wieder zur Arbeit. Sowas wie eben ist total drüber und fehl am Platz. Verstanden?"

„Ja, Coach", murmelte Pawel kleinlaut. Verschämt gab er Robert die Hand und nuschelte eine vage Entschuldigung. Dann verschwanden beide in der Kabine.

Nach dem Vorfall veränderte sich der Charakter des Spiels dramatisch. Es gab keine Spielereien und Kabinettstückchen mehr. Die erfahrenen Spieler wollten den Jungspunden nun erst recht zeigen, wer das Sagen hatte und drangen zielstrebig auf Finns Tor. Der musste mehrmals Kopf und Kragen riskieren, Bälle vor dem Sechzehner klären und auch einige Distanzschüsse abwehren. Die Prüfungen bestand er allesamt mit Bravour. Als er sich eine zu nah ans Tor geschlagene Ecke herunterpflückte, sah er Paul rechts loslaufen. Mit einem weiten Abwurf über fast vierzig Meter spielte er seinem Freund die Kugel in den Lauf. Im Vollsprint entledigte er sich zwei Gegenspielern, die ohne Ball langsamer als Paul waren, dann sah er den mitgelaufenen Fata, spielte mit ihm Doppelpass und schlenzte den Ball vom Strafraumeck in den Torwinkel. Tomek streckte sich unbeholfen und vergebens. Es stand 1:0 für die Grünschnäbel.

Paul blickte zu Finn und reckte den Daumen nach oben. Er freute sich diebisch, dass die Kontertaktik wieder einmal funktioniert hatte. Finn klatschte in seine Hände und reckte die Faust in den Himmel. Er freute sich wahnsinnig für seinen Freund, der schließlich noch um einen Platz im Kader kämpfte, und hoffte, die Joint-Geschichte wäre damit abgehakt.

Nach dem Führungstreffer stürmte die gegnerische Mannschaft Finns Gehäuse an. Wieder und wieder parierte Finn harte Fernschüsse, pflückte sich Eckbälle und Flanken oder grätschte gar vor seinem Sechzehner Pässe ab, so dass erst gar keine Torgefahr aufkommen konnte. Er machte ein tolles, wenn nicht gar perfektes Spiel.

Nach insgesamt vierzig Minuten pfiff Toni ab:

„Na, bitte!", stellte er zufrieden fest. „Wir wissen jetzt, wer die nächste Rechnung bezahlen wird."

Erschöpft und schweißgebadet schlurften alle Spieler im Licht der Abenddämmerung Richtung Kabine. Paul und Finn klatschten sich zufrieden, aber wortlos, ab, als sie sich begegneten. Beide wussten um die Wichtigkeit ihres Auftritts. Sie hatten sich dank ihrer Leistungen Respekt in der Truppe erarbeitet, der ihnen die Zukunft erleichtern würde.

Diese Szenerie beäugte wieder der massige Schatten im Dämmerlicht. Finn ahnte eine Bewegung in den Büschen hinter der Kabine. Er konnte aber nicht ausmachen, was es war oder ob er sich getäuscht hatte. Als er nochmal irritiert zum Schatten hinschaute, lenkte Tomek seine Aufmerksamkeit ab. Er packte und umarmte Finn herzlich.

„Mensch, Kleiner! Gute Leistung! Hut ab!" Er drückte ihn an sich und war ehrlich stolz und, trotz der Niederlage, kein bisschen sauer oder eifersüchtig auf Finns Leistung.

„Danke. Glück gehabt", erwiderte Finn schüchtern. „Na, nur keine falsche Bescheidenheit", sagte Tomek und bot Finn an, ihn später mit dem Auto in seine Richtung mitzunehmen.

„Das wäre großartig", freute sich Finn und blickte nochmal zu den nun regungslosen Büschen.

Es war kein Schatten mehr zu entdecken. Erik hatte sich bereits auf den Heimweg gemacht. Er ließ es sich weiterhin selbstverständlich nicht nehmen, die Einheiten des Sohnes heimlich zu verfolgen und platzte fast vor Stolz auf die eben gesehen Leistung.

Zufrieden vor sich hin pfeifend humpelte er nach Hause. Er hatte es schon immer gewusst.

*

Tomek fuhr für Finn einen Umweg und setzte ihn fußläufig zur Stadtvilla in Blankenese ab. Froh darüber, ordentlich Zeit gespart und pünktlich zu Hause zu sein, bedankte sich Finn und schlug die Beifahrertür zu.

Daheim angekommen, brannte noch Licht im Wohnzimmer. Finn nutzte die Gelegenheit, stellte die Tasche im Flur ab und setzte sich dann zu seinen Eltern vor den Fernseher. Es lief die ZDF-Talkshow mit Markus Lanz. Die besprochenen Themen und Fragen des engagierten Moderators waren Finn egal. Er hörte auch gar nicht richtig hin, sondern überlegte, wie er die wichtigste Aufgabe des heutigen Tages lösen konnte.

Gekünstelt streckte er sich schließlich und gähnte laut: „Puh, bin ich müde."

Arnulf und seine Mutter blickten kurz zu ihm, dann wieder auf den HD-Bildschirm.

„Puh", seufzte Finn wieder.

„Ich gehe dann mal schlafen."

Jetzt oder nie, dachte er sich. Er musste prüfen, ob die beiden Erziehungsberechtigten den Stundenplan am Kühlschrank gesehen hatten:

„Zum Glück habe ich morgen erst zur zweiten Stunde Schule", behauptete er.

„Du hast zur ersten Stunde, Biologie!", korrigierte ihn seine Mutter prompt.

Natürlich hatte sie den von ihm aufgehängten Plan in der Küche sofort gesehen und auswendig gelernt. Eine perfekte Helikopter-Mutti.

„Ach Mist", fluchte Finn, „wäre ja auch zu schön gewesen. Ich muss mich erst noch an das neue Schuljahr mit neuem Stundenplan gewöhnen. Na ja", er grinste, „wenigstens keine Frühstunde. Gute Nacht, Ihr zwei!"

Er gab seiner Mutter einen Kuss und Arnulf eine Umarmung, ehe er im Bad verschwand.

Er lächelte zufrieden bei der Betrachtung seines Spiegelbildes. Seine Mutter hatte den Stundenplan wie erhofft bemerkt. Einen leicht veränderten Plan. Ohne Frühstunde am Donnerstag und ohne Nachmittage vollgestopft mit Matheaufgaben.

Er putzte sich die Zähne.

Musste er ein schlechtes Gewissen haben?

Nein! Er war doch gezwungen, eine Notlüge zu platzieren! Andernfalls wäre das Abenteuer 1. Herren schnell vorbei.

Außerdem tat Arnulf genau das gleiche – Finn hatte es doch selbst gesehen: er schob Arbeit vor, um ein paar Golfbälle zu schlagen.

Er spukte aus und wusch sich das Gesicht. Nur wenige Minuten später schlief er friedlich und zufrieden in seinem Bett ein. Die morgendliche Bio-Frühstunde würde ohne ihn stattfinden.

11

Trainingslager

Das letzte Mal war Finn so aufgeregt gewesen, als er mit der Konfirmationsgruppe auf Reise ging. Nicht, weil er den damaligen Konfi-Unterricht so liebte, sondern weil in der Gruppe ein Mädchen war, auf das er sich Hoffnung machte. Zu Unrecht, wie sich später zu seinem Leidwesen herausstellte.

Heute ging es um kein Mädchen.

Er war schließlich glücklich und unsterblich in Inga verknallt. Diesmal war er so aufgeregt, weil er sich zum ersten Mal wie ein Profisportler fühlte.

Allein wie sich die komplette Mannschaft im Trainingsanzug am Freitagnachmittag auf dem Vereinsparkplatz versammelte. Alle im gleichen Look, im gleichen Blau und mit der gleichen Sporttasche – nur die aufgedruckten, weißen Spielernummern unterschieden sich.

„Melde dich, wenn ihr angekommen seid, ja?", bat ihn seine Mutter, als er aus dem Auto stieg. Nach harten Verhandlungen hatte sie zähneknirschend seiner Teilnahme am Trainingslager im niedersächsischen Barsinghausen zugestimmt.

Auch Erik hatte daran seinen Anteil: „Es ist ja nur das Wochenende. Ich verzichte somit auf meine Vater-Sohn-Zeit. Für dich ändert sich nichts!", schob sein Vater vor ein paar Tagen das entscheidende Argument ein und überzeugte seine Ex-Frau.

Mit Freude bemerkte Finn die Anwesenheit von Inga und die des Vaters auf dem Vereinsparkplatz, wo der Bus bereits mit laufendem Motor auf die Mannschaft wartete.

Beide waren gekommen, um ihn zu verabschieden. Finn steuerte zielgerichtet Ingas Nähe an und winkte auf seinem Weg zu ihr lächelnd Erik zu. Zwischen ihnen reichte häufig der reine Blickkontakt und sie wussten, was der andere dachte. Bei Inga angekommen, gab ihr einen langen Kuss.

„Das ist ja eine Überraschung, dich hier zu sehen!" „Na, was denkst du denn? Wenn ich dich schon nicht am Wochenende bei mir habe, möchte ich dir zumindest viel Erfolg wünschen. Verletze dich nicht."

Finn winkte ab. Irgendetwas gefiel ihm nicht an ihrer Tonlage. Er drückte sie nochmal an sich. „Alles in Ordnung bei dir?", fragte er dann.

Sie nahm seine Nähe dankbar an, war kurz darauf aber wieder das taffe Mädchen, in das Finn sich verliebt hatte.

„Alles okay. Natürlich!", wiegelte sie gespielt lässig ab. „Ich finde es nur schade, dass du am Wochenende die Party des Jahres auf St. Pauli verpasst. Aber musst du ja selbst wissen. Ich mache dann die Partybitch im *Halo* und niemand passt auf mich auf!"

Sie stieß ihn lachend von sich weg und machte ein paar Dance-Moves auf dem Asphalt, die sie später im *Halo*-Klub zeigen würde. Finns Mitspieler schauten irritiert, aber höchst interessiert zu.

„Ich weiß, ich wäre auch gerne bei Jasmins 18. Geburtstag dabei. Aber es ist diesmal eine Ausnahme, normalerweise bin ich nie ein komplettes Wochenende weg!"

„Einsteigen!", kommandierte Cheftrainer Toni.

Unter Pfiffen und Gejohle der umherstehenden Mitspieler küsste Finn Inga nochmal, dann bestieg er zusammen mit anderen Spielern den abfahrbereiten Bus.

Im Inneren des Buses musste sich Finn einige nicht-jugendfreie Sprüche anhören. Er reagierte auf der Suche nach einem freien Platz nicht darauf. Enttäuscht sah er, dass weder neben Paul noch neben Tomek ein Sitzplatz zu haben war. Hinten, in den letzten Reihen des Reisebusses, waren neben Pawel einige freie Plätze.

Die letzte Sitzplatzwahl für Finn. Auf Pawels dumpfe Sprüche konnte er gut verzichten. Da würde er eher stehend die Fahrt nach Barsinghausen auf sich nehmen. Suchend blickte er weiter durch den Bus und entdeckte Robert, der seinen dick einbandagierten Fuß über den freien Platz neben sich ausgestreckt hatte.

„Entschuldige", fragte Finn schüchtern. Er traute sich kaum die Vereinsikone anzusprechen:

„Ist der Platz hier noch frei."

Robert schaute ihn mit ernster Miene an. Finn bereute bereits seine Frage und fand sich mit einer zweistündigen Fahrt neben einem ihn schikanierenden Pawel ab, als Robert mit einer zackigen Bewegung sein Bein vom Sitz schwang.

„Klar, setz dich. Ich wollte in den nächsten Tagen eh ein paar Worte mit dir und den anderen neuen Spielern wechseln."

„Danke", erwiderte Finn überrascht und weiterhin kleinlaut.

„War die blonde Maus vorhin deine Freundin?"

„Ja, Inga. Das ist meine Freundin", antwortete Finn stolz.

„Herrje, jung müsste man nochmal sein", seufzte Robert und ließ sich in den Sitz zurückfallen. Finn war die Unterhaltung peinlich, weshalb er schnell das Thema wechselte:

„Wie geht es dem Fuß?"

„Ach, der Fuß ..." Robert winkte ab:

„Ich habe ihn jetzt ein paar Tage geschont. Der Verband ist nur provisorisch. Ich denke, ich kann das Programm im Trainingslager voll mitgehen. Ist nicht das erste Mal, dass ich im Training einen auf die Knochen bekommen habe."

Er lachte ansteckend und Finn stimmte mit ein. Auf der weiteren Fahrt entspann sich eine interessante Unterhaltung zwischen den beiden. Finn verlor seine Ehrfurcht und wollte alles Mögliche wissen: wie viele Tore Robert bisher geschossen hatte, wann er zum FCM gewechselt war und wo er vorher gespielt hatte. Als

Robert von einem Probetraining beim Hamburger SV zu sprechen anfing, wurde Finn hellhörig.

„Du warst Fußballprofi?"

Robert schüttelte energisch den Kopf.

„Nein. Nein. Meine Fähigkeiten waren nicht ausreichend. Der damalige Cheftrainer hatte kein Interesse an mir. Ich bin dann in meinem Beruf als Versicherungskaufmann geblieben."

„Hat dich das nicht geärgert? Du bist doch auch jetzt noch gut?"

„Auch jetzt noch?", Robert lachte auf.

„Was soll das denn heißen? Ich bin Mitte dreißig." Finn errötete leicht: „So meinte ich es nicht."

„Schon klar. Keine Sorge. Zu deiner Frage: Nein, geärgert habe ich mich nicht. Ich war zu der Zeit nicht so weit wie die anderen Spieler. Kein Problem. Rückblickend war es eine Entscheidung, die ich nicht bereue. Ich habe einen anderen Weg genommen – habe einen guten Job, eine tolle Familie und Freunde." Robert deutete in die Busreihen.

„Freunde, mit denen ich seit der Jugend zusammen Fußball spiele. Mit denen ich Höhen und Tiefen durchgemacht habe. Und weißt du was?"

Finn machte große Augen, sagte aber nichts. Er hatte den Eindruck, Robert erwartete auch gar keine Antwort.

„Das Wichtigste ist doch der Spaß! Der Spaß am Spiel. Und den habe ich mit meinen Jungs hier. Es ist egal, ob wir noch eine Saison Oberliga spielen oder im nächsten Jahr Alte Herren. Ich will mit den Jungs spielen. Das Mannschaftsgefühl spüren. Den Spaß spüren, jemanden zu veräppeln, wenn man ihn getunnelt hat. Aber auch veräppelt zu werden, wenn man eine Chance vergeigt. Das gehört dazu. Das ist ein Miteinander, was es nur im Teamsport gibt. Ich liebe diese Jungs!"

Finn nickte stumm. Er dachte nach. Ihm ging es bisher immer darum, besser zu werden als andere. Zu gewinnen. Das beschriebene Miteinander war für ihn abstrakt. Er übersprang dauernd Mannschaften, kam in neue Truppen und musste sich dort hocharbeiten. Er fühlte sich oft allein. Fast allein.

Er blickte zu Paul, der weiter vorne im Bus saß. Paul war ein Freund, der immer an seiner Seite war. Ein Freund, mit dem er auch immer zusammenspielen wollen würde. Aber was wäre, wenn Paul durch sein Probetraining fiel? Wäre Finn bereit, dann freiwillig mit ihm zu einer anderen Mannschaft zu gehen? Er war sich nicht sicher.

Robert unterbrach Finns Nachdenklichkeit, es schien, ihm selbst wäre eben auch etwas klar geworden:

„Ich ärgere mich nicht nur N-I-C-H-T über die Entscheidung kein Profi geworden zu sein. Ich bin regelrecht froh darüber! Wer weiß, was sonst geworden wäre. Profisport ist ein Haifischbecken, in dem vermeintliche Freunde nur auf deinen Ruhm und vor allem dein Geld aus sind. Du musst höllisch aufpassen, bei dir selbst zu bleiben. Und die Freunde hier im Bus, die wahren Freunde, hätte ich wohl auch nie gehabt."

Er sah Finn prüfend an als er fortfuhr:

„Das musst du mir versprechen, Finn: Du musst bei dir bleiben. Dein Charakter, dein Kind in dir, darf nicht verloren gehen. Sonst gehst du auch verloren. Ich weiß, wie gut du bist. Ich glaube an dich, aber wenn du tatsächlich einmal Profi werden willst, dann bleib du selbst und entscheide eigenständig. Sonst tun das andere - und zwar für sich."

Wieder nickte Finn, auch wenn ihm nicht klar war, was genau Robert meinte.

Die restliche Fahrt über blickte er schweigend im Bus umher. Ihm fiel auf, wie vertraut und familiär die älteren Teammitglieder miteinander umgingen. Das waren tatsächlich Freunde.

Finn dachte still über Roberts Worte nach: War es das, was er auch wollte? Oder wollte schon das Kind in ihm immer besser sein als andere? War er selbst einfach unbändig ehrgeizig oder wollte er letztlich lediglich so sein wie sein Vater? Wollte er so die Anerkennung gewinnen? Anerkennung von den anderen, von Inga, von seiner Mutter und am Ende von seinem Vater?

*

Erik blickte dem abfahrenden Bus lange hinterher. Vor seinem inneren Auge spielten sich Szenen seiner eigenen Vergangenheit ab:

Wie Fans den St. Pauli-Mannschafsbus mit großem Applaus vom Trainingszentrum aus Hamburg-Niendorf für ein Auswärtsspiel verabschiedeten. Manchmal, bei brisanten Derbys wie gegen Rostock mit Bengalos und anderen Pyroelementen. Er war jetzt schon stolz auf Finn und hoffte, sein Sohn würde seine tollen Trainingsleistungen auch im Spiel bestätigen können.

„Ich denke, wir sollten nochmal reden. Meinst du nicht?"

Bianca riss ihn aus der nostalgischen Gedankenwelt. Seine Ex-Frau baute sich vor ihm auf und stemmte die Hände in die Hüften.

„Du glaubst doch nicht ernsthaft, ich sehe dabei zu, wie unser Sohn seine Zukunft aufs Spiel setzt, nur weil du deine unvollständige Geschichte mit ihm zu Ende bringen willst!", schnaufte sie wütend.

Erik war zu perplex, um direkt zu antworten. Er ließ weitere Vorwürfe auf sich einprasseln:

„Mich in seiner Gegenwart um die Erlaubnis für das Trainingslager zu bitten, war aus deiner Sicht sehr schlau", der ironische Unterton ihrer Stimme war deutlich herauszuhören: „Was sollte ich schon antworten, ohne wieder als die doofe Spießermutter dazustehen?

Aber, der ungünstige Zeitpunkt, das beginnende neue Schuljahr und die Tatsache, dass Finn letztes Jahr gerade mal so die Klassenstufe bestanden hat – dies alles ist dir komplett egal. Hauptsache Finn kickt und spielt in der Oberliga. Da ist es schließlich egal, welchen

Schulabschluss jemand hat. Er muss es in den Füßen haben, im Kopf kann dann ruhig Stroh sein!"

Sie tippte sich bei ihren letzten Worten abfällig gegen die Stirn. Erik fühlte schmerzhaft, wie sie ihn und sein eigenes Leben angriff. Er spürte ihre Ablehnung und Verachtung für seine sportliche Karriere und vermurkstes restliches Leben. Und er spürte Wut in ihm aufsteigen. Wut, die nicht länger zurückgehalten werden konnte.

„Im Gegensatz zu dir, verstehe ich unser Kind!"

Seine Stimme hallte auf dem inzwischen leeren Vereinsplatz nach. „Finn möchte Fußball spielen! Er hat hier, bei mir, seine Freunde. Hier hat er seinen Verein. Er möchte seinen Traum leben!"

„Seinen Traum? Du meinst eher deinen Traum?", entgegnete Bianca süffisant.

„Zumindest ist es N-I-C-H-T sein Traum, sich in Blankenese vom Arnulf-Arsch Zucker in den Hintern pusten zu lassen!", knallte Erik ihr entgegen.

Nun war es Bianca, die nach Worten rang. Sie brachte nur ein leises „Wie bitte?" heraus.

„Du hast mich schon verstanden! Du bist die Egoistin hier. Nach meiner Spotinvalidität war ich nicht mehr gut genug. Da kam der reiche Reedersohn genau richtig, um die Prinzessin aus dem Untergrund zu holen. Und die nimmt ihr Kind als Trophäe gleich mit. Ungeachtet dessen, was es selbst möchte!"

Er tat einen bedrohlichen Schritt auf sie zu: „Aber weißt du was? Damit ist jetzt Schluss!"

„Wie meinst du das?", Bianca hatte sich gefangen und klang wieder herausfordernder.

„Du wirst schon sehen."

Er ballte die Faust, um seinen folgenden Worten Nachdruck zu verleihen:

„Bald wirst du schon sehen, wie ernst es Finn und mir ist. Sehr bald!"

Damit drehte er ab und verließ den Parkplatz grimmig zufrieden. Bianca blieb ratlos zurück. Sie rief ihm hinterher: „Wenn das eine Drohung sein sollte, kannst du dich schon mal auf Post von unserem Anwalt freuen!"

Erik drehte sich nicht um, sondern zeigte ihr nur den rechten Mittelfinger über seiner Schulter. Er lächelte in sich hinein, als er sich eine Zigarette anzündete. Endlich war er einmal schlagfertig gewesen und hatte Bianca vor ein Rätsel gestellt.

Er kramte sein Handy aus der Hosentasche hervor. Gleich würde er noch ein Telefonat mit Klaus Giercke führen, ehe er den Abend im Vereinsheim ausklingen lassen würde.

12

Mannschaftsabend

Der strahlende Samstag hatte dem FC Meiendorf beste Voraussetzungen am ersten Tag des Trainingslagers beschert. Toni blickte auf seine erschöpfte Mannschaft, die gerade die dritte und damit letzte Einheit des Tages auf dem akkurat gestutzten Barsinghausener Rasen beendete.

Der Spätsommertag war mit Temperaturen knapp über zwanzig Grad perfekt, um an Kondition und Passsicherheit zu arbeiten. Die Abstimmung der einzelnen Mannschaftsteile aufeinander sollte morgen und in den kommenden Wochen geschehen. Für heute war Toni sehr mit den Trainingsfortschritten zufrieden.

Der Chefcoach beobachtete die drei Jugendspieler Pawel, Paul und Finn, die gerade Bälle in ein Netz einsammelten. Alle drei machten sich bisher sportlich hervorragend. Menschlich allerdings prallten zwischen den noch nicht einmal volljährigen Teenies und seiner alten Truppe Welten aufeinander. Toni hatte in der jahrelangen Trainertätigkeit gelernt, wie elementar interner Mannschaftszusammenhalt war. Alle Spieler mussten sich gegenseitig vertrauen, dann wären sie in der Lage, auch in engen Spielsituationen Risiken einzugehen und knappe Spiele für sich zu entscheiden. Die jungen Spieler heutzutage waren allerdings sehr individuell. Sie waren es gewohnt, selbst der Nabel der Welt zu sein, waren stets für ihre Freunde erreichbar und ständig dabei, sich selbst in den sozialen Medien darzustellen.

Häufig mussten sie deshalb erst lernen, für andere einzustehen. Deren Fehler zu akzeptieren und gemeinsam für ein Ziel zu arbeiten. Grundbausteine eines Mannschaftssports. Gerade Pawels Egoismus machte Toni sorgen. Aber auch der sehr in sich gekehrte

Paul und der überaus ehrgeizige Torwart Finn würden sich nicht leicht wie von selbst integrieren lassen.

Am Abend stand genau aus diesen Gründen noch Teambuilding in Form eines Restaurantbesuchs mit abschließendem Beisammensein an.

Erwartungsfroh und selig erschöpft trudelten die Spieler nacheinander in die geräumige Kabine der modernen Sportanlage des Landesverbandes Niedersachsens ein.

Wie die Tradition es verlangte, kamen die drei Jugendspieler als letzte vom Trainingsplatz. Neben Bälle aufsammeln gehörte auch der Abbau sonstiger Trainingsutensilien und der Transport der Wasserkisten zu den Aufgaben der jungen Spieler. Die meisten alteingesessenen Mitspieler waren bereits fertig geduscht und umgezogen. Sie flachsten herum und freuten sich auf den bevorstehenden Abend.

Behutsam zog Finn sich die Handschuhe aus und entfernte die angebrachten Tapeverbände von seinen Fingern, die ihm vor schwereren Verstauchungen und Kapselverletzungen bewahrten. Er pulte sich weiter aus seinen Trainingsklamotten und band sich schließlich ein Handtuch um die Hüften.

Plötzlich drangen gequälte Schreie aus den Duschräumen zu ihm. Besorgt eilte er dorthin: „Was ist denn los?"

Die Frage konnte er sich eigentlich sparen, zu offensichtlich war die Szenerie. Pawel hatte sein Handtuch zusammengerollt und mit Wasser getränkt. Mit dieser Schlagwaffe ärgerte er den gerade duschenden Paul, der verzweifelt aufschrie und den Angriffen auswich.

„Ey Eimer, schau dir die Schwuchtel an. Wie die Schwuchtel tanzen kann", sang Pawel höhnisch und holte erneut zum Schlag mit dem Handtuch aus. Paul griff nach seinem Duschgel und versuchte panisch zu entkommen. Dabei rutschte er unglücklich weg, konnte sich aber gerade noch auf den Beinen halten. Mit einem Knallen fiel das Duschgel auf die blanken Fliesen.

„Bist du total bescheuert, Pawel? Wir sind doch nicht im Kindergarten!"

Pawel achtete nicht auf Finn. Er lachte wieder auf:

„Na, komm Paul. Heb die Seife auf!"

Er deutete auf das Duschgel, das direkt vor seinen Füßen gelandet war.

„Ach, fick dich!", entgegnete ihm Paul und verschwand aus der Dusche.

„Was ist? Glotz nicht so, Eimer!" Pawel suchte ein weiteres Opfer für seine Aggressionen.

„Halt deinen Mund und geh. Merkst du nicht wie peinlich du dich verhältst? Wir sind hier nicht im Zeltlager der Sonderschule. Wir sind bei den 1. Herren und du treibst Deine Kinderstreiche hier."

Pawel rollte sein Handtuch nochmal enger zusammen.

„Versuch es nur – und ich schwöre dir, du bekommst von mir so eine reingehauen, dass du morgen im Krankenhaus aufwachst", drohte Finn.

Pawel zögerte. Er schien die Lage abzuschätzen. Angesichts Finns stattlicher Statur entschied er schließlich, es besser nicht mit ihm aufnehmen zu wollen:

„Ach, Ihr steckt doch beide unter einer Decke!" Finn beachtete ihn nicht weiter. Er drückte auf den Knopf der Dusche, schloss die Augen und hörte nur noch das erfrischende Rauschen des Wassers.

*

Nach dem unschönen Zwischenfall waren Paul und Finn froh, abends im Restaurant nicht neben Pawel sitzen zu müssen. Toni hatte eine feine italienische Taverne ausfindig gemacht und dort das Hinterzimmer für seine Mannschaft reserviert. Verabredungsgemäß zahlten die alten Spieler nach ihrer Trainingsniederlage den Abend.

Das tat der Stimmung keinen Abbruch. Im Gegenteil: gerade die langjährigen Spieler um Tomek und Robert amüsierten sich königlich und unterhielten die anderen mit Witzen und Anekdoten früherer Mannschaftsausfahrten. Die beiden jungen Freunde hörten stumm und aufmerksam zu, trauten sich selbst aber kaum zu sprechen.

Als die Kellner endlich das Essen, bestehend aus viel Gemüse, Fisch in allerlei Varianten und Unmengen von Nudeln, brachten, erhob sich Toni von seinem Stuhl. Er wollte noch etwas sagen.

„Darf ich um eure Aufmerksamkeit bitten?" Das Gemurmel im Raum verebbte langsam und alle Augen richteten sich auf den Cheftrainer.

„Ehe ich es vergesse und sich der Abend verselbstständigt, habe ich euch zwei gute und zwei schlechte Nachrichten zu überbringen. Womit soll ich anfangen?"

Aus dem wiedereinsetzenden Gemurmel tönte Tomeks kräftige Stimme hervor: „Erst die Schlechten!"

„Quatsch! Erst die Guten – die Schlechten kann er für sich behalten", grunzte ein stämmiger Verteidiger, der sein Bier erhob, in die Runde prostete und dabei über seine eigene Bemerkung lachte.

„Also gut, Männer!", übernahm Toni wieder.

„Ich werde es abwechselnd machen – einer Guten folgt eine Schlechte!"

Er guckte in die erwartungsfrohen Gesichter und grinste.

„Die erste gute Nachricht ist: Ihr habt heute wirklich alle super mitgezogen. Ich bin zufrieden mit den Einheiten, mit euch und unseren Fortschritten! Dafür möchte ich mich bei euch bedanken: Bis 22 Uhr gehen alle Getränke auf mich."

Ein lauter Applaus untermischt mit lauten Pfiffen erfüllte den Raum: „Trainer! Trainer! Trainer …!" Toni beschwichtigte seine Mannschaft mit ausgebreiteten Händen, wieder ruhiger zu sein.

„Jetzt die erste Schlechte: Zapfenstreich ist trotzdem heute um Mitternacht. Wenn ich jemanden später erwische, dann lasse ich den- oder diejenigen morgen den kompletten Tag durch den Wald laufen. Softdrinks und Bier sind heute erlaubt. Keine harten Getränke! Haben wir uns verstanden?"

Der Restaurantbetreiber drehte mit einem Tablett voller Schnapsgläser gefüllt mit Sambuca in der Tür um. Gerade wollte er eine Runde auf Kosten des Hauses spendieren.

Ein ironisches „Buh!" ertönte einstimmig.

„So", Toni setzte wieder ein breites Grinsen auf als er fortfuhr, „die zweite gute Nachricht."

Er machte eine spannungsfördernde Pause.

„Sag schon", raunte Torsten. Die muskulöse Abwehrkante.

„Die zweite gute Nachricht ist, dass wir morgen ein Testspiel haben werden. Daher auch die Bitte, es heute nicht zu übertreiben. Unser Gegner wird niemand geringerer sein als ..."

Es war mucksmäuschenstill. Lediglich das Geschirrklappern klang dumpf aus dem Vorzimmer des Lokals herüber, als Toni die Bombe platzen ließ:

„Werder Bremen!"

Nach kurzer Pause brandete Jubel auf. Finn sah Paul mit weit aufgerissenen Augen an. Alle glaubten wohl an einen Scherz und richteten wild Fragen an den Trainer. Der sprach ungerührt des Durcheinanders weiter:

„Ich weiß, das kommt jetzt überraschend. Der SV Werder hatte heute Trainingsauftakt, wird also kaum in Topform und auch nicht in Bestbesetzung sein. Aber ich denke für euch könnte auch die Reserve noch eine schöne Prüfung werden. Dank meines Freundes Patrick, seinerseits Co-Trainer der Profimannschaft, konnten wir als Oberligist den Test schon vor Wochen festziehen. Das ist meine Überraschung für euch!"

Ein langer Applaus erhob sich. Ungläubig schauten die Spieler aneinander an. Die Aufregung, morgen gegen eine Profi-Mannschaft antreten zu dürfen, war greifbar. Viele schoben sogar ihr Bierglas bei Seite. Sie wollten morgen topfit sein.

„Was ist grün und stinkt nach Fisch ...", posaunte Tomek, der als erstes die Sprache wieder gefunden hatte. Die anderen stimmten schnell mit ein und gaben ihm das Echo:

„Werder Breeeeeee-men!"

„Ruhig, Männer! Hinten kackt die Ente", ätzte Toni: „Ich habe noch eine schlechte Nachricht."

Schnell legte sich die Unruhe wieder. Toni sprach nun ernst und entschlossen.

„Wir werden morgen verlieren. Vielleicht sogar sehr hoch. Das finde ich nicht dramatisch. Auch in der kommenden Saison werden wir das ein oder andere Spiel verlieren. Das ist auch nicht schlimm." Nun wurde seine Stimme lauter und fordernd:

„Was ich aber immer sehen möchte ist, wer die bessere Mannschaft ist!"

Fragende Gesichter.

Die anwesenden Männer verstanden nicht so recht: Wenn sie haushoch verlören, was zu erwarten war, dann wäre doch sonnenklar, wer die Besseren waren?

„Ich möchte sehen, wie jeder von euch für den anderen alles gibt. Wie jeder von euch bereit ist, dem anderen zu helfen. Jeder bereit ist, Fehler eines anderen auszubügeln. Beim SV Werder spielen bessere Individualisten. Bei einigen unserer Ligakonkurrenten auch – Fußball ist aber ein Teamsport. Ich will sehen, wer das bessere Team ist. Darauf kommt es an. Das Ergebnis ist mir dann zweitrangig, solange wir die Tugenden des Miteinanders leben und zusammenhalten."

Toni brüllte nun förmlich:

„Haben wir uns verstanden?"

Alle Anwesenden nickten. Der Trainer schien zufrieden, trotzdem machte er weiter ein ernstes Gesicht.

„Gut. Dann möchte ich ab jetzt Fortschritte erkennen. Die wirklich schlechte Botschaft ist nämlich: Bisher seid ihr kein Team. Jeder schaut auf sich: Die Älteren wollen ihren Status halten, die Jüngeren sich profilieren – und viele bemerken ihren Egoismus überhaupt nicht. Heute Abend und morgen habt ihr die Gelegenheit eine Mannschaft zu werden. Nutzt sie und zeigt es mir. In diesem Sinne: Guten Appetit!"

Mit diesen Worten setzte sich Toni wieder. Verhalten, ohne große Wortwechsel, aßen die Spieler. Jeder dachte über die soeben gehörten Sätze nach. Jeder grübelte darüber, was er besser machen konnte. Genau das hatte der Trainer beabsichtigt.

Auch Finn fühlte sich ertappt. Hatte er nicht selbst bisher nur auf sich geachtet?

Nicht eine Sekunde hatte er etwa darüber nachgedacht, wie es Tomek aktuell ging. Er würde sicherlich selbst auch lieber spielen, als einem Schüler wie ihn, der sein eigener Sohn sein könnte, Torwarttraining zu geben. Suchend blickte Finn in Tomeks Richtung, konnte ihn aber nicht entdecken.

Urplötzlich klopfte ihm jemand auf die Schulter: Tomek.

„Mach nicht ein Gesicht wie drei Tage Regenwetter. Wir bekommen das schon hin." Augenzwinkernd stieß er sein Bierglas an Finns Apfelschorle. Finn nahm einen Schluck und verzog das Gesicht. Tomek hatte ihm heimlich etwas von seinem Bier in die Schorle gekippt. Tomek prustete los. Der Mannschaftsabend hatte begonnen.

13

Spielerberater

Klaus Giercke suchte für seinen schwarzen SUV einen Parkplatz in Hamburg Wandsbek. Der Stadtteil bestand in dieser Ecke größtenteils aus Möbelhäusern und anderen Shoppingcentern und war samstags gut von zahlungswilligen Kunden frequentiert.

Langsam kurvte er suchend die Hauptstraße entlang. Er war es schon immer gewohnt gewesen, am Wochenende zu arbeiten, wenn andere die Freizeit genossen. Früher waren die Samstag- und Sonntagspieltage während einer Saison für ihn große Kontaktbörsen, auf denen man bestehende Bekanntschaften intensivieren und neue Geschäfte einfädeln konnte. Während der spielfreien Zeit, in der Winter- und Sommerpause, war er so gut wie jeden Tag unterwegs gewesen, um Gespräche zu führen und Transfers einzutüten. Da gab es keinen einzigen freien Tag.

Auch heute noch war er so gut wie jeden Tag beruflich eingebunden, mehr noch als damals vor dreißig Jahren. Es gab nur einen feinen Unterschied: Erfolgreiche Transfers waren eine Seltenheit für ihn geworden. Inzwischen war der deutsche Beratermarkt mehr als umkämpft. Es war ein reines Schlachtfeld. Ein Gemetzel.

Früher, als die Fußballübertragungen noch schwarzweiß waren und der Beruf Fußballmakler hieß, war die Sache recht einfach: Wenige Fußballmakler tummelten sich in Deutschland und bearbeiteten einen Markt mit überschaubarem Angebot von Spielern und mit einer konstanten Nachfrage seitens der Vereine für sie.

Ende der 80er Jahre, als Klaus Giercke anfing das Fußball-Business für sich zu entdecken, war der Markt nicht mehr so übersichtlich wie in den Anfängen der Bundesliga, aber es war immer noch machbar mit einem guten Branchennetzwerk und daraus gezogenen Insiderwissen überaus lukrative Deals abzuwickeln.

Er, Klaus Giercke, hatte damals mehrere Erstliga-Spieler in seiner Kartei. Er verhalf sogar zwei Nationalspielern zu einem Wechsel ins damalige Schlaraffenland Italien. Um ein Haar wäre es ihm sogar fast geglückt, den ersten deutschen Torwart dorthin zu transferieren. Leider scheiterte der Wechsel an der noch bestehenden Ausländerregelung. Kein internationaler Klub, schon gar nicht in der Serie A, wollte damals einen der drei Plätze an einen Torwart verschwenden.

Dies änderte sich erst mit dem Bosman-Urteil Mitter der 90er Jahre. Ab dann gab es keine Beschränkungen mehr. Und auch die Ablösefreiheit nach Vertragsende fand Einzug in die Fußballwelt.

Klaus Giercke war anfänglich, wie die meisten Berater, ein Profiteur der neuen Spielregeln. Das Geld, was früher in Transfersummen zwischen den Vereinen floss, kam den Spielern in Form von Handgeldern und damit auch deren Beratern zugute.

Geld war allerdings meistens wie Licht: Es zieht die Mücken an, je heller es scheint. Im Bundesliga-Business bedeutete das, es erschienen mehr und mehr Berater auf der Bildfläche.

Spätestens seit der Fußball Weltmeisterschaft 2006 in Deutschland explodierte der Markt förmlich. Der Fußball wurde gesellschaftsfähig. In prächtigen Arenen sahen nun komplette Familien die Spiele und auch die Sendeanstalten und die Wirtschaft entdeckte den ehemaligen Proleten-Sport als ideale Werbeplattform. Der Geldsegen schien grenzenlos! Die Mücken nahmen weiter zu. Inzwischen wurde auch die Nachwuchsförderung professionalisiert. In eigenen Fußball-Internaten und Leistungszentren bildeten die Profiklubs Nachwuchskicker am Fließband aus. Kein Vergleich mehr zu Gierckes Anfangszeit als Berater.

Nunmehr gab es Unmengen von Beratern, die sehr viele gut ausgebildete Kicker an eine weiterhin konstante Zahl von Vereinen vermitteln wollten. In Deutschland waren es über 400 Berater, die unzählige Spieler auf vielleicht 800 Arbeitsplätze in der 1. und 2. Bundesliga verteilen wollten. Kein Wunder, dass einige der Mücken im Licht verglühten.

Klaus Giercke gehörte zu seinem Leidwesen dazu.

Er hatte zwar weiterhin noch einen klangvollen Namen aus seiner goldenen Vergangenheit, aber der letzte große Deal von *Giercke and Friends* lag schon beinahe ein Jahrzehnt zurück. Ein kleiner Trost war die Einführung der dritten deutschen Profiliga, hier konnte Klaus den einen oder anderen älteren seiner Klienten platzieren. Aber ansonsten herrschte bei ihm seit längerem sprichwörtlich Ebbe in der Kasse.

Wenn sich dies nicht bald änderte, wäre auch das undenkbare möglich: Klaus Giercke müsste Insolvenz anmelden. Ihm graute es schon vor den schadenfrohen Kommentaren aus der Branche, die sich diebisch freuen würden, wie einer der ungeliebten Spielerberater endlich wieder da landete, wo er ihrer Meinung nach herkam: in der Gosse.

Natürlich ergab sich ein Klaus Giercke nicht kampflos seinem Schicksal. Er wusste, wo er angreifen wollte: beim Nachwuchs.

Er musste einen Fuß in die Tür bekommen, ehe die Jugendlichen von Vereinsscouts gesichtet wurden. Er musste der Erste bei den Kindern sein. Und vor allem: Er musste der Erste bei deren Eltern sein. Die würden seine goldenen Zeiten und die berühmten Namen seiner früheren Klienten noch kennen und große Augen machen, wenn Klaus Giercke persönlich an ihren Sprösslingen Interesse zeigte.

Klaus konnte sein Glück deshalb kaum fassen, als Erik Eimer ihn ansprach und seinen Finn anpries. Gut, er musste ihn noch spielen sehen. Aber wenn Eimer Junior nicht komplett blind war, müsste der Name des kultigen Ex-Keepers zumindest im Hamburger Raum einen Markt finden.

Endlich fand er einen Parkplatz.

Trotz der Sucherei war seine Laune bestens, als er die Restauranttür eines schäbigen Chinesen öffnete. Erik Eimer saß allein an einem der Tische direkt am Fenster. Freundlich und unbeholfen gestikulierte der Ex-Profi, als ob Klaus ihn in dem spärlich besetzten Lokal verfehlen könnte.

„Herr Giercke!", winkte Erik und erhob sich.

Sein Jackett spannte. Der Anlass des Treffens erschien ihm angemessen, um wieder seinen zu eng sitzenden Anzug zu tragen. Ein freundliches Händeschütteln folgte der Begrüßung, dann nahmen sie Platz. Giercke begutachtete prüfend die typische Einrichtung des China-Restaurants. Überall waren Verzierungen von Drachen und anderen schlangenartigen Wesen an den Wänden zu sehen und auch in das Holz der Sitzbänke waren Köpfe der Fabelwesen geschnitzt.

Er war lange nicht mehr in so einem aus der Zeit gefallenen Lokal gewesen.

„Ich kann die A7 empfehlen!"

Erik war das Schweigen unangenehm.

„Wie bitte?"

„Na, A7. Hühnchen süßsauer", ergänzte Erik aufgeregt und deutete auf die Speisekarte.

„Ach so, ja klar. Da kann man nichts falsch machen. Ich werfe aber trotzdem nochmal einen Blick auf die Karte", erwiderte Giercke.

Ihm fiel Eriks Aufgeregtheit selbstverständlich auf, sie würde für ihn keinen Nachteil darstellen. Nach kurzem Studium der Speisekarte sagte er:

„Wissen Sie was? Ich nehme die A7. Guter Tipp!"

Erik nickte erleichtert, er war froh Giercke behilflich sein zu können. Sie bestellten noch eine große Flasche Wasser, dann stellte Giercke eine Frage nach der anderen:

Wie alt war Finn? Wie groß? Wie lange spielte er bereits? Hatte er Erfolge vorzuweisen? War er bereits vorher bei anderen Vereinen?

Erik kam aus dem Reden kaum heraus. Die Antworten sprudelten nur so aus ihm hervor. Es überraschte ihn, wie hoch Gierckes Interesse an seinem Jungen war. Dankbar gab er ihm jede Information, die er wollte.

Während des Essens kam das Gespräch natürlich wieder auf das legendäre Elfmeterschießen zurück, auch die aktuelle Situation beim FC St. Pauli wurde thematisiert.

Erst nachdem Giercke mit einem „Natürlich geht das auf mich" die Rechnung bezahlt hatte, kehrte das Gespräch zurück zu Finn:

„Wie und wo kann ich mir denn nun Ihren Jungen einmal anschauen, Herr Eimer?"

„Sagen Sie doch bitte Erik!"

Der bekannte Spielerberater kam Erik nahbar vor, fast freundschaftlich. Und unter Freunden duzte man sich schließlich.

„Eine hervorragende Idee, ich wollte es gerade selbst anbringen: Ich bin Klaus! Also, Erik: Wo kann ich Finn begutachten?"

„Das ist der Grund, warum ich Sie, ich meine, warum ich dich unbedingt heute noch treffen wollte: Ich habe von seinem Trainer gestern erfahren, dass bereits morgen ein Testspiel ansteht." Erik machte eine kunstvolle Pause. „In Barsinghausen ..."

Giercke runzelte die Stirn.

„... gegen Werder Bremen!"

Gierckes Stirnrunzeln vertiefte sich. Er musste die Neuigkeit verarbeiten und abwägen: War das gut oder schlecht für ihn und sein erhofftes Beratergeschäft? Noch während er nachdachte, bemerkte er das stolze, väterliche Grinsen seines Gegenübers. Es gab daher nur eine Antwort:

„Das ist ja großartig. Ich schlage vor, dass wir beide morgen gemeinsam dorthin fahren. Es ist die perfekte Gelegenheit, Finn gleich in einem echten Härtetest kennenzulernen!"

Erik nickte überglücklich. Giercke würde ihn abholen und sie würden gemeinsam mit seinem Wagen die 175 Kilometer fahren.

Während des Aufbruchs kam Giercke scheinbar zufällig noch ein Gedanke in den Sinn:

„Ach", sagte er beiläufig, während sich vom Tisch erhob, „sag mal: Sprichst du bereits mit anderen Vereinen und Beratern über Finn?"

Erschrocken fuhr Erik zusammen:

„Natürlich nicht, du bist der Erste, Klaus. Ich denke, deiner Meinung kann ich vertrauen."

Zufrieden nickte Giercke und hielt Erik die Tür beim Verlassen des Restaurants auf. Er stieß lautlos auf, als er ihm folgte. Er hasste chinesisches Essen.

14

Premiere

Die mannschaftliche Vorbesprechung stand an. Im Kabinentrakt war die Stimmung prächtig. Die Teambuildingmaßnahme des Vorabends war ein voller Erfolg gewesen. Alle hatte bis zum Zapfenstreich zusammen im Hinterzimmer des Lokals zusammengesessen.

Alle, bis auf Toni.

Der Cheftrainer war früher verschwunden und überließ den Führungsspielern das Feld. Die übernahmen das Kommando und rotierten durch die Reihen. Sie sorgten so dafür, dass jeder mit jedem sprach. Jeder lernte seine Mitspieler näher kennen. Auch der italienische Wirt trug einen wertvollen Teil zum Abend bei – er drehte nach dem Essen die Musik auf und sorgte für unterhaltsame Gesangseinlagen unter den Spielern.

Auch Finn und Paul mussten zur Erheiterung aller ein Lied im Duett trällern. Danach blühten beide mehr und mehr in den Gesprächen auf. Finn verlor die Scheu vor den Spielern der 1. Mannschaft, die ihm doch vor ein paar Wochen noch unerreichbar weit weg erschienen.

Er fühlte sich ernst genommen und anerkannt. Und er merkte: Die neuen Mitspieler honorierten seine Trainingsleistungen und sahen in ihm ein vollwertiges Mannschaftsmitglied. Sie fragten ihn mit ernsthaften Interesse nach seiner Freundin - Inga hatte wohl bleibenden Eindruck hinterlassen. Auch die Schule, seine Meinung zur Jugendarbeit im Verein und die familiären Verhältnisse interessierten sie.

Klar, auch der Name Erik Eimer kam mehrmals zur Sprache, aber das machte Finn nichts aus. Er war stolz auf seinen Vater und erzählte gerne eigene Versionen der alten Bundesliga-Stories.

Selig trudelte er abends mit der Truppe im Hotel ein. Alle wollten rechtzeitig ins Bett, um das heutige Highlight-Match bestmöglich anzugehen.

Nun saßen sie hier zur Vorbesprechung.

Für Finn war der Gedanke unwirklich: Er würde heute gegen Werder Bremen im Tor stehen! Aufregung und neugierige Vorfreude machten sich in ihm breit. Wie würde es sich anfühlen, Schüsse der bekannten Spieler zu halten? Wie hart würden diese sein?

Gespannt blickte Finn von seinem Kabinenplatz nach vorne. Dort stand Toni vor einer großen Taktiktafel, auf der Kreise für die eigenen und Kreuze für die gegnerischen Spieler aufgezeichnet waren. Neben den Kreisen standen Namen in großen schwarzen Blockbuchstaben.

Finn linste an Toni vorbei und etwas zog sich in ihm zusammen. Er schaute noch einmal genauer hin, aber tatsächlich: Sein Name fehlte!

Stattdessen prangte im aufgemalten Meiendorfer Tor in schwarzen Lettern: Tomek.

„… wir stehen heute tiefer und müssen die Räume zwischen den Ketten klein halten …"

Finn hörte Tonis Worten nur halb zu. Warum Tomek und nicht er? Er mochte Tomek, klar. Aber seine eigenen Trainingsleistungen waren doch tadellos gewesen?

Und Tomek selbst spielte bisher in der Saisonvorbereitung eher die Rolle als Torwarttrainer, hatte doch kaum eine der Übungen selbst mitgemacht!

In sich versunken, ließ Finn die Ansprache an sich vorüberziehen.

„… tretet als Mannschaft auf. Scheiß egal, wie es steht. Ich will kein Abwinken sehen, keine Schuldzuweisung, kein Motzen – alles ist okay, wenn jeder für den anderen da ist. Also, geht gleich raus, macht euch warm und dann machen wir das, wofür wir hier zusammen sind: Spaß haben!"

Alle klatschten oder trommelten wild mit den Händen auf die hölzernen Bänke. Dann bildeten sie einen Kreis und Robert intonierte ihren Schlachtruf mit einem „Welcher Tag ist heute!?!"

„F-E-S-T-T-A-G!!!!", brüllten alle lautentschlossen.

Beim Verlassen der Kabine grübelte Finn weiter darüber, was er falsch gemacht hatte. Warum durfte er nicht gegen Werder spielen? Tomek war doch überhaupt nicht fit!

„Es geht gegen richtige Profis und wir spielen wie auf dem Pausenhof: Der Dicke geht ins Tor", dachte Finn verbittert. Während er so gedankenversunken auf den Platz schlich, tröstete Paul ihn mit einem aufmunternden Klaps im Vorbeigehen. Sein Freund stand in der ersten Elf, aber auch das tröstete Finn in diesem Moment kaum.

*

Am Seitenrand lehnte Klaus Giercke lässig an einer Werbebande, auf der ein Barsinghausener Taxiunternehmen namens Tille für sich mit dem flotten Spruch *„Zwei Promille? Taxi Tille!"* warb.

Er rührte entspannt mit einem Holzstäbchen in einem Kaffeepappbecher und überlegte, ob er jemals einen Bundesligisten vor so wenigen Zuschauern gesehen hatte. Es waren bei diesem spontanen Testspiel höchsten fünf Personen auszumachen, die erkennbar nicht zu den Mannschaftsbetreuern gehörten:

Der Platzwart des Trainingszentrums. Ein Presse-Fuzzi eines regionalen Käseblattes. Ein lauthals telefonierender Südamerikaner, wahrscheinlich der Berater des neuen Werder Sturmjuwels. Sowie er selbst mit Erik Eimer.

Der stand hypernervös neben ihm, hatte Mühe ruhig zu bleiben und schwitzte stark, trotz angenehmer Temperaturen von knapp zwanzig Grad.

Der gepflegte Rasen duftete herrlich und strahlte in einem satten Grün. Grün waren auch die Trainingsleibchen der Werderaner. Die machten sich links von Erik warm. Der Bremer Athletiktrainer hatten einen Hütchen-Parcours aufgebaut, über und um den die Profis hüpften oder sprinteten. Sie sahen alle fabelhaft fit aus. Die drahtigen Oberkörper und die muskulösen Beine waren respekteinflößend.

Rechter Hand sah die Sache schon etwas anders aus: Die Meiendorfer waren selbstverständlich schon erkennbar eine ambitionierte Truppe. Aber eben auch nur eine Amateurtruppe aus der Oberliga. Das sah man an Kleinigkeiten. Die Bälle versprangen bei der Ballannahme und die Weiterleitung der Pässe dauerte länger. Es ging dabei um wenige Zentimeter und Zehntelsekunden, aber genau das war der Unterschied zwischen Hobby und Beruf.

Erik tupfte sich den Schweiß mit einem Ärmel seines T-Shirts von der Stirn. Hoffentlich würde der FCM zumindest nicht zweistellig verlieren. Hoffentlich zeigte Finn die ein oder andere Parade. Er hatte es ja selbst gesehen: sein Sohn war dazu, trotz des jungen Alters, ohne Frage in der Lage!

Allerdings sah Finn nicht sehr selbstbewusst aus, als er vorhin den Rasen zum Aufwärmen betrat. Auch die überraschende Anwesenheit des Vaters schien Finn eher zu erschrecken, denn zu begeistern. Er schien ungewohnt gehemmt oder nicht ganz bei der Sache. Der Eindruck verflog zwar während des Warmmachens, als er einige Flanken der Mitspieler gewohnt sicher herunterpflückte. Aber irgendetwas stimmte hier nicht.

Wenige Augenblicke später war Erik klar, was es war. Der Schiedsrichter führte die Spieler auf das Feld und Finn fehlte in den Meiendorfer Reihen. Stattdessen schlich er bedröppelt zur Ersatzbank. Er vermied Blickkontakt zu seinem Vater. Erik konnte die

Enttäuschung des Sohnes nachvollziehen, seine eigene aber war noch größer.

Vielmehr: Er fühlte Wut in sich aufsteigen.

Was sollte das denn?

Wieso erwähnte Toni ihm gegenüber dieses blöde Testspiel gegen Werder, wenn Finn sowieso nicht spielte? Sie könnten auch gegen den Weltmeister kicken, es wäre Erik gleichgültig, wenn Finn nicht dabei war.

Beschämt drehte sich Erik zu Giercke. Was der Branchenkenner wohl von ihm dachte, einem Vater, der seinen angeblich hochtalentierten Sohn anpries, der dann überhaupt nicht spielen sollte? Wie peinlich.

Aber Giercke schien es gar nichts auszumachen. Interessiert beobachtete er das Spiel. Wie erwartet hatte Bremen bereits zu Beginn ein deutliches Übergewicht. Der FCM kam kaum einmal an den Ball und wenn doch, dann war er nach wenigen Kontakten wieder zurück beim Gegner.

Nach einem gut gespielten Doppelpass kam der kräftige südamerikanische Werder-Neuzugang an der Strafraumgrenze frei zum Schuss. Der Ball zischte unter die Latte ins Tornetz. Der sichtlich nicht austrainierte FCM-Torwart hatte keine Chance. Mehr noch, Tomek zeigte gar keine Reaktion. Stoisch holte er die Kugel aus dem Tor und schleuderte sie zum Anstoßkreis.

Es stand 0:1 nach 90 Sekunden.

„Das kann ja heiter werden", dachte Erik und schielte zu Giercke hinüber, der aber nur mit den Schultern zuckte.

Nach fünf Minuten stand es 0:2.

Nach zwanzig 0:3.

„Wollen wir gehen?", fragte Erik kleinlaut.

„Wie bitte? Ich bin hierhergekommen, um deinen Sohn zu sehen. Also warten wir. Was hattest du gedacht, was wir sehen? Einen offenen Schlagabtausch auf Champions-League-Niveau? Ich finde die Jungs machen es ordentlich …"

Erik nickte mit rotem Kopf. Jetzt war es ihm unangenehm, dass er bereits die weiße Fahne hissen und aufgegeben wollte. Er konzentrierte sich wieder auf das Spiel. Und tatsächlich hatte Giercke Recht.

Jede Spielminute schien dem FCM gut zu tun. Sie stellten sich auf Bremen ein, gewöhnten sich an die Geschwindigkeit – und hatten eine erstaunliche Körpersprache dabei! Der bullige FCM-Abwehrspieler ging das ein oder andere Mal energisch dazwischen und gewann einige Zweikämpfe gegen den Südamerikaner.

Er ging dabei rigoros zu Werke, so dass der Spielerberater am Rande, seine spanischen Telefonate immer wieder unterbrach und besorgt auf das Spielfeld starrte.

Auch der kleine Paul machte es ordentlich, befand Erik. Seine körperliche Unterlegenheit war zwar unverkennbar, aber dank seiner Gedankenschnelligkeit war er einer der wenigen, die für Entlastung beim FCM sorgten und kluge Pässe in die Spitze spielen konnten.

Und sogar der dickliche Torwart zeigte jetzt in mehreren 1:1-Situationen seine durchaus vorhandene Klasse, blieb geduldig stehen, machte sich groß und parierte erstaunlich flink die gegnerischen Versuche!

Dabei herrschte auf Meiendorfer Seite eine mitreißende Stimmung. Energische Kommandos waren auf dem Feld vernehmbar. Nach jeder erfolgreichen Aktion wurde gefeiert, manchmal sogar gelacht.

Der FC Meiendorf trat zweifellos als richtige Einheit auf. Kurz vor der Pause legte sich Paul einen Ball mit der Brust vor, machte eine clevere Körpertäuschung und spielte einen herrlichen Pass über dreißig Meter in den Lauf von Robert. Der Oberliga-Goalgetter hatte viel Raum vor sich, zog einen Sprint an und zog aus vollem Lauf ab – Erik hatte bereits seine Arme zum Torjubel in die Höhe gestreckt, als der Ball mit einem trockenen Geräusch gegen den Pfosten knallte. Ein Raunen ging über die spärlich besetzte Sportanlage.

Es war noch immer keine Halbzeitpause. Die Bremer nahmen den Ball auf, droschen ihn mehr oder weniger blind nach vorne, wo er irgendwie durchrutschte und ein Mittelfeldspieler trocken und unhaltbar das 0:4 markieren konnte. Dann pfiff der Schiri die Halbzeit ab.

In der Kabine hörte Toni zufrieden lächelnd den Diskussionen seiner Spieler zu. Jeder hatte einen Rat für seinen Nebenmann, wie diese oder jene Situation besser zu lösen wäre. Schließlich pfiff er laut auf beiden Zeigefingern und zog die Aufmerksamkeit aller auf sich.

Es wurde in Sekundenschnelle still.

„Das sah doch teilweise nach Fußball aus. Ihr habt euch ins Spiel gearbeitet. Reife Leistung."

Toni nickte anerkennend.

„Wir bleiben daher so und wechseln erst später!"

Er suchte und fand den Blickkontakt mit Tomek:

„Außer Tomek – du tauschst mit Finn."

Finns Herz pochte vor Aufregung. Tonis „Geht schon mal beide aufs Feld. Schieß den Kleinen warm, Tomek!" hörte er nur noch dumpf. Er war sofort im Tunnel.

Jetzt zählte es!

*

„Na, also Erik. Sieht so aus, als ob dein Finn das Spiel noch herumdrehen soll", scherzte Giercke in der Halbzeitpause, als er gemeinsam mit Erik das Warmschießen der Torleute beobachtete.

Das Scherzen verebbte aber schnell, als er Finns Abwehraktionen bestaunte. Seine Reaktionen waren unglaublich! Egal aus welcher Distanz Tomek schoss. Finn wehrte stets reaktionsschnell ab. Schweigend betrachteten die beiden Männer die Übungen. Erik zuckte dabei bei jedem Schuss zusammen, so als wenn er selbst im Tor stehen würde. Als die restlichen Spieler wieder auf den Platz kamen und das Aufwärmen der beiden beendet wurde, applaudierte Giercke sogar!

Der nebenan stehende, telefonierende Berater runzelte irritiert die Stirn, nahm den Hörer vom Ohr und bedeutete Giercke ein wenig ruhiger zu sein.

Der nuschelte nur genervt:

„Ja, ja. Silencio – ich dich auch, Amigo."

Die zweite Halbzeit begann.

Anders als Meiendorf hatte Werder durchgewechselt und fünf neue Spieler gebracht. Sie spielten nun mit zwei Spitzen, neben dem Südamerikaner sollte noch ein länger verletzter Mittelstürmer gegen die FCM-Amateure etwas für sein Selbstvertrauen tun.

Die Hälfte begann aber so, wie die erste Halbzeit aufgehört hatte. Der FCM hatte sich an den Gegner gewöhnt, war sogar phasenweise auf Augenhöhe. Finn musste kaum eingreifen, nur einige Rückpässe verarbeiten – und mit ihnen den Spielaufbau beginnen.

Wie in der 55. Spielminute:

Ein langer Rückpass rollte auf Finn zu. Der eingewechselte Bremer Stürmer versuchte ihn zu erlaufen, würde ihn sogar erreichen. Doch Finn lief dem Ball seinerseits entgegen, täuschte einen Befreiungsschlag an, schlug einen Haken und ließ den Stürmer ins Leere laufen. Er hatte seinen Kopf suchend oben.

Da! Da startete Paul. Sein Freund Paul flitzte auf die rechte Spielfeldhälfte und winkte ihm mit beiden Armen zu.

Finn schlug einen langen Ball genau in den Lauf des Freundes, der die Kugel elegant mit Vollspann aus der Luft nahm und flach in den Sechszehner spielte, wo Robert trocken zum 1:4 verkürzte.

„Jaaa!", die Meiendorfer Bank sprang geschlossen jubelnd auf. Auch Erik wusste nicht wohin mit seinen Emotionen, er warf sich Giercke an den Hals und erdrückte ihn beinahe. Der FCM hatte tatsächlich ein Tor gegen einen Bundesliga-Verein erzielt. Was für eine Sternstunde!

Die Werderaner lächelten müde.

Die Profis hatten schon vieles gesehen, auch übertriebene Freudenstürme hoffnungslos unterlegener Amateure, wenn sie Ergebniskosmetik betrieben. Routiniert spielten sie weiter. Zuerst verfehlte der wuchtige blonde Mittelfeldspieler noch Finns Gehäuse. Nur eine Minute später aber nahm er eine Flanke aus dem Rückraum gekonnt volley und drosch sie auf das Tor. Finn sprang blitzschnell ab, griff über und lenkte das Geschoss beinahe unmerklich mit den Fingerkuppen über die Querlatte.

Seine Mitspieler applaudierten, einige klatschten direkt mit ihm ab. Die darauffolgende Ecke kam gut auf den langen Pfosten. Von dort köpfte der Bremer Spieler zurück auf den Elfmeterpunkt, wo der neue Stürmer den Ball kontrolliert mit der Innenseite einschieben wollte. Dabei übersah er allerdings Finn, der aus seinem Tor geeilt war und den Versuch mit einem langen Ausfallschritt abwehrte. Wieder gab es Applaus.

Der vor seiner Bank stehende Toni merkte, wie die eigene Mannschaft müder wurde. Gestikulierend beorderte er mehrere Auswechselspieler zu sich. Einer von ihnen war Pawel. Sie zogen die Trainingsleibchen aus und machten sich bereit. Bei der nächsten Unterbrechung wurde der Mehrfachwechsel vollzogen.

Er zeigte die gewünschte Wirkung. Die Bremer Druckphase war erst einmal gebrochen. Der FCM schaffte es, das Geschehen wieder ein wenig ins Mittelfeld zu verlagern. Dort zogen sie bisweilen sogar ein eigenes erfolgreiches Passspiel auf. Den Bremer Profis war der Trainingsrückstand anzumerken. Schließlich hatten sie erst gestern wieder begonnen. So ließen sie die Amateure häufiger gewähren, um Kräfte zu schonen.

Nach mehreren Kurzpässen ohne Raumgewinn bemerkte Paul im Augenwinkel den Mitspieler in den freien Raum starten. Gekonnt getimed spielte er einen Pass in die Gasse, genau in den Lauf von Pawel. Der spielte seine Geschwindigkeit aus, nahm seinem Gegenspieler einige Meter ab und flankte den Ball von rechts in den Strafraum. Die verunglückte Flanke wurde länger und länger, der Bremer Torwart streckte sich – vergeblich! Der Lupfer senkte sich hinter ihm in das Netz: 2:4!

Pawel rutschte auf den Knien zur Eckfahne und feierte sich selbst, als wenn er das WM-Finale entschieden hätte.

Auch an der Seitenlinie herrschte beim FCM wieder Jubel, Trubel, Heiterkeit! Diesmal untermalt durch ein Grummeln von der Bremer Trainerbank, die trotz der Umstände ein standesgemäßes Ergebnis erwartete. Folgerichtig setzte nach Wiederanpfiff ein wütender Bremer Sturmlauf ein. Allerdings verlor der Bundesligist seine Linie und versuchte es verstärkt mit der Brechstange. Meiendorf verteidigte leidenschaftlich und schaffte es die Versuche erfolgreich abzublocken.

Auf der Sportanlage war es inzwischen sehr ruhig geworden. Alle Beteiligten merkten, wie aus einem freundschaftlichen Kick eine Sache der Ehre geworden war. Lautstark pöbelte die Bremer Trainerbank in Richtung des Schiedsrichters und auch in Richtung der eigenen Spieler, denen es nicht mehr gelang, den Oberligisten überlegt auszuspielen.

Eriks Herz pochte aufgeregt. Sein Finn hatte mit dem FCM bisher eine grandiose Leistung gezeigt. Wenn man nur die zweite Hälfte betrachtete, führten sie sogar 2:0! Aufgeregt blickte er um sich. Giercke stand mit rotem Wangen neben ihm am Geländer und verfolgte konzentriert das Geschehen auf dem Spielfeld. Der regionale Pressefuzzi kritzelte ununterbrochen mit einem Stift Notizen in seinen Schreibblock. Und der Berater telefonierte nun noch lauter in einer fremden Sprache. Erik konnte die Unzufriedenheit in seiner Stimme nicht überhören. Sicherlich wunderte der sich, in was für einem Klub sein Star-Spieler gelandet war, der noch nicht einmal einen unterklassigen Gegner souverän austanzen konnte.

Erik wandte sich wieder dem Spielgeschehen zu. Dort rollte abermals eine Bremer Welle auf das FCM-Tor zu. Ein quirliger, frischer Mann setzte zu einem Sololauf an und ließ tatsächlich vier Gegenspieler stehen. Dann stoppte er, schaffte sich einen Überblick und spielte einen grandiosen Hackenpass zum südamerikanischen Sturmtank. Der Stürmer legte sich die Kugel gekonnt auf den starken linken Fuß, zog ab – und wurde von einem Meiendorfer geblockt.

Ein Bremer Aufschrei folgte:

„Hand! Hey Schiri! Handspiel!!"

Eine Spielertraube stürzte auf den Mann mit der Pfeife zu und bedrängte ihn vehement. Der Schiedsrichter zögerte einige Sekundenbruchteile, pfiff schließlich und zeigte auf den Punkt. Elfmeter!

Ein Aufstöhnen der Meiendorfer folgte. Sie waren der Meinung, dass es sich um ein unabsichtliches Handspiel handelte. Die Entscheidung wurde aber nicht revidiert. Entschlossen legte sich der Südamerikaner den Ball hin. Er setzte drei, vier Schritte zurück und blickte erwartungsvoll zum Schiedsrichter. Mit einem Pfiff gab der den Ball frei.

Erik hielt draußen den Atem an.

Das spanische Gebrabbel des Beraters verstummte.

Finn tänzelte auf der Linie und machte sich groß. Er täuschte mal einen Sprung nach links, dann nach rechts an. Der Südamerikaner lief trippelnd an, stoppte, verzögerte – wartete wohl auf ein verräterisches Zucken des jungen Torwarts vor ihm. Doch es kam nicht. Finn blieb fokussiert stehen. Der Südamerikaner schoss unplatziert ins rechte untere Eck. Finn reagierte, schnellte in die von ihm gesehene linke Ecke und hielt den Ball sicher in seinen Armen fest.

FCM-Jubel brandete auf.

Finn selbst begrub den Ball unter sich und stieß einen Freudenschrei aus. Auch Erik schrie sich die Seele aus dem Leib. Er wusste es doch, sein Junge konnte es!

Der Südamerikaner hörte auf zu telefonieren. Stumm steckte er das Handy ein und versuchte zu verstehen, warum sein Schützling den Elfer gegen den blutjungen Keeper nicht verwandelt hatte. Auch der Stürmer selbst stand bedröppelt am Elfmeterpunkt. Mindestens genauso konsterniert schüttelte der Werder-Coach immer wieder seinen Kopf und ließ sich auf die Bank plumpsen.

Finn stand mit pochenden Herzen auf. Er musste tief durchatmen, ehe er den Ball mit einem weiten Abwurf zurück ins Spiel brachte.

Über drei Stationen landete das Spielgerät wieder auf der rechten Meiendorfer Angriffsseite. Dort nahm Pawel Fahrt auf, sein Gegenspieler war weit und breit nicht zu sehen. Fluchend schrie der Werder-Trainer und sprang auf. Pawel ließ sich nicht beirren, er drang in den Strafraum ein, umkurvte einen Abwehrspieler und schlenzte den Ball mit seinem linken Fuß in *Arjen-Robben-Manier* ins lange Eck. Der Ball wurde länger, der Keeper streckte sich vergebens, dann klatschte er an den Innenpfosten. Im Durcheinander reagierte Robert am schnellsten, er spitzelte den Ball am verzweifelt hinterher krabbelnden Torwart vorbei ins Tor – 3:4!

„Das gibt es doch nicht", jubelte Erik.

Auch Giercke riss die Arme noch oben: „Wahnsinn!"

Finn reckte eine Faust in den Himmel von Barsinghausen und suchte Blickkontakt zu seinem Vater. Erik jubelte ihm vom Seitenrand aus frenetisch zu und reckte beiden Daumen nach oben.

Auf der Bremer Bank machte sich Hektik breit. Schnell standen vier weitere Auswechselspieler an der Seitenlinie. Als erster musste der Südamerikaner weichen. Der neue Starstürmer verließ mit hängendem Kopf den Rasen, begleitet von wütenden spanischen Kommentaren. Der Berater an der Seitenlinie war ganz und gar nicht mit der Auswechslung einverstanden.

Die frischen Kräfte brachten nochmal Schwung in die Angriffsbemühungen. Mehr als eine Handvoll Eckstöße und einen satten Lattentreffer sprangen jedoch nicht heraus.

Toni klatschte ein letztes Mal in die Hände.

Der Cheftrainer witterte die Chance auf eine Megasensation: „Auf geht es! Eine Chance bekommen wir noch!", rief er mit hochrotem Kopf hinein aufs Spielfeld.

Es lief die 90. Spielminute. Die Bremer leisteten sich einen Fehlpass im Aufbauspiel. Paul jagte dazwischen, spielte den Ball geistesgegenwärtig weiter in die Spitze. Robert machte ihn dort fest und wartete auf nachrückende Mitspieler. Die Meiendorfer waren aber ausnahmslos platt nach der famosen Aufholjagd und Abwehrschlacht.

Robert blieb nichts anderes übrig, er drehte sich und feuerte einen Schuss aus der Drehung in Richtung Tor ab. Ein gegnerisches Abwehrbein fälschte den verzweifelten Versuch ab. Der Ball bekam eine merkwürdige Flugkurve und landete auf dem Bremer Tornetz.

Die FCM-Bank feierte bereits, ehe sie registrierte, dass es kein Tor war. Wenig später kam der Schlusspfiff.

Erschöpft sanken die Meiendorfer zu Boden. Finn hoffte noch, das Trikot mit seinem Gegenüber tauschen zu können. Die Werder-Spieler verschwanden allerdings schnell in ihrer Kabine. Ihnen stand eine Standpauke bevor.

Finn verließ den Platz noch nicht in Richtung Kabine. Er wollte seinem Vater noch für sein Kommen danken und erfragen, woher er von dem Testkick überhaupt erfahren hatte. Aber Erik war nicht mehr zu sehen. Er war verschwunden, genau wie der andere Mann an seiner Seite - und auch der spanischsprechende Herr war nicht mehr zu sehen.

In der FCM-Kabine wurde *So-sehen-Sieger-aus* angestimmt. Freudstrahlend klatschten die Spieler sich ab. Erst als Toni den Raum betrat, ebbte die Euphorie allmählich ab.

„Männer!", sagte Toni zufrieden.

Er betonte das Wort noch einmal als er Finn fixierte: „Männer! Ihr habt heute eindrucksvoll gezeigt, wofür unser Sport steht. Ihr habt mir und vor allem euch gezeigt, wer die stärkere Mannschaft auf dem Platz war."

Tomek klimperte mit einer Bierkiste herein.

„Ein würdiger Abschluss unseres Trainingslagers. Prost!", rief er und die Spieler stimmten wieder ihr Lied an: *So-sehen-Sieger-aus*!

15

Kopfwäsche

Die Stimmung beim FC Meiendorf war wohl nach einer Niederlage noch nie so ausgelassen gewesen wie an jenem Abend nach der 3:4 Niederlage gegen den großen SV Werder Bremen.

Auf der Busrückfahrt dröhnte die Musik aus einer fetten Bluetooth-Box und alle Insassen grölten was das Zeug hielt mit.

Zurück in Hamburg schimpften die Ehefrauen und Freundinnen. Sie waren extra zur vereinbarten Zeit zum Vereinsheim gekommen, nur um dort nun ihre Männer angetrunken anzutreffen. Die epochale Heldengeschichte des Spieles beeindruckte die meisten Partnerinnen ebenso wenig wie die gesäuselten Entschuldigungen. Morgen wäre schließlich Montag - was dächten sich die Männer dabei? Schließlich müsste man doch unterscheiden zwischen Hobby und Beruf!

Ein Spieler nach dem anderen wurde ins Auto gesetzt und schnell zurück auf den Boden des Alltags geholt. Der Parkplatz leerte sich sichtbar. Als Paul und Pawel von ihren Eltern abgeholt wurden, blieben schließlich nur noch Tomek und Finn übrig.

„Soll ich dich kurz rumfahren?", fragte Tomek, der sich als einer der wenigen auf der Rückfahrt zurückgehalten hatte.

„Nein, nein. Danke", antwortete Finn.

„Ich werde abgeholt, meine Mutter kommt gleich." Tomek nickte still und griff sich seine am Boden liegende Sporttasche. Ein dunkler VW leuchtete mit einem Blinken auf als Tomek ihn via Fernbedienung öffnete und die Tasche in den Kofferraum schob. Er stutzte kurz, atmete tief durch und kam noch einmal zurück zu Finn.

„Kleiner, ist alles in Ordnung?"

„Ja, doch. Meine Mutter kommt schon gleich", versicherte Finn.

„Das meine ich nicht. Ich spreche von heute Nachmittag."

Finn merkte, wie ihm die Röte ins Gesicht schoss. Gott sei Dank war es in der Abenddunkelheit kaum zu erkennen.

„Natürlich, war doch mega heute. 3:4 gegen Werder – das hätten wir alle nicht gedacht, oder?", druckste er um den heißen Brei herum.

„Das meine ich nicht, Finn."

Tomek redete ruhig.

„Ich spreche von deiner Enttäuschung darüber, die erste Halbzeit nicht gespielt zu haben."

Finn stand da wie angewurzelt.

„Ich verstehe die Enttäuschung. du denkst, der alte Dicke geht ins Tor, dabei bin ich doch selbst viel besser …"

„Nein, das habe ich nicht gedacht", log Finn.

„… ist schon okay. Ich hätte in deinem Alter das gleiche gedacht", beschwichtigte Tomek. „Mir sind aber drei Dinge wichtig, dir noch zu sagen."

Finn schluckte, was kam denn jetzt?

„Erster Punkt ist schnell erzählt, du bist die Nummer eins. Keine Frage. Und du solltest meine volle Unterstützung bemerkt haben. Ich hatte dir gesagt: Wir Torhüter sind ein Team. Bitte vergiss es nicht!"

„Ja, es ging ja nicht gegen dich. Ich war sauer auf Toni", lenkte Finn ein.

„Ja, das bringt mich zu Punkt zwei: Denkst du Toni und ich sprechen nicht miteinander? Er kennt meine Einschätzung. Und er ist doch selbst nicht blind. Aber, und das ist meine zweite Botschaft: Du musst vertrauen!"

Für einen kurzen Moment war es still auf dem Parkplatz.

„Vertrauen. Du musst uns vertrauen. Du musst Toni vertrauen. Weißt du, warum du nicht von Beginn an gespielt hast?"

Finn zuckte ratlos mit den Schultern.

Tomek lachte auf.

„Woher auch? Toni hat dich nicht aufgestellt, da er befürchtete eine richtige Packung von den Profis zu bekommen. Du hast sie gesehen! Auch ohne Training stand es zur Pause 0:4. Was meinst du, ist das ein guter Einstand für einen talentierten Jungen wie dich?"

„Nein", beantwortete Tomek selbst seine Frage. „Es war genauso abzusehen, dass Werder im zweiten Durchgang müde werden und wir mehr Chancen bekommen würden. Und du hast fantastisch gehalten! Wir haben diese Hälfte 3:0 gewonnen. Das wollte Toni. Das wollte Tomek", er sprach in dritter Person von sich selbst, „deshalb merke dir: Wir sind nicht deine Feinde. Toni und ich wollen dir helfen."

Finn nickte stumm. Er konnte nicht antworten, er schämte sich für sein Verhalten. Er schämte sich dafür, dass Tomek seinen Frust mitbekommen hatte. Er wollte gerade eine Entschuldigung hervorbringen, als Tomek wieder ansetzte:

„Und der dritte Punkt, den du nicht wissen konntest, Toni aber natürlich auf dem Zettel hatte: Es war der Traum meiner Kindheit gegen Werder Bremen zu spielen!"

Tomek holte erst tief Luft, dann führte er weiter aus:

„Ich war sechs, als Kutzop den Elfmeter gegen den Pfosten geschossen hat. Sonst wäre Werder 1986 Meister geworden. Ich war ein Kind, habe geheult, obwohl ich die Spieler weder kannte noch wusste, was es bedeutete, Deutscher Meister zu sein. Zwei Jahre später war es so weit, ich habe mit meinem Opa im Garten getanzt, als Otto Rehhagel die Meisterschale in der Sportschau präsentierte. Seit ich dreizehn war, stand ich bei Werder mit einer Dauerkarte in der Ostkurve. Fast fünfzehn Jahre lang. Ich habe sie alle gesehen – Andy Herzog, Wynton Rufer, Mario Basler, Johan Micoud, Miro Klose. Es war meine Jugend, es waren meine Idole. Und jetzt durfte ich gegen Werder spielen. Es ging ein Kindheitstraum für mich in Erfüllung!"

Tomeks Augen glänzten verdächtig im schummrigen Licht der Parkplatzlaternen. Finn schämte sich nun endgültig in Grund und Boden, wegen seiner egoistischen Gedanken heute Nachmittag. Tomek war zwar deutlich älter als er, aber auch ein erfahrener Spieler hatte noch Träume. Einer davon war heute in Erfüllung gegangen. Wie konnte er das nur ausblenden? Gerade gestern predigte Toni erst, wie wichtig ein Miteinander ist und er sah immer nur sich selbst.

„Tomek", stotterte Finn nur leise, „es freut mich, dass Du heute gegen Werder spielen durftest. Es tut mir leid, falls ich Dir das kaputt gemacht habe!"

Tomek sah ihn an.

Dann schloss er ihn fest in seine massigen Arme.

„Quatsch nicht, Kleiner. Das kann mir niemand kaputt machen. Und niemand mehr nehmen."

Er drückte noch fester, Finn blieb die Luft weg.

„Und du hast so gut gehalten heute, das freut mich mindestens genauso. Wahnsinn!"

Er ließ Finn wieder los und sah ihn nachdenklich an: „Soll ich dich nicht doch fahren?"

Als Finn zum wiederholten Male verneinte, verabschiedete sich Tomek endgültig. Er hupte zweimal und verschwand in der Dunkelheit. Nun stand Finn allein auf dem Parkplatz. Alle Mitspieler waren abgeholt worden. Nur er schien vergessen worden zu sein. Wo war seine Mutter? Sie wollte doch um 20 Uhr hier sein, jetzt war es schon nach 22 Uhr!

Er zückte sein Handy, steckte es aber schnell wieder ein. Der Stolz war zu groß, um zu Hause anzurufen. Lieber wollte er mit Bus und Bahn nach Blankenese kommen. Wer weiß, wofür die mütterlichen Schuldgefühle ihm noch nützlich sein könnten? Gerade schulterte er seine Tasche, als ein wackeliges Licht vom Ende der Straße näherkam.

Hin und her schwankend näherte sich der Lichtkegel. Konturen zeichneten sich langsam ab – und endlich erkannte Finn die Person auf dem Fahrrad.

„Inga!", rief er freudig überrascht.

Sein Verdruss war schnell freudiger Erregung gewichen. Mit einem quietschen kam Inga zum Stehen und stieg ab. Finn schmiss die Tasche fort und wollte sie stürmisch begrüßen, allerdings nahm Inga eine abwehrende Haltung ein. Sie hielt das Rad zwischen sich und ihm, so dass eine Umarmung unmöglich wurde.

Etwas stimmte nicht.

„Was machst du denn hier?", fragte sie überrascht. Ihrer Stimme nach zu urteilen, hatte sie geweint.

„Mum hat mich sitzen lassen, jetzt muss ich wohl mit den Öffis nach Blankenese touren", antwortete er irritiert. „Aber was machst du hier? Ist was bei Monicas Geburtstag passiert? Du hast doch was?"

„Du fragst Dich, ob was ist? Hast du vielleicht einmal daran gedacht, dass es mich interessieren könnte, wie es dir geht? Kein einziges Mal hast du dich gemeldet – nicht eine Nachricht habe ich bekommen. Und jetzt treffe ich dich hier zufällig auf dem Parkplatz!"

Erschrocken registrierte Finn, wie er, aufgrund der Eindrücke rund um die Mannschaft und das Testspiel, Inga tatsächlich vernachlässigt hatte.

„Oh, ach so. Entschuldige", stotterte er nach einem Ausweg suchend. „Ich dachte, na ja, du warst auf Monicas Geburtstag und beschäftigt."

„Da war ich ja auch. Und es hat Spaß gemacht, die Feier war fantastisch. Ich habe sogar bei Moni gepennt und noch heute den kompletten Tag mit ihr verbracht. Das hätte ich dir auch gerne alles erzählt, wenn du dich gemeldet hättest!"

Sie holte wütend Luft.

„Wir haben getanzt. Alle waren da. Aus der Schule. Vom FCM. Alle – und alle haben sich bei mir nach dir erkundigt. Alle denken an dich, ich besonders. Aber du scheinst nur an dich selbst zu denken!"

„Das stimmt nicht. So ist es doch gar nicht …"

Wie gerne würde er sie in den Arm nehmen, sich entschuldigen. Ihr alles über das Spiel gegen Werder Bremen erzählen und sich alle Anekdoten von der Geburtstagsfeier von ihr anhören.

Inga ließ ihm aber keine Zeit zu reagieren. Sie schwang sich mit den Worten „Lass uns einfach morgen telefonieren" auf ihr Rad und dampfte ab.

Finn meinte, ein sich entfernendes Schluchzen der sonst starken Inga zu vernehmen. Schließlich stand er wieder allein im Laternenlicht des Parkplatzes. Schnappte sich die Tasche und machte sich auf den Weg zur Bushaltestelle.

16
Kaffeekränzchen

Das Meiendorfer Testspiel gegen Werder war noch nicht einmal 24 Stunden her, da hatte Klaus Giercke bereits zahlreiche seiner Branchenkontakte abtelefoniert. Die Zweifel, ob er nochmal Fuß im harten Bundesliga-Business würde fassen können, waren verflogen. Er war sich sicher, endlich wieder einen Rohdiamanten gefunden zu haben. Finn Eimer war definitiv ein Megatalent! Und das Beste daran: Noch niemand, kein Verein oder Nachwuchsscout, schien ihn bisher bemerkt zu haben!

Nur die Tatsache, dass sich Eimer-Junior mit der gestrigen Leistung in die Notizbücher von Werder Bremen oder dem südamerikanischen Berater gespielt hatte, machte ihm ein wenig Sorgen. Daher drückte er aufs Tempo. Und daher hatte er für heute auch eingeladen. Er musste schnellstens für Klarheit sorgen.

Es klingelte an der Tür seiner mondänen Stadthausvilla in Hamburg-Winterhude.

„Wo darf ich die Platten abstellen?", fragte die Bäckerei-Angestellte freundlich. Giercke wies der jungen Frau den Weg in seinen geräumigen Garten. Hier, unter einer prachtvollen Eiche direkt an einem Steg zur Alster, wollte er die Verhandlung führen.

Die Angestellte drapierte eine große Sahnetorte und mehrere kleinere Platten mit Frucht- und Butterkuchen auf dem Tisch. Dann verschwand sie, um kurze Zeit später mit Geschirr, Kaffeekannen und Limonaden wieder aufzutauchen. Als sie mit dem Eindecken fertig war, gab ihr Giercke ein ordentliches Trinkgeld.

„Vielen Dank!", strahlte die Angestellte.

„Haben Sie Geburtstag oder was gibt es zu feiern?", fragte sie unbedarft.

„Das geht Sie überhaupt nichts an!", antwortete Giercke schroff. Schnell wurde ihm bewusst, wie ungerecht es war, seine paranoide Anspannung an ihr auszulassen und ergänzte schnell in sanfter Tonlage:

„Entschuldigen Sie. Es ist ein wichtiger Geschäftstermin. Ich bin ein wenig unter Druck. Holen Sie das Geschirr dann heute Abend gegen 19 Uhr wieder ab, ja?"

Die Angestellte nickte und verließ eingeschüchtert und so schnell sie konnte das Grundstück.

Nervös zündete Giercke sich einen Zigarillo an. Er tigerte durch den Garten, um sich zu beruhigen. Er hatte doch in der Vergangenheit zahlreiche gestandene Profis erfolgreich betreut und in diversen Hinterzimmern der Republik erfolgreich mit abgehalfterten Managern verhandelt. Da würde ein ambitioniertes Talent eine Kleinigkeit für ihn sein!

Er war zwar jetzt Mitte fünfzig und seine Finanzen sahen alles andere als rosig aus. Das durfte ihn als erfahrender Berater aber nicht beeinflussen.

Nur nicht zu viel nachdenken! Nicht nachdenken, über seinen Kredit, seine in Ostimmobilien versenkte Million, seine Schulden ... verdammt, es ging um nichts Geringeres als seinen Job, seine Reputation, seine Zukunft! Die Nervosität stieg wieder.

Der Teufelskreis musste durchbrochen werden. Er trat den Zigarillo auf dem Rasen aus und nestelte gleich den nächsten Stängel aus der Packung. Gerade hatte er ihn entzündet, als es wieder an der Tür läutete. Wieder trat er den Zigarillo aus. Hektisch eilte er ins Haus, brach dann seinen Weg zur Tür ab, drehte um und beseitigte schnell die beiden Kippen, indem er sie vom Rasen in einen Rhododendron schnippte. Er überprüfte den Sitz des Jacketts und atmete tief aus, als es wieder klingelte.

„Ich komme!", rief er übertrieben freundlich.

Mit einem angeknipsten Lächeln öffnete er die schwere Haustür. Drei erwartungsvolle Gesichter blickten ihm entgegen.

Er begrüßte gut gelaunt Erik und Finn Eimer: „Pünktlich auf die Minute. Wie schön, kommt herein. Schön, dich endlich kennenzulernen Finn!"

Dann fiel sein Blick auf das schöne blonde Mädchen. Überrascht fragte er:

„Mit wem habe ich das Vergnügen?"

Missmutig blickte sie ihn an.

„Das ist Inga", fuhr Erik schnell dazwischen. „Die Freundin meines Sohnes. Er bestand darauf, sie heute mitzunehmen."

Finn nickte stumm. Inga blieb regungslos. „Also, Inga – ich darf doch du sagen? Herzlich willkommen!" Inga nickte nur wortlos.

„Weibliche Intuition hat noch nie bei wichtigen Entscheidungen geschadet. Wie schön, dich dabei zu haben", trällerte Giercke fröhlich weiter.

Er bat die Gäste herein und zeigte ihnen den Weg in den Garten: „Ich habe eine Kleinigkeit für uns vorbereitet."

Regel Nummer 1 für erfolgreiche Verhandlungen: Die Tonalität und das Ambiente muss immer höflich und zuvorkommend sein.

„Wir haben allerdings nur zwei Stunden Zeit, Finn muss später noch zum Training", bemerkte Erik, als er am reichlich gedeckten Tisch Platz nahm. „Gut, dass du es ansprichst. Dann sollten wir zusehen, wie wir gemeinsam einen Lösungsweg für Finn erarbeiten und wie sein Start in eine erfolgreiche Laufbahn aussehen könnte."

Regel Nummer 2 – immer im Vorfeld einer Verhandlung das Ziel abstecken.

Plaudernd servierte Giercke jedem seiner Gäste ein Stück der mächtigen Sahnetorte sowie eine Erfrischung. Er verwickelte Erik in ein Gespräch über frühere Zeiten. Schnell landeten sie bei Eriks Karriere:

„... man darf nicht vergessen, damals war es einfacher, die Torhüter durften Rückpässe in die Hand nehmen."

„Richtig, richtig", erwiderte Erik. „Aber dafür mussten wir peinlich genau auf unsere Schrittfolge achten. Drei Schritte, dann Ball prellen. Maximal fünf Schritte. Sonst gab es indirekten Freistoß!"

„Stimmt. Letztlich geht es aber heute wie damals vor allem darum, Bälle erfolgreich abzuwehren. Auch wenn der moderne Torwart es bereits vor dem Strafraum mit fußballerischen Mitteln lösen muss. Das macht Finn übrigens hervorragend. Zumal er damit sogar Offensivaktionen einleitet", lobte Giercke in höchsten Tönen. Es fehlte nur noch, dass er Finn dabei väterlich über den Kopf strich.

Der Nachmittag plätscherte dahin, ehe Giercke zu seiner Regel Nummer 3 kam:

Gib deinem Gegenüber Auswahlmöglichkeiten, so denkt er, es wäre seine Entscheidung.

„Oje, jetzt haben wir uns verplaudert", sagte Giercke und schaute wie zufällig auf seine Armbanduhr.

„Wie wollen wir es denn nun angehen, Erik? Ich sehe grundsätzlich drei Möglichkeiten das große Talent deines Sohnes angemessen zu fördern."

Gierke machte eine spannungsfördernde Pause, ehe er fortfuhr: „Entweder, ich suche bereits für die bevorstehende Saison einen Verein in den drei deutschen Profiligen für ihn ..."

Finns Augen wurden größer, auch Erik und Inga richteten sich in ihren Stühlen auf und schauten Giercke überrascht an.

„… oder ich suche ihm einen Platz in einem Jugendleistungszentrum der Bundesliga-Klubs."

„Das könnten Sie?", stotterte Finn ungläubig.

„Natürlich, ich kenne alle Entscheider in der Branche", erwiderte Giercke lässig.

„Und die dritte Option?", fragte Inga trocken.

„Die dritte Option wäre, eine Saison beim FC Meiendorf zu absolvieren und danach eine der anderen Optionen zu nutzen."

Inga sah Finn an.

Irgendetwas schien zwischen den beiden nicht zu stimmen. Das blieb Giercke nicht verborgen. Schnell ergänzte er:

„Wenn ihr meinen Rat hören wollt?"

„Ja, unbedingt", kam Erik Inga zuvor.

„Ich würde die ersten beiden Optionen austesten. So eine Gelegenheit kommt nie zu früh. Finn hat definitiv das Talent und das Dasein eines neuen Torwarttalents spricht sich nach dem Werder-Spiel sicher schnell im Markt herum. Sollte sich wider Erwarten kein Verein finden, dann ist der FCM immer noch eine Option."

„Aber Toni plant mit mir, Vati. Wir müssen es ihm sagen", wand Finn ein. Erik nickte zögerlich.

„Ach was!", beschwichtigte Giercke.

„Ich arbeite doch integer und ohne großes Aufsehen. Ich fühle nur einmal vor, dann können wir gemeinsam eine Entscheidung fällen."

Kurze nachdenkliche Pause am Tisch. Finn, Erik und Inga dachten über das Gesagte nach.

Inga war schließlich die erste, die Worte fand: „Ich finde, du bleibst noch in Meiendorf. Wegen Toni und Tomek. Und vor allem wegen uns!"

„Aha, daher wehte der Wind", dachte Giercke bei sich. Es wäre nicht das erste Mal, dass der Spieleranhang bearbeitet werden musste.

„Ich verstehe deine Bedenken, kann dir aber versichern: Ihr seid nicht das erste Paar, das so eine Herausforderung der räumlichen Trennung meistern wird. Es wird nicht auf Dauer sein. Ihr werdet sehen: Wenn Finn weiter so abliefert wie gegen Werder, dann musst du", er deutete auf Inga, „kaum noch arbeiten und du", nun deutete er auf Finn, „wirst dich komplett um deine Freundin und den Fußball kümmern können. Die Schuhe werden dir geputzt, das Auto wird gewaschen und die Einkäufe werden für euch erledigt werden! Auch der Umzug wird vollständig organisiert werden."

„Und die Schule?", fragte Erik zögerlich.

„Die Schule? Darum kümmern sich die Vereine. Jeder junge Spund wird auch geistig gefördert. Sogar in kleineren Klassen. Intensivunterricht zwischen den Einheiten, selbst wenn es aus unvorstellbaren Gründen nicht mit der Karriere funktionieren sollte, wird der vorhandene Schulabschluss Finn die Rückkehr in ein Leben ohne Profisport ermöglichen!"

Erik nickte erleichtert. Damit schienen die väterlichen Bedenken ausgeräumt zu sein.

Einzig das sture Mädchen machte ein Regenwettergesicht. Giercke kümmerte es wenig, sie war das schwächste Glied in der Verhandlung. Unrelevant. Für Finn war sie im Augenblick der Nabel der Welt. In zwei, drei Jahren jedoch würde er kaum ihren Namen noch erinnern. Sowas hatte Giercke schon unzählige Male bei Spielern erlebt.

Er blickte nochmal auf die Uhr, in einer Viertelstunde müssten die Eimers plus Blondchen los.

„Wir müssten dann eine Entscheidung treffen."

„Heute?", fragte Inga ungläubig.

„Ja, heute noch", antwortete Giercke schnippisch. „Ich habe bereits mit einigen Kontakten gesprochen. Sie brauchen genau wie wir so schnell wie möglich Planungssicherheit."

Giercke zog eine Aktentasche unter dem Stuhl hervor. „Daher", er legte eine Mappe auf den Tisch, „ist es wichtig, mir zunächst einmal das Mandat dafür zu übertragen, dass ich dich, Finn, offiziell vertreten darf."

„Das glauben Sie nicht im Ernst? Wir können sowas doch kaum zwischen Tür und Angel unterschreiben!", echauffierte sich Inga.

„Nein? Dann weiß ich nicht, ob Finn entscheidende Zeit vergeudet und sich die Chance seines Lebens entgehen lässt. Willst du das verantworten?", finster blickte Giercke sie an.

„Na, lass mal sehen. Ich kenne die Verträge noch aus meiner aktiven Zeit", beschwichtige Erik und überflog den Vertragsentwurf.

„Es ist pro forma – ich brauche tatsächlich nur die Zustimmung dafür, Finn vertreten zu dürfen. Es kostet euch nichts. Ich bin ganz ehrlich, ich profitiere mit 10% an den Zahlungen, die der Verein für Finn zahlt. Wenn kein Geld fließt, gehe auch ich leer aus."

Erik grummelte nur. Er ging den Entwurf grob durch und konnte keine Euro-Zeichen oder Angaben über Gebühren oder Einmalzahlungen entdecken.

„Okay", stimmte er letztlich zu. „Finn, ich glaube, wir sollten unterschreiben."

„Ich glaub das jetzt nicht! Können wir bitte in Ruhe darüber reden - ohne den da?", fluchte Inga und deutete auf Giercke.

„Inga, ich kann doch trotzdem beim FCM bleiben. Ich sehe da auch kein Risiko. Lass Herrn Giercke doch meinen Marktwert testen", sagte Finn und griff nach Ingas Hand. Er bekam sie erst nach zwei Versuchen zu fassen.

„Also abgemacht."

Giercke gab Erik den Stift und zeigte ihm, wo er die Unterschrift zu leisten hatte. Mit einem kratzenden Geräusch unterschrieb er, danach kam Finn an die Reihe.

Inga saß hilflos schnaubend daneben.

Giercke geleitete abschließend seine Gäste zurück durchs Haus. Dabei nahm er Erik zur Seite: „Du wirst sehen, Erik. Ich werde nicht nur einen geeigneten Klub für Finn finden. Ich werde auch D selbst das Leben erleichtern. Niemand weiß besser als ich, wie schwierig das Vater-Dasein ist, wenn man gleichzeitig der größte Fan und Förderer des Sohnes ist. Der eigene Sohn denkt, der Vater sieht nur noch den Fußballer in einem. Diese undankbare Rolle nehme ich nun ein. Du kannst von nun an ganz der Vater sein. Die Rolle des Chefkritikers werde von nun an ich übernehmen."

Verhandlungsregel Nummer 4: Gib dem Verhandlungspartner immer das Gefühl gewonnen zu haben.

Erik nickte dann auch zustimmend. Er fühlte tatsächlich eine Mischung aus Stolz und Erleichterung darüber, wie weit es Finn gebracht hatte, und dass er selbst nun von einer Last befreit war.

*

„Ihr spinnt doch!"
Inga war außer sich, als sie auf dem Weg zur nahe gelegen Bahnstation waren.
„Nur Idioten unterschreiben Verträge, ohne auch nur eine Nacht darüber geschlafen zu haben!"
„Inga, beruhige Dich bitte."
Erik versuchte sich seinen Unmut über die aufmüpfige Inga nicht anmerken zu lassen. „Ich kenne das Geschäft, war lange Bestandteil dessen und habe mir den Vertrag durchgelesen."
Er hielt die Mappe mit der Kopie in die Luft, als ob sich Inga so selbst davon überzeugen konnte.
„Erik, du kapierst es nicht. Für dich geht es um das Business. Es geht aber vor allem um Finn! Und damit auch um uns beide. Ich finde wir hätten es besprechen müssen. Finn", sie richtete sich jetzt direkt an ihn: „Sag du doch auch mal was!"
„Ich, also ...", Finn war hin und her gerissen. Einerseits liebte er Inga und war sich bewusst, wie

bereits das Trainingslager auf die Stimmung ihrer Beziehung gedrückt hatte. Das würde zukünftig bei einem größeren Verein nicht einfacher werden. Andererseits arbeitete er hart für eine mögliche Fußballerkarriere. Die sich bietende Chance musste er ergreifen.

Sein Zögern dauerte einen Moment zu lange.

„Schon verstanden!", schnaufte Inga. „Leg Deine Zukunft gerne in die Hände eines fremden Mannes, der dich lediglich als lukrative Erlösquelle sieht. Und ja, falls es nichts wird mit der Karriere – dann kannst du beim FC Meiendorf bleiben. Und wenn du dortbleiben solltest, kannst du ja auch weiter mit der dummen Blondine vom Dorf zusammen abhängen. Die wartet schon auf dich!"

Tränen schossen ihr in die Augen. Erik war peinlich berührt, wusste nicht, was er zu der Szene sagen sollte. Finn war ebenso heillos mit der Situation überfordert.

„Inga, so ist es doch nicht. Du bist das Wichtigste für mich!"

„Ja, aber wieso reden wir dann nicht miteinander? Schon die Oberliga ist eine Herausforderung für unsere Beziehung. Wenn du jetzt noch in eine andere Stadt ziehst ... dann ..."

Tränen rollten über ihre Wangen. Sie wischte sie mit ihrer Hand weg und ließ sich sanft von Finn in den Arm nehmen.

Erik stand unbeholfen daneben, die Vertragskopie in seinen Händen. Finns Freundin machte bereits Schwierigkeiten. Finns Mutter würde über die Entscheidung erst recht nicht begeistert sein.

17
Schattenmann

Der erste Schritt, hin zu einer wieder sorgenfreien Zukunft, war gemacht. Die Chance durch einen einzigen Spieler-Deal ein für alle Mal ausgesorgt zu haben, war da. Die bestand für einen Berater immer. Der Sechser im Lotto in greifbarer Nähe!

Durch entsprechende Vertragsklauseln würde er an jeglichen Ablösen zukünftiger Wechsel seiner Klienten profitieren. Bei den heutzutage durch die Decke schießenden Beträgen wäre bereits der Werdegang eines durchschnittlichen Zweitligaspielers äußerst lukrativ.

Giercke merkte jedoch, wie weit der Weg aus der finanziellen Misere für ihn werden würde. Er spürte die Vergänglichkeit früherer Erfolge. Das Geschäft hatte ihn überholt, sein Netzwerk war überholt. Er war schlicht kein Global Player mehr.

Er hatte den Eimers vom angeblichen Marktinteresse am jungen Torwarttalent erzählt. Dabei verschwieg er, dass der Markt voll war von angeblich hochbegabten Talenten und auch, dass keiner seiner Branchenkontakte noch an entscheidender Stelle saß.

Die früheren Manager und Sportdirektoren aus seiner beruflichen Anfangszeit waren längst nicht mehr im Amt. Wenn sie denn überhaupt noch lebten!

Andere, vermeintliche Freunde, wimmelten ihn bereits am Telefon ab, so als wenn sie Angst davor hätten mit ihm in Verbindung gebracht zu werden. Er war in der Szene scheinbar verbrannt. Ein abgehalfterter Spielerberater früherer Tage.

Ohne Netzwerk war er keinen Deut besser als Erik Eimer. Der Ex-Profi könnte selbst alte Bekannte fragen. Es bräuchte keinen Zwischenmann wie ihn.

Verzweifelt blätterte Giercke durch sein angegilbtes Notizbuch. Es enthielt Kontakte ehemaliger Spieler und

Verantwortlicher längst verblasster Vereine wie Bayer Uerdingen, Wattenscheid 09 oder der FC Homburg. Alles frühere Bundesligisten, nunmehr ins bodenlose abgestürzt. Auch Telefonnummern ehemaliger Ansprechpartner großer Traditionsmannschaften fanden sich darin: Hertha BSC, 1860 München, Kaiserslautern. Auch von Werder Bremen.

Moment mal: Werder?

Hektisch strich Giercke mit dem Zeigefinger über die sorgfältig notierten Namen. Ein Großteil war seit Längerem von der Bildfläche verschwunden. Aber ein, zwei Ex-Spieler waren definitiv noch im Umfeld des Vereins tätig. Er tippte eine Nummer in sein Handy und hoffte, nicht ein „Kein Anschluss unter dieser Nummer" zu hören.

Ein Freizeichen!

Gespannt wartete Giercke darauf, eine andere Stimme am Ende der Leitung zu hören. Es tutete und tutete. Aber niemand nahm ab.

Zweiter Versuch: Wieder große Anspannung, wieder ein Freizeichen und tatsächlich es nahm jemand ab! Höflich plauderte Giercke mit der Ehefrau des ehemaligen Werder-Profis. Der Defensivspezialist, früher als „Staubsauger vor der Abwehr" bekannt, war ironischerweise gerade selbst nicht zugegen, sondern im Elektromarkt:
einen neuen Staubsauger besorgen.

Die Dame versprach Giercke, ihren Mann zu grüßen und um einen Rückruf zu bitten. Es folgte ein schier endloses Warten mit zahlreichen Zigarillos. Schließlich vibrierte endlich das Handy. Wieder ein freundlicher Plausch über alte Zeiten und ein Austausch höflicher Floskeln – geschickt kitzelte Giercke so die Telefonnummer des aktuellen Bremer Co-Trainers heraus. Er beendete das Gespräch mit dem Versprechen, in Kürze eine große Fete für ehemalige Wegbegleiter zu geben und auch den Werder-Staubsauger dazu einzuladen. Dann legte er auf.

Kurzes Durchatmen, dann ging die Telefonrallye weiter. Der Werder Co-Trainer Patrick wurde überrascht durch Gierckes Anruf. Er kannte ihn nicht und war kurz angebunden. Erst als Giercke erklärte, er wäre beim Testkick gegen Meiendorf vor Ort gewesen, da hätte doch ein toller Junge auf der anderen Seite im Tor gestanden, taute der Gesprächspartner auf.

„Meiendorf? Ja, der Torwart war ordentlich. Da hat mein Freund Toni Glück, ein solches Talent unter seinen Fittichen zu wissen."

„Ich bin sein Berater", verkündete Giercke stolz.

„Es handelt sich dabei um den Sprössling von Erik Eimer." Stille am anderen Ende. „Erik Eimer? Der ehemalige St. Pauli-Torwart. Aus der Relegation", half Giercke nach.

„Mir sagt der Name etwas. Aber Berater? Ist es nicht ein wenig zu früh dafür? Der Junge ist doch noch fast ein Kind."

„Das stimmt, da haben Sie recht", pflichtete Giercke dem Co-Trainer eilig bei.

„Deshalb ist es wichtig, behutsam vorzugehen, keine Luftschlösser zu bauen. Genau daher hat Erik mich als alten Freund hinzugezogen. Und deshalb rufe ich an." Er räusperte sich umständlich.

„Ich kenne den verantwortungsvollen Umgang mit jungen Talenten im Werder-Leistungszentrum. Das wäre doch genau die richtige Adresse für Finn, um die Schule erfolgreich zu beenden und gleichzeitig sportlich noch besser zu werden. Was meinen Sie?"

„Ich weiß nicht. Mein Stand ist, dass das NLZ bereits voll ausgelastet ist. Gut, ein bis zwei Plätze sind immer frei. Für Probespieler oder kurzfristige Verpflichtungen bei den Profis. Jugendliche werden allerdings niemals kurzfristig verpflichtet. Immer geplant, vor der Saison."

Giercke ließ sich die Enttäuschung nicht anmerken. Blitzschnell improvisierte er:

„Aha, das ist nachvollziehbar. Allein aufgrund der Schule." Er machte eine kurze Pause.

„Ist Euer neuer Sturmstar, der Südamerikaner, ist der dann dort untergebracht?"

„Roberto? Nein, der ist hier direkt am Osterdeich untergebracht. Den Stars brauchen wir nicht mit einer sporadischen Unterkunft im NLZ kommen."

„Star ist das Stichwort", sagte Giercke. „Wahrlich ein toller Spieler, den Ihr da gefunden habt. Wo kam Roberto noch her? Brasilien? Peru?"

Wie erhofft ging der Co-Trainer auf die Lobhudelei ein und plauderte über die Scouting-Tour, über diverse angebotenen Spieler und die finale Entscheidungsfindung. Auch die ungeordneten Transfergepflogenheiten in Übersee kamen zur Sprache. Und die Rolle des agilen Spielerberaters, den Giercke beim Testspiel gesehen hatte.

„Wie hieß der Südamerikaner noch?", fragte Giercke wie zufällig.

„José."

„Scheint eine Spürnase zu haben. Haben Sie da einmal die Nummer für mich. Ein Austausch unter Kollegen schadet ja nie."

Nach kurzem Zögern diktierte der Co-Trainer ihm die Telefonnummer. Kurz darauf bedankte sich Giercke artig für das Gespräch und legte auf.

Nächster Business-Call: José.

Giercke bereitete sich auf einen hektischen Mann mit gebrochenen Englisch-Kenntnissen vor. Umso größer war die Überraschung, in José einen ruhigen, klar sprechenden Gesprächspartner vorzufinden. In akzentfreiem Englisch bedankte er sich höflich für Gierckes Anruf und dessen Komplimente für seinen Klienten.

Selbstverständlich durchschaute José den Versuch und erkannte den geschäftlichen Gesprächshintergrund. Blieb aber höflich und war gespannt, worauf das Ganze hinauslaufen sollte.

„José, my friend", kam Giercke endlich auf den Punkt: „I am looking for a professional club for my goalkeeper. Do you have any advice for me?"

In der Tat hatte José Tipps für den „fantastic young goali". Er wusste davon, dass sowohl Borussia Dortmund als auch der große FC Bayern München auf der Suche nach jungen deutschen Spielern waren.

„Really!", antwortete Giercke vor Freude außer sich und bat José gierig um einen Kontakt. José hätte tatsächlich entsprechende Kontakte und könnte sie ihm, Giercke, an die Hand geben. Aber:

„Klaus, my friend, that will cost you 1.500 Euro."

1.500 Euro für zwei Telefonnummern?

Giercke schluckte.

Er zögerte, willigte aber schließlich ein. 1.500 Euro mehr oder weniger Schulden waren ihm egal, wenn die Chance auf einen großen Deal im Raum stand.

„Great, my friend", antwortete José. „Ich sende Dir die Adressen und eMails gleich an Deine Mobile-Nummer."

„Du kannst Deutsch sprechen?", staunte Giercke.

„Natürlich. Ich kann fünf verschiedene Sprachen. Sonst bringt man es nicht weit im internationalen Fußball", lachte José schallend.

*

Giercke zitterte vor Aufregung. Bayern und der BVB waren die Top-Adressen im deutschen Fußball.

Das Glück war auf seiner Seite, zur rechten Zeit am rechten Ort. Die beiden Spitzenklubs waren auf der Suche nach jungen deutschen Spielern? Bitte, mit Finn Eimer konnte er ihnen ein Top-Talent präsentieren.

Sein Herz klopfte wie wild, als er die Nummer des verantwortlichen Bayern-Sportdirektors wählte.

Bayern München, die absolute Nummer eins!

Wenn der Rekordmeister bei Finn zuschlug - es wäre der goldene Handschlag, den er brauchte und sogar die

Möglichkeit für ein erfolgreiches Comeback auf dem deutschen Fußballermarkt.

Das Freizeichen erklang.

Und erklang. Und erklang. Niemand meldete sich.

Er versuchte es eine halbe Stunde später noch einmal. Wieder das Freizeichen. Wieder nahm niemand ab.

Ein drittes Mal, eine Stunde später – die Euphorie war bereits deutlich abgeklungen. Und auch diesmal nahm niemand ab.

„Ok", murmelte Giercke zu sich selbst und zündete sich einen Zigarillo an.

„Dann schnappt sich eben der Bayern-Verfolger den zukünftigen Nationalkeeper."

Er wählte die zweite von José erhaltene Nummer. Wieder tutete es. Wieder erfolglos.

Giercke verbrachte den kompletten Nachmittag damit, beide Nummern abwechselnd zu wählen. Nie nahm jemand am anderen Ende ab!

Zerknirscht gab er schließlich auf und rief wütend bei José an. Nach kurzer Zeit ertönte seine Stimme: „Hola?"

Außer sich beschimpfte Giercke den Südamerikaner: „Was sind denn das für Nummern? Niemand geht ans Telefon, den ganzen Tag! Die 1.500 Euro kannst du Dir abschminken. Veräppeln kann ich mich auch allein, dafür benötige ich niemanden aus der Pampa!"

José reagierte nicht auf den emotionalen Ausbruch. Stattdessen antwortete er betont ruhig und höflich.

„Klaus, my friend. Das hat nicht im Geringsten etwas mit den Nummern zu tun. Die sind definitiv korrekt. Lass sie gerne überprüfen. Es sind die richtigen Nummern. Dass dich die Gesprächspartner anscheinend nicht sprechen wollen, steht auf einem anderen Blatt. Also: Die Nummern stimmen, ich bekomme mein Geld. Oder gilt Dein Wort nichts mehr?"

In Giercke brodelte es. Wie blöd konnte er sein? Bayern und Dortmund? Ausgerechnet die beiden größten Vereine mit dem vielleicht umfassendsten

Scoutingsystemen der Republik sollten auf einen Anruf von ihm warten? José hatte die Chance gewittert und wusste, um seine Notlage. Wenn er jetzt bestritt eine Vereinbarung, und wenn sie auch nur mündlich war, gebrochen zu haben, wäre er für alle Zeiten verbrannt. Dafür würde der windige Spielerberater zu sorgen wissen.

„Du hast mich verarscht. Du wusstest, dass die beiden nicht rangehen würden. Daher hast du mir die Nummern rausgegeben! Du Betrüger!", meckerte Giercke hilflos.

„Na, na, na! My friend", antwortete José spitz.

„Zügel Dich. Betrüger ist ein großes Wort! Ich kann dafür meinen Anwalt auf Dich ansetzen." Er lachte auf, ehe er ergänzte:

„Aber, Klaus – ich mag dich. Ich habe mich auch nochmal umgehört. Es war schwer, aber tatsächlich hat Werder Bremen Interesse an Finn. Er kann dort im Internat anfangen."

Giercke war sprachlos.

„Wer ... Werder?", stotterte er verwirrt.

Er hatte doch selbst vorhin mit dem Bremer Co-Trainer gesprochen? Bremen war nun doch an Finn interessiert, wollte ihn sogar verpflichten?

„Werders Chefscout saß beim Testspiel mit auf der Trainerbank. Er hat den Jungen gesehen. Ihn und den Chefcoach konnte ich vorhin überzeugen, Finn eine Chance zu geben!"

„Das ... das ist unglaublich. Danke, José!", murmelte Giercke, hörbar mitgenommen vom emotionalen Auf und Ab der letzten Minuten.

„Klaus, my friend! Gerne!", lachte José.

„Der Deal kommt dann zustande, wenn ich zu 25 Prozent an ihm beteiligt bin. Jetzt und auch bei späteren Transferbewegungen in Sachen Finn Eimer. Das stellt doch kein Problem für dich dar?"

18
Hindernisse

„Ich verstehe. Das sind gute Nachrichten."
Erik sprach im ruhigen Tonfall in sein Handy. Er beendete schließlich das Telefonat mit Giercke und stand einige Sekunden regungslos im Raum. Dann sprang er endlich wie von der Tarantel gestochen durch die Wohnung. Er vergaß sogar die alte Knieverletzung, als er wild von einem Zimmer ins andere raste:
„J-A-A-A-A-A-A-A-A!!!"
Er ballte beide Fäuste. Sein Blick begegnete im Flur seinem eigenen Spiegelbild:
„Ich wusste es! Ich wusste es!", schrie er sich selbst mit weit aufgerissenen Augen entgegen.

Er hatte immer daran geglaubt! Finn würde eine Profi-Karriere starten. Bianca und ihr Reederheini würden Augen machen, wenn sie von Finns Karrierestart erführen, den er dank Zutuns seines Vaters geschafft hatte. Endlich hatte Erik etwas erfolgreich auf die Beine gestellt.

Giercke klang am Apparat zwar merkwürdig gedämpft, nicht euphorisch, als er einen Termin für heute Nachmittag abmachte. Aber der erfahrene Berater war nicht mehr der Jüngste und hatte wohl auch die letzten Tage nicht viel geschlafen. Das Abklappern der Kontakte hatte sich dafür aber für alle gelohnt. Finn im Nachwuchsleistungszentrum von Werder Bremen!
„J-A-A-A-A-A-A-A-A!!!"
Erik brauchte ein paar Minuten, um sich zu sammeln. Er musste seinen Sohn anrufen. Finn würde ausflippen vor Freude. Ungeduldig tigerte Erik weiter durch die Wohnung, unterbrach seinen Gang ab und an und schüttelte ungläubig den Kopf.

Dann war es endlich 14 Uhr. Finn müsste aus der Schule zurück sein. Aufgeregt wählte Erik die Nummer.

Schon nach wenigen Sekunden ertönte Finns Stimme. Erik wollte es spannend machen, wollte so tun, als ob nichts wäre und ihn überraschen. Aber er hielt es nicht aus, bereits nach der einleitenden Frage, wie es in der Schule gewesen war, platzte es aus ihm heraus:

„Finn, du musst heute nicht zum FCM-Training fahren, sondern ganz schnell bei mir vorbeikommen! Giercke ...", er stockte und ergänzte stolz, „... Giercke und I-C-H, wir haben... Werder Bremen will dich aufnehmen!"

Stille am anderen Ende.

„Finn? Hat es dir die Sprache verschlagen? Werder will dich, Junge! Klaus kommt heute Nachmittag zu mir. Wir besprechen und unterschreiben alles und stoßen darauf an."

Finn antwortete erst nach weiteren quälend langen Sekunden bedrückt: „Das ist toll, Vati."

„Finn? Werder! Freust du dich gar nicht?"

„Doch, doch – wirklich. Aber: Ich kann heute nicht kommen. Weder zu dir noch zum Training. Ich habe Hausarrest."

Perplex hörte Erik sich Finns Story an.

Bianca war in die Schule zitiert worden. Ihr Sohn hätte die letzten Wochen zahlreiche Unterrichtsstunden und sogar Schulklausuren unentschuldigt gefehlt. Als sie Finn darauf angesprochen hatte, wollte er es zunächst nicht zugeben. Erst als Bianca weitere Details zu jeder geschwänzten Stunde preisgab und zusätzlich den gefakten Stundenplan vom Kühlschrank präsentierte, gab es keine Ausreden mehr und Finns Lügengebäude war eingebrochen. Wütend gab er zu, die bescheuerte Schule sausen lassen und alles auf die Karte Fußball setzen zu wollen.

Er garnierte seinen Ausbruch noch mit dem Hinweis darauf, dass der Mutter sowieso alles egal wäre. Schließlich würde sie sich noch nicht einmal mehr an Abholzeiten halten. Lügen wäre hier ja wohl gang und gäbe. Schließlich schob Arnulf auch stets die Arbeit vor, um nur noch mehr Zeit auf dem Golfplatz verbringen zu können.

Der Haussegen hing somit in Blankenese komplett schief. Und Finn hatte bis auf weiteres nach der Schule Hausarrest bekommen.

„Hausarrest?", schnaufte Erik. „Ich bin dein Vater. Ich habe auch noch ein Wörtchen mitzureden."

Vor dem Auflegen tröstete er den bedröppelten Finn und versprach ihm, mit seiner Mutter zu sprechen. Die einmalige Chance durfte nicht auf der Zielgeraden platzen. Bianca geisterte selbst in diesem Moment wieder wie ein böses Omen durch sein Leben.

Erik atmete tief durch. Er musste ruhig klingen. Emotionen im Griff behalten, wie damals auf dem Fußballfeld. Wer dort Emotionen freien Lauf ließ, flog früher oder später mit Rot vom Platz.

Mit honigsüßer Stimme begann er schließlich das Gespräch mit Bianca, ehe er zum Punkt kam: „Bianca, diese Schulsache mit Finn. Das Fußballverbot. Können wir bitte persönlich darüber sprechen?"

Bianca, überrascht vom seltenen Interesse des Vaters an Finns schulischen Leistungen, stimmte einem Treffen am Nachmittag bei Erik zu.

*

Um Punkt 16 Uhr ging die Klingel. Erik öffnete die Wohnungstür und wusste nicht so recht, wie er Giercke begrüßen sollte. Die Mischung aus einer stürmischen Umarmung hin zu einem soliden Handschlag, endete in einem missglückten Highfive mit anschießenden Schulterklopfer.

Giercke sah tatsächlich müde aus. Die Stimme am Telefon hatte Erik nicht getäuscht.

„Wollen wir kurz anstoßen, Klaus?", fragte Erik. Er hielt eine Flasche Rotkäppchen in der Hand und pulte die Alufolie vom Flaschenhals.

„Unwahrscheinlich gerne. Aber ich würde zunächst die wesentlichen Dinge fixieren wollen."

Giercke öffnete die mitgebrachte Aktenmappe und zog den Vertrag hervor. Der Berater wirkte auf Erik irgendwie nervös. Eigentlich hatte er erwartet, bei ihm eine ähnliche Freude wie bei sich selbst, zu spüren. Aber ein so erfahrender Spielerberater hatte solche Situationen sicher hundertfach durchlebt und war abgebrühter, als ein Vater, der seinen Sohn in den Profisport begleitete.

„Kannst du dann hier bitte unterschreiben?", drängte Giercke und hielt Erik einen Kugelschreiber hin.

„Wenn du keinen Sekt möchtest, darf ich Dir Kaffee oder einen Saft bringen?", spielte Erik auf Zeit.

Das erneute Klingeln erlöste ihn aus der Situation. Er öffnete die Tür und freute sich seit langem wieder über den Anblick von Bianca. Er begrüßte sie umständlich und bat sie in die Wohnung.

„Guten Tag, Erik!"

Arnulf tauchte aus dem grauen Licht des Treppenhauses auf.

„Was macht der denn hier?", entfuhr es Erik unbeabsichtigt schroff. Er bereute seine Worte sofort. „Emotionen im Griff behalten", ermahnte er sich.

„Arnulf ist genauso wie ich für Finn verantwortlich", bevormundete Bianca ihren Lebensgefährten und trat durch den Flur ins Wohnzimmer ein.

Giercke stand auf und reichte Bianca die ausgestreckte Hand. Die blieb irritiert stehen.

„Wer ist das denn?", fragte sie zu Erik gewandt. Erik sammelte sich kurz. Es war wie beim Elfmeter. Jetzt war der Moment, der über Gelingen oder Nicht-Gelingen entscheiden würde:

„Bianca, das ist Klaus Giercke. Ein Mann, der unser und Finns Leben in neue Bahnen lenken wird."

„Ein Nachhilfelehrer?", fragte Arnulf dumpf aus dem Flur heraus. Er trat ein und schüttelte Giercke stürmisch die Hand.

Giercke erwiderte den Handschlag zaghaft und schaute hilfesuchend zu Erik.

„Das ist kein Lehrer. Das ist Klaus Giercke, ein Berater aus der Bundesliga. Und das, Klaus, sind meine Ex-Frau Bianca und ihr Lebensgefährte."

Bianca blickte finster: „Ich dachte, wir sprechen über Finn und wie er einen Schulabschluss hinbekommt?"

Arnulf schaute Bianca an und nickte übertrieben zustimmend.

„Die Golf-Geschichte scheint Nachwirkungen zu haben", dachte Erik. Gerade wollte er die Sache klarstellen, als Giercke selbst die Frage parierte.

„Im Grunde geht es auch darum, Frau... Frau Eimer?"

„Ja, noch heiße ich so", erwiderte Bianca grimmig. Wieder nickte Arnulf marionettenhaft.

„Also, Finn hat ein Angebot und kann, wenn sie alle einverstanden sind, per sofort ins NLZ von Werder Bremen gehen."

„Im Ernst, Erik?", fragte Bianca.

Ihre Miene verfinsterte sich weiter. Erik hatte seine Ex-Frau bereits in zahlreichen nicht erfreulichen Situationen erlebt, aber noch nie so fassungslos wie jetzt. Zu seinem Glück war Giercke wahrlich ein Profi und erkannte die Situation:

„Im Grunde sprechen wir über die Schule. Im NLZ ist selbstverständlich ein schulisches Internat angeschlossen. Dort wird Finn seinen Abschluss machen, parallel dazu Fußball spielen und sich den Werder-Verantwortlichen zeigen ..."

„Internat?", fragte Arnulf skeptisch aus dem Hintergrund. „Das kostet doch!"

Giercke lächelte süffisant, als wenn er auf die Frage gewartet hätte: „Guter Punkt, aber das ist ja das Schöne: Finn macht seine schulische Ausbildung, geht auf ein Internat, spielt Fußball, wird gefördert – und Sie zahlen nicht, sondern ..." er lächelte breit als er sagte: „... bekommen Geld dafür!"

Bianca und Arnulf tauschten Blicke aus. Auch Erik schaute Giercke irritiert an.

„Wieviel?", fragte Arnulf plump.

„Sie bekommen 1.500 Euro! Jeden Monat", ergänzte Giercke. Er wusste, nun hatte er die für ihn unerwarteten Gäste gewonnen: „1.500 Euro dafür, dass Finn kontrolliert seine Schule macht und trotzdem Fußball spielen kann."

Bianca und Arnulf schauten sich ungläubig an. Erik grinste innerlich. Die Überraschung war ihm, dank Gierckes Spontanität, mehr als gelungen. Bianca war sprachlos, zum ersten Mal, seit er sie kannte. Nachdem Giercke das Zustandekommen des Kontakts schilderten, unterschrieben Bianca und Erik als Erziehungsberechtigte den Vertrag. Arnulf grinste währenddessen dümmlich.

Zufrieden steckte Giercke das Dokument zurück in seine Tasche und verabschiedete sich kurz darauf. Auch die anderen zwei brachen bald auf. Sie würden Finn die frohe Botschaft zu Hause überbringen. Der Hausarrest und auch der weitere Ärger mit ihrem Sohn war für Bianca vergessen. Sie gab Erik sogar eine Umarmung zum Abschied. Alle waren zufrieden.

*

Zwei Tage später, am Donnerstag, beobachtete Erik das Training des FCM. Tomek warf Bälle im Stakkato in die Torwinkel. Finn hechtete wie ein Berserker hinter den Bällen her. Er trainierte wie gewohnt besessen. Auch die letzte Übung, das Abfangen von Eckbällen, absolvierte Finn verbissen wie eh und je. Einmal rasselte er dabei mit einem Mitspieler zusammen. Erik konnte kaum hinsehen, so sehr sorgte er sich um Finns Gesundheit – es wäre Giercke schwer zu erklären, falls sich der Shootingstar im unnötigen Abschiedstraining seiner alten Mannschaft verletzte.

Letztlich rappelte sich Finn aber wieder auf, schüttelte seinen mächtigen Brustkorb und machte die letzten zehn Minuten da weiter, wo er vorher aufgehört hatte.

Mit einem Pfiff beendete Toni schließlich das Donnerstagtraining und rief die Mannschaft zusammen. Sie bildete einen Kreis, in dessen Mitte Toni eine Ansprache hielt.

Erik erahnte von weitem die Worte, die gerade aus dem Mund des Cheftrainers fielen. Er hatte gestern mit ihm gesprochen und vom Angebot für Finn und damit vom bevorstehenden Wechsel ins Bremer Nachwuchsleistungszentrum erzählt.

Jetzt wurde die Mannschaft darüber informiert. Es war mucksmäuschenstill, ehe erst zaghaftes Klatschen, dann Gejohle aufkam. Erik blickte zu den Spielern und sah, wie Tomek Finn freundschaftlich umarmte. Auch weitere Mitspieler klopften ihm auf die Schulter. Schließlich stimmte Robert eine unvermeidliche Forderung an: „Kiste! Kiste! Kiste!"

Sicher war Finn noch ein wenig zu jung, um den erwachsenen Männern zum Abschied eine Bierkiste zu spendieren, dennoch musste Erik lächeln und wieder an eigene Jugendtage zurückdenken.

Wehmütig drehte er der Spielertraube den Rücken zu und ging in Richtung Parkplatz.

Am Ausgangstor prallte er beinahe mit Inga zusammen. Die freche Blondine schnippte ihre Zigarette bei Seite und baute sich vor ihm auf:

„Sind Sie jetzt zufrieden?"

Perplex blieb Erik vor der Anderthalbköpfe kleineren Inga stehen.

„Sie haben es geschafft und haben mir Finn weggenommen. Glückwunsch", schimpfte sie weiter.

Erik holte Luft und wollte antworten. Das aufgebrachte Mädchen ließ ihn aber nicht zu Wort kommen:

„Zumindest mit uns... oder zumindest mit Finn hätten Sie vorher sprechen sollen, ehe Sie und Ihre Alte einen Wisch in Namen ihres Kindes unterzeichnen. Wo sind wir denn? Beim Sklavenhandel?", keifte Inga.

Ihre Stimme überschlug sich. Peinlich berührt schaute Erik sich um - ein paar FCM-Spieler blieben beim Weg in die Kabine kurz stehen und schauten interessiert in ihre Richtung.

„Du verstehst es nicht", versuchte Erik mit ruhiger Stimme zu beschwichtigen. „Es ist Finns Traum Profi zu werden. Bei Werder stehen ihm alle Tore offen. Du hättest ihn sehen sollen, wie er die Bremer Stürmer zur Verzweiflung gebracht hat ..."

„Es ist mir egal! Und wenn er Bayern München im Alleingang besiegt. Ich liebe Finn als Menschen, nicht als Torwart und ich glaube, Sie wollen sich Ihren eigenen Traum erfüllen. Sie haben alles kaputt gemacht!"

Damit drehte sie ab und rannte zu ihrem am Maschendrahtzaun angelehnten Fahrrad. Schluchzend schwang sie sich auf den Sattel und trat in die Pedale. Erik atmete tief durch.

Er kontrollierte, ob ihn noch immer Spieler beobachteten. Tatsächlich. Einer stand sogar recht nah. Direkt am Ausgangstor: Finn.

Er musste einiges des Gesagten mitbekommen haben.

„Finn! Du hast dich nicht bei mir gemeldet. Du solltest mich doch anrufen – weder heute noch in den letzten Tagen habe ich dich erreichen können."

„Ich weiß, Vati. Ich musste Inga trösten, du hast es eben selbst gehört."

„Aber Bremen ist doch nicht weit weg. Ihr seht euch doch trotzdem. Ihr werdet weiter glücklich sein."

„Das sieht sie nicht so." Finn blickte ernst, als er sagte: „Sie hat Schluss gemacht!"

Erik wusste nicht, was er darauf antworten konnte.

„Und ich ... ich bin mir spätestens jetzt nicht mehr sicher bei der ganzen Sache", flüsterte Finn kleinlaut weiter.

„Aber Finn! Zweifel sind okay, Lampenfieber hat der größte Künstler. Es ist okay", versuchte Erik aufmunternde Worte zu finden.

„Schau: wir haben hart gearbeitet. All die Jahre, und auch jetzt im Sommer. Wir beide. Du hast es verdient, es ist die langersehnte Belohnung. Die Verwirklichung eines Traums. In ein paar Wochen wirst du über deine Selbstzweifel lachen. Glaub mir."

„Ich hoffe wirklich, ich mache keinen Fehler." Er zog sich die Torwarthandschuhe aus und schlurfte Richtung Umkleide.

„Liebeskummer – auch das noch", dachte Erik still bei sich. Auch dieses Hindernis musste er umschiffen.

19

New Life I

Die erste Zeit in der neuen Umgebung des Leistungszentrums war aufregend. Das ihm zugewiesene Zimmer auf dem Campus war verglichen mit seinem Zimmer zu Hause geräumig, ja fast palastartig.

Auch die unzähligen Utensilien, die er bekam, nahm er staunend entgegen: Allein zwei Paar Torwarthandschuhe, zwei Trainingsanzüge mit eigener Nummer und seinen Initialen, bestimmt sieben Trainingsshirts, zwei kurze Trainingshosen in grün und zwei in Weiß. Dazu ein paar Sweater mit Vereinslogo, sogar Socken wurden ihm vom Ausstatter kostenlos gestellt.

Das Unfassbare daran: Wenn die Klamotten nach dem Training schmutzig waren, sorgte sich der Zeugwart um die Reinigung! Finn war beeindruckt von diesem alltäglichen Luxus, der ihm allerlei Kleinigkeiten abnahm.

Sprachlos wurde er, als ihm der Zeugwart, ein stets freundlicher Mann mit prallem Gesicht, einen seitenlangen Katalog in die Hand drückte. Finn blätterte durch die Seiten und sah Fußballschuhe in allen möglichen Farbkombinationen.

„Du darfst zwei Modelle für Dich auswählen", ermutigte der Zeugwart Finn und gab ihm einen grün-weißen Plastikkugelschreiber. Finn entschied sich für zwei schlichte schwarze Modelle zu je 175 Euro und gab ihm den angekreuzten Katalog zurück.

„Du bist wohl ein Nostalgiker?", grinste der Zeugwart und verschwand mit dem Wunschzettel. Finn blickte ihm hinterher, wie ein Kind dem Weihnachtsmann hinterherschaute.

Nach erfolgreicher Ausstattung mit sportlichem Equipment führte ihn ein Betreuer durch den verwaisten Campus.

Es war Sonntag und alle anderen Campusspieler und deren Team-Verantwortliche waren mit ihren Mannschaften zu Spieltagen unterwegs. Der Betreuer hieß Nelson, war ein freundlicher und hilfsbereiter Afrikaner mit Stiernacken und Muskelbergen. Nelson zeigte Finn, wo der Fitnessraum, wo das Schwimmbad mit Sauna, wo der Aufenthaltsraum mit TV und Spielkonsolen, wo der Tischtennisraum und wo die Kantine waren. Alles auf dem neuesten Stand und sehr ordentlich aufgeräumt.

Zuletzt zeigte er Finn die hochmodern ausgestatteten Klassenräume. Es waren zwei getrennte Räume. Ganz anders als in den Schulen, die Finn bisher kennengelernt hatte. Es standen nur zehn Stühle in jedem Raum. Auch gab es keine Kreide oder Tafeln, sondern nur Flipcharts, Magnetwände und an der Decke hängende Beamer für Powerpointpräsentationen. Alles war hell und in Weiß gehalten.

Finn fragte beeindruckt:

„Wow, wer hält denn hier alles so in Schuss?"

Nelson antwortete nicht.

Er fing lediglich an, ansteckend zu lachen. Finn begriff, dass niemand anderes als der Muskelhüne selbst für alles zuständig war.

Ohne weiter auf ihn einzugehen, drängte der freundliche Nelson Finn nun zu seinem Büro am Ende des Flurs. Er schloss auf und kramte einen flachen Karton aus einem Schreibtischcontainer hervor.

„Dein Tablet. Für Schulaufgaben und die Leistungsdaten."

Als Finn nicht gleich verstand und fragend glotzte, ergänzte Nelson:

„Deine Daten und Leistungswerte werden im Spiel und Training gemessen und übertragen. Auch dein Einzeltraining wird gemonitort. Hat man dir das nicht beim Medizincheck gesagt? Der Trainer-Stuff gibt dir früher als dir lieb ist eine Einführung in das Tool."

Finn nickte. Er wusste nicht, was er davon halten sollte. Nelson kramte weiter in der untersten Schublade des Containers.

„Und hier", er richtete sich auf und präsentierte einen DIN A4 Zettel:

„Die Hausordnung. Der Stuff und die Lehrer wissen zwar dank der modernen Technik sowieso fast alles über die Spieler. Aber natürlich haben wir hier strikte Essens- und Schlafenszeiten. Auch Rauchen und Alkohol sind verboten. Freunde dürfen nur nach Genehmigung und zu bestimmten Uhrzeiten empfangen werden."

Nelson warf noch einen weiteren Blick auf das Blatt in seiner Hand, als wenn er die Regel gerade selbst zum ersten Mal genauer studierte. Schulterzuckend ergänzte er schelmisch: „Frauenbesuch über Nacht ist hier ebenso nicht üblich!"

*

Rundum ausgestattet und mit den Räumlichkeiten vertraut gemacht, beging Finn den nächsten Morgen und damit seinen erste Schul- und Trainingstag.

Er hatte vor Aufregung unruhig geschlafen, wollte mit jemanden sprechen, wusste aber nicht, wen er hätte anrufen sollen. Er vermisste Inga. Ihre lebenslustige Art hatte ihm stets Kraft und Lebensfreude gegeben. Mit ihr erschien alles deutlich leichter. Aber die Sache mit ihr war vorbei ... mit dieser Art Gedanken warf er sich von der einen auf die andere Seite, bis er im Morgengrauen schließlich einsah, nicht mehr weiterschlafen zu können.

Bereits um sechs Uhr schlüpfte er in seine neuen Trainingsklamotten und drehte ein paar lockere Joggingrunden auf der nahegelegenen Tartanbahn.

Frisch geduscht, mit klarem Kopf, betrat er nun die Kantine, um zu frühstücken. Er war der Erste.

Das Buffet gab alles her, von frischem Obst über Vollkornprodukte und Frühstückcerealien. Sein Vater hätte seine helle Freude an so viel Powerfood gehabt. Finn befüllte seinen Teller mit zwei Brotscheiben, Frischkäse und einer Banane, dann setzte er sich an einen der freien Tische.

„Guten Morgen!"

Nelson erschien in der angrenzenden Küchentür. Er balancierte ein Tablett mit frischen Joghurt und Quarkspeisen. Finn erwiderte den Gruß und wollte gerade ein höfliches Gespräch beginnen, als drei Jungen den Raum betraten. Alle drei trugen die gleichen Shirts, Trainingsshorts und sogar dieselben Schuhmodelle. Sie waren unverkennbar Mitglieder eines älteren Nachwuchsteams. Lässig erwiderten sie Nelsons Begrüßung mit einem Handzeichen, während sie sich ihre Teller reichlich befüllten.

„Gibt es heute keine Energy Balls?", fragte einer von ihnen vorwurfsvoll in Richtung Nelson.

„Doch, doch – kommen gleich!", versicherte Nelson schnell.

„Wir nehmen dann jeder zwei davon!", antwortete der Größte der Jungs bestimmt. Ein blonder Hüne mit goldbrauner Haut und kurzen blonden Haaren.

Die drei setzten sich an einen anderen Tisch und beachteten Finn nicht sonderlich. Sie schienen es gewohnt zu sein, fremde Leute, Probespieler, in der Kantine zu begegnen. Stumm aß Finn das Frühstück und hörte dem Gespräch der anderen zu. Es drehte sich natürlich um Fußball - ging aber in eine für Finn befremdliche Richtung:

„... die Zweite hat gestern 1:3 gegen Münster verloren. Timo hat ein Eigentor gemacht."

„Echt? Timo war bei uns schon immer für den einen oder anderen Patzer gut. Oh man, aus dem wird auch nichts mehr."

„Ich weiß auch nicht, warum der einen Anschlussvertrag bekommen hat."

„Mit Einsatz-, Punkt- und Torprämie."

„Na ja, soviel wird da ja dann nicht zusammenkommen ..." Alle drei lachten spöttisch.

„Habt Ihr von Linus gehört?"

„Unser Linus?"

„Ja, unser Linus. Der bekommt einen neuen Konkurrenten, darf sich nicht zu sicher fühlen als Nummer 1."

„Linus hat doch bereits einen Vertrag ab nächste Saison bei den Profis? Ich glaube vier Jahre Laufzeit mit Prämien, auch wenn er nur auf der Bank sitzt. Torwart müsste man sein!"

„Vier Jahre Profi safe? Das erklärt seine neuen Schuhe. Habt Ihr die schon gesehen: Adidas meets D&G?"

„Der hat die Dolce und Gabbana Sneaker von Adidas? Die kosten mehr als 500!"

„Logo. Aber schau mal, was ich habe."

Der Blonde holte einen Autoschlüssel aus seiner Trainingshose hervor. Das Logo war deutlich zu erkennen.

„Nicht Dein Ernst? Ein Mini! Das ist ein Frauenauto!"

„Von wegen. Warte ab – 220 PS, tiefer gelegt."

Nelson unterbrach die Unterhaltung und schaufelte jedem der drei Spieler nussige Bällchen auf den Teller. Die Energy Balls. Überheblich nahmen es die drei zur Kenntnis, dann aßen sie und stierten dabei stumm auf ihre Smartphones.

„Werder hat 2:1 gegen Köln gewonnen", nuschelte einer.

„Am ersten Spieltag, sagt das noch nichts aus. Hat Mo oder Luca gespielt?"

„Warte kurz", der andere scrollte durch das Display: „Nee, nicht mal im Kader."

„Ha! Ha!", lachte der Blonde: „Zwei Jahre in der Mannschaft und immer noch keine Minute gespielt. Lutscher!"

Der Raum füllte sich mehr und mehr mit weiteren jungen Menschen in Trainingsanzügen. Keiner interessierte sich für Finn, der weitere zehn Minuten allein an seinem Platz saß. Dann hatte er genug gehört und gesehen. Er ging zurück auf sein Zimmer. Gleich war Schulbeginn und nach den zwei ersten Stunden stand die allererste Trainingseinheit bei der U19 für ihn an.

*

Die Schulstunden verliefen wie erwartet, Finn wurde den Anwesenden vorgestellt und der Alltagstrott mit der Stoffvermittlung, in diesem Fall Englisch und Mathematik, wurde wieder aufgenommen.

Das einzig Ungewohnte für Finn war, dass er nur mit sechs weiteren Mitschülern im Raum saß. Der Intensivunterricht führte aber mitnichten zu einer höheren Interaktion. Vielmehr sahen die Lehrer geflissentlich darüber hinweg, wenn die austrainierten Schüler gähnten oder gar an ihren Handys spielten.

Finn war froh, als der Vormittagsunterricht vorbei und er endlich auf dem Weg zum Fußballplatz war. Nelson winkte Finn kurz zu und mähte dann den Rasen zwischen Spielfeld und Gehweg weiter. Ansonsten schien Finns Erscheinen niemanden zu überraschen oder gar zu interessieren. Erst in der Umkleide schubste ihn jemand vorwurfsvoll von der Seite an:

„Das ist mein Platz!"

Finn drehte sich um. Und musste seinen Blick ungewohnt weit nach oben richten. Der Kerl ihm gegenüber war mindestens einen Kopf größer als er selbst. Er hatte ein Kreuz wie ein Schrank und war unverkennbar Torwart Nummer 1 im NLZ.

„Hau ab, hier sitz ich!"

Gerade wollte Finn ihm die Hand reichen und darauf hinweisen, dass die Bank samt den fünf Spinden dahinter für mehr als einen da wäre, als eine zweite Stimme höhnisch ertönte:

„Linus! Hast du Angst? Der Neue ist nicht nur scharf auf deinen Spind – sondern auch auf deinen Fünfmeterraum! Leg doch lieber dein Badetuch schonmal aus ...“

Der blonde Goldkettchenträger von heute Morgen hatte sich gemeldet. Alle Anwesenden, mit Ausnahme von Linus, lachten. Finn freute sich insgeheim, endlich irgendeine Reaktion auf seine Person bekommen zu haben.

„Du brauchst gar nicht so zu gucken, Kleiner! Dein Name tut nichts zur Sache, in drei Wochen bist du eh weg.“

Wieder lachten alle. Finn versuchte sich nicht beeindrucken zu lassen. Stattdessen erinnerte er sich an Tomeks Worte bei ihrem ersten Aufeinandertreffen in der FCM-Kabine. Er richtete seine Stimme an Linus und streckte wieder die Hand aus:

„Du bist also Linus!“, stellte er freundlich fest. „Ich bin Finn. Wir Torleute halten zusammen. Nicht wir sind die Bekloppten, sondern die da.“

Er deutete dezent auf die anderen Spieler.

„Verpiss Dich“, grunzte Linus und breitete seine Sachen auf der kompletten Bankbreite aus. Wieder kicherten einige Spieler, die Finns Abfuhr mitbekommen hatten. Der zog sich schließlich still im Stehen in einer freien Kabinenecke um.

Als alle Nachwuchstalente auf dem Platz waren, gab es eine kurze Ansprache des Trainers. Dann machten sich alle planmäßig warm, ein Fitnesstrainer sorgte für einen geordneten Ablauf. Die Übungen hatten für Finn fast einen ballettartigen Charakter, so synchron sahen sie aus.

Nach dem Warm Up gab es spielerische Übungen, in denen auch die Torhüter voll mit eingebunden waren, um die Fähigkeiten mit Ball am Fuß zu stärken. Finn verzeichnete dabei sogar mehr erfolgreiche Schüsse auf die kleinen Hockey-Tore als mancher Feldspieler.

Erst nach gut einer Stunde gab es torwartspezifisches Training. Hier traf Finn wieder mit Linus direkt aufeinander. Der sie anleitende Torwarttrainer war jung, vielleicht zehn Jahre älter als Finn. Er kam Finn vor wie ein frischer Absolvent von der Uni. Die modernsten Trainingsmethoden kannte er, auch die Übungen waren haarklein ausgearbeitet und aufeinander abgestimmt – aber Linus tanzte ihm auf der Nase herum.

Ständig nörgelte er an den Abläufen herum. Auch blieb Linus gerne stehen und ließ einen Ball regungslos passieren. Er gab dann gerne dem Platz oder der viel zu realitätsfremden Übung die Schuld. So etwas hätte es bei Finns Vater oder Tomek nie gegeben.

Sicherlich fischte Linus dann und wann auch unfassbare Bälle aus den Ecken. Er war ein Athlet und hatte eine unglaubliche Präsenz. Nicht umsonst, schien er bei den Profis fest eingeplant. Zumindest deutete das belauschte Frühstücksgespräch ja darauf hin.

Finn seinerseits ackerte wie eh und je. Er sprang und hechtete. Öfter als bei Tomeks Schüssen in Meiendorf schlugen Bälle hinter ihm ein. Aber anders als bei Linus gab er nie anderen Umständen die Schuld daran. Er berappelte sich und versuchte umso mehr, den nächsten Ball zu halten.

Der junge Trainer wirkte zufrieden. Er lobte Finn häufig, während er sich bei Linus kaum noch ein Urteil erlaubte. Er ließ die Nummer 1 fast kommentarlos die Einheit absolvieren.

Schließlich war das Vormittagstraining geschafft. Ohne Blickkontakt klatschten sich erst Linus und Finn gegenseitig ab, danach beide mit dem Torwarttrainer.

Auf dem Weg zur Kabine trat der Chefcoach an Finns Seite und bat ihn, vor dem Mittagessen zu einem Austausch in die Trainerkabine. Finn nickte und war froh. Immerhin war den Trainern bewusst, dass ein neuer Spieler auf dem Campus war.

In der Trainerkabine wurde Finn vom Chefcoach, dem jugendlichen Torwarttrainer von vorhin und einem untersetzen Mann, Mitte dreißig mit schwarzumrandeter Brille, empfangen. Sie hießen ihn zwar willkommen, den Sohn des legendären St. Pauli-Torwarts Erik Eimer, ermahnten ihn aber sofort, er sollte sich bloß nichts auf seinen Namen einbilden. Nur Leistung zählte. Dann kamen sie schnell zur Sache:

Der junge Co-Trainer überreichte Finn eine Uhr und einen Sport-BH. Es war selbstverständlich kein BH. Sondern ein Tracking-Oberteil, was Finn bei manchen Profis schon beim Trikottausch im TV bemerkt hatte. Er nahm die beiden Geräte in Empfang und ließ sich aufmerksam erklären, was für Messungen nun von ihm rund um die Uhr gemacht werden sollten.

„Wenn du also spontan morgens laufen gehen willst, tue es. Aber trage das Ding da – nur so können wir das Training optimal steuern."

„Okay", antwortete Finn zögerlich. Er fühlte sich ertappt. Irgendjemand musste ihn wohl heute Morgen beobachtet haben.

„Ansonsten helfen uns die Daten, dein Spiel zu analysieren. Wir kennen deine Laufstrecke, deinen Puls und den Zuckerspiegel. Kombiniert mit den Videodaten bekommen wir ein ganzheitliches Bild."

„Videodaten?", fragte Finn.

„Wir analysieren jedes Training, jedes Spiel. Wir kennen die Ballkontakte eines jeden Spielers. Die Zeiten, wie lang er den Ball am Fuß hat, ehe das Abspiel erfolgt. Auch die Schussgeschwindigkeit und natürlich die Laufstrecke und Sprintgeschwindigkeit. Kombiniert mit den körperlichen Daten können wir erkennen, ob ein Spieler noch höheres Potenzial hat oder bereits an der individuellen, maximalen Belastungsgrenze angelangt ist", sagte der nerdige Brillenträger.

Finn nickte, obwohl er nur halb verstand. Sein Blick fiel von den drei Männern auf einen riesengroßen

Aktenschrank am anderen Ende des Raumes. Der Cheftrainer folgte dem Blick und erklärte lachend:

„Das da", er deutete auf das eckige Metallungetüm, „das ist der alte Aktenschrank von Karl-Heinz Kamp. Der Co-Trainer des legendären König Ottos." Er lächelte milde als er belehrend hinterher schob:

„Otto Rehhagel wirst du nicht mehr kennen. Er war über zehn Jahre hier Bundesligatrainer, ist Deutscher Meister und Europapokalsieger geworden. Ein Denkmal schon zur aktiven Trainerzeit. Tja, und sein Co-Trainer, der Kamp, hat alle möglichen Fakten zu Spielern auf Karteikarten fein säuberlich notiert und in diesem Schrank aufbewahrt."

Nun blickten alle auf den Schrank wie auf ein Sakrileg.

„Aber keine falschen Hoffnungen: Die Karten mit den intimen Kenntnissen über Rudi Völler oder Olli Reck sind längst verschwunden. Keine Ahnung, ob die im Altpapier oder bei der Presse gelandet sind", lachte der Chefcoach.

Kurz darauf wurde Finn verabschiedet. Der Nachmittagsunterricht und das zweite Training standen noch an. Vorher wollte er sich kurz hinlegen. Die kurze Nacht hatte Spuren hinterlassen. Er stellte den Handywecker und schmiss sich auf sein Bett.

Gedanken darüber, wie früher das Leben der Spieler beobachtet und aufgeschrieben wurde und heute ganze Datensätze automatisch übertragen wurden, beschäftigten ihn. Früher mussten Spieler bei Diskothekenbesuchen auf frischer Tat ertappt werden. Heute würden die Daten sie verraten. Begleitet von Gedanken über das neue Leben glitt Finn schließlich erschöpft in einen kurzen, traumlosen Mittagsschlaf.

20
Schotter

„Wo ist denn jetzt die Kohle?", fragte Giercke ärgerlich.

Die Frage hatte er in den letzten Monaten unzählige Male gestellt. José wich ihr immer und immer wieder aus. Anfangs vertröstete er Giercke noch höflich. Irgendwann schob er dann andere Termine und Telefonate vor oder wechselte ins Spanische und tat so, als wären ihm die Deutschkenntnisse über Nacht abhandengekommen.

„Was ist mit dem Geld? Der Knete? Dem Schotter? Las pesetas?", fragte Giercke unwirsch, als José heute wieder nur begriffsstutzig lächelte.

Diesmal würde er ihn ohne klare Zusagen nicht gehen lassen. Giercke war in seinem Beraterleben weit herumgekommen. Er hatte in Neapel und Turin Prämien und Provisionen von Mafiosi in Plastiktüten entgegengenommen oder türkischen Vereinspräsidenten mit Pistolenhalfter gegenübergesessen und auf sein Geld gepocht. Dabei fühlte er sich aber stets frei und stark.

Finanziell unabhängig.

Das stellte den entscheidenden Unterschied zur aktuellen Situation dar. Er kämpfte nun nicht mehr um eine weitere Million. Schön wäre es.

Er kämpfte aktuell gegen den sozialen Abstieg und um seine Daseinsberechtigung an den Fleischtöpfen des Transfergeschäftes.

José wusste es. Er roch seine Angst förmlich. Deshalb spielte er über Monate mit ihm. Auch heute wieder, hier in diesem viel zu teuren Restaurant des Hamburger Casinos an der Esplanade.

„Klaus, das Zanderfilet musst du probieren. Ein Gedicht!"

José bildete einen Kreis aus Zeigefinger und Daumen.

„Jetzt hör mir mal zu!", erhob Giercke die Stimme und schlug vehement mit der Faust auf den Tisch. Die irritierten Blicke anderer Gäste brachten ihn dazu, leiser weiterzusprechen:

„Hör mir zu, José. Ich finde das nicht mehr lustig. Ich habe Dir 1.500 Euro für zwei Nummern bezahlt. Ohne mich wärst du überhaupt nicht in die Eimer-Story involviert ..."

„Was heißt involviert?", fragte José unschuldig.

„José! Verarsch mich nicht."

„Was passiert sonst?"

Die Augen des Spaniers funkelten. Giercke zögerte, ließ sich aber nicht einschüchtern:

„Verarsch mich einfach nicht."

Er hatte kein Druckmittel. Er war José in der Sache ausgeliefert.

„Ich sage dir nun was, Klaus. Ohne mich, würde der Junge weiter auf dem Dorfplatz rumturnen. Also kannst du *DICH* glücklich schätzen, bei der Eimer-Story weiter *INVOLVIERT* zu sein!"

José lächelte wieder. Eine Mischung aus Mitleid und Süffisanz: „Aber ich habe dir immer gesagt, du bekommst deinen Teil. Ich bin ein Ehrenmann, Klaus. Ein Caballero!"

José zückte ein Knäuel und warf die von einem Gummiband zusammengehaltenen Scheine verächtlich auf das weiße Tischtuch.

Gierig griff Giercke danach. José lachte gönnerhaft: „Da ist dein Anteil. Fünftausend für den Anfang."

Giercke strahlte. Er umfasste die Scheine fest mit der Faust, als wenn sie sonst wie bei einem Zaubertrick wieder verschwinden könnten.

„Die Provision von Werder für die Ausbildungs-entschädigung an den FCM. An den weiteren Erlösen wirst du natürlich ebenso beteiligt sein. Wie versprochen. Caballero. Du verstehst?"

Giercke nickte dankbar. Seine erste Provision seit mehreren Jahren, er spürte nach langer Zeit wieder das ehemals bekannte Glücksgefühl eines Goldgräbers.

„Willst du noch mehr? Du bist doch auch ein Caballero. Also: willst du mehr?"

Giercke nickte zu schnell mit dem Kopf, er merkte selbst, dass es ein Fehler war.

„Bring mich mit den Eltern der Nummer Sieben in Kontakt?"

„Der Sieben? Der Sieben des FC Meiendorf?"

„Genau!"

Giercke kapierte nicht. Die Sieben?

Er hatte kein Gesicht vor Augen. Wen meinte José? War die Sieben ein weiterer Rohdiamant, den er selbst, zu fokussiert auf Finn Eimer, nicht bemerkt hatte?

Zögerlich nickte er:

„Ok, die Sieben. Den Kontakt besorge ich dir. Sollte keine Schwierigkeit sein. Für sieben Tausend?"

„Siebzehntausend. Ok."

Unwidersprochen nickte Giercke. War Josés Deutsch doch schlechter als er dachte oder hatte der sich tatsächlich verhört. Schnell streckte Giercke die Hand über den Tisch: „SIEBZEHN-Tausend!", betonte er übertrieben. José nahm die Hand entgegen:

„Abgemacht Caballero. Und nun noch einen Rotwein zur Feier des Abends."

Giercke genoss jeden Schluck des kostspieligen, edlen Tropfens. Siebzehntausend. Zusammen mit Finn Eimer waren das dreiundzwanzig.

23.000 € mit Jugendspielern!

Vielleicht war das tatsächlich die Rettung seiner Zukunft. Die fertigen Spieler waren sowieso bei ihren Beratern festgebunden. Die namenlosen Minderjährigen, damit ließ sich arbeiten!

In seiner Euphorie bestellte Giercke noch eine weitere Rotweinflasche.

Erst am Ende des Abends, im Taxi nach Hause, kam ihm der Gedanke, warum für José zehntausend mehr oder weniger nicht weiter wichtig sein könnten: Die ominöse Nummer Sieben war einfach so gut. Sie würde José selbst sicher das Vielfache einbringen.

Wer war bloß nochmal die Sieben?

Giercke grübelte vergeblich angetrunken mit schwerem Kopf über die Frage nach, während er sich ins Bett chauffieren ließ.

21

New Life II

Die Monate liefen im NLZ dahin. Finn hatte sich an die Abläufe gewöhnt – der Alltag war stupide: Training, Schule, Training, Schule, Krafttraining, Schule, Sprungtraining, Schule ...

Grundsätzlich lag ihm der Trott. Er trainierte und quälte sich gerne. Nichts anderes war er von klein auf gewohnt.

Dennoch spielte er seinem Vater am Telefon die Rolle des glücklichen Nachwuchskickers genauso vor wie Klaus Giercke. Der Spielerberater meldete sich nicht so oft wie Erik, aber immerhin einmal im Monat.

Beiden erklärte Finn, welche Fortschritte er machen würde, wie toll alles organisiert wäre und wie nett die Mitspieler wären. Bei beiden blockte er stets beim Thema Spieltag ab. Früher oder später, das war ihm klar, würden sie ihn zusehen wollen. Allerdings gab es momentan nichts zu sehen – Finn saß sich Woche für Woche den Hintern auf der Ersatzbank platt.

Linus war in der Junioren Bundesliga gesetzt – für die anderen U-Mannschaften und deren Trainer kam Finn erst recht nicht in Betracht. Er schämte sich vor seinem Vater und Giercke dafür. Schließlich setzten beide große Hoffnungen in ihn.

Noch mehr schämte er sich aber vor sich selbst: Für einen Bankplatz hatte er das Glück mit Inga sausen lassen. Es war doch ein Fehler gewesen nach Bremen zu gehen, genau wie er es von Anfang an befürchtet hatte!

Nachdenklich warf sich Finn auf sein Bett. Er scrollte durch das Handy und betrachtete die Fotos von Inga und sich aus dem Sommer. Sie erschienen ihm, wie aus einer anderen Welt. Schließlich fasste er sich ein Herz, er tippte auf ihren Kontakt und begann, eine Nachricht einzugeben:

„Ich vermisse dich. Es war ein Fehler nach Bremen zu gehen. Haben wir eine zweite Chance, wenn ich zurückkomme? Können wir ..."

Der Vibrationsalerm kündigte einen Anruf an. Vor Schreck fiel ihm das Telefon beinahe aus den Händen: „Klaus Giercke ruft an" stand auf dem Display.

Schon wieder?

Der hatte sich doch erst vergangene Woche gemeldet.

Zögerlich nahm Finn an:

„Hallo?"

Als wenn er nicht wüsste, wer anrief.

„Guten Abend, Finn. Hier ist Klaus."

Giercke hatte sich angewöhnt, ihm regelmäßig das Du anzubieten. Finn ignorierte es genauso regelmäßig geflissentlich:

„Herr Giercke, was gibt es?"

Giercke stellte banale Fragen. Dieselben wie vor ein paar Tagen. Erst nachdem er auch noch das Thema Rollrasen aufgriff und mehrere Minuten über einen holländischen Anbieter referierte, wurde es Finn zu bunt.

„Was wollen Sie wirklich von mir?"

„Wer trägt eigentlich beim FCM gewöhnlich die Rückennummer Sieben?", platzte es aus Giercke endlich heraus.

Die Nummer Sieben?

Finn war perplex. Aufgeregt gab er Giercke die gewünschten Infos durch und vergaß nach dem Gespräch sogar, die Nachricht an Inga abzusenden.

*

Alles verlief im Vormittagstraining wie gehabt – verbissen hechtete und krabbelte Finn über den Platz. Die Torhüter ackerten wie gewöhnlich gesondert für sich in einer Ecke des Platzes. Und doch würde sich heute alles für Finn elementar ändern.

Die laufende Übung wurde jäh durch einen Knall, gefolgt von einem markerschütternden Schrei, unterbrochen.

Linus lag am Boden und hielt sich mit schmerzverzerrtem Gesicht die rechte Wade. Schnell umringten ihn mehrere Betreuer. Einer wandte sich kopfschüttelnd ab und murmelte: „Achillessehne."

Linus hatte sich die Achillessehne gerissen!

Finn stand vor der Szenerie und wusste nicht, wie er sich verhalten sollte. Er schaute nach links, auf die hektischen Betreuer. Dann nach rechts, auf die anderen Spieler, die ihr Training nur kurz unterbrachen, beiläufig zu ihnen herüber glotzten und jetzt schon wieder die Passübungen fortsetzten.

Gerade wollte Finn zu Linus gehen, ihm Mut zu sprechen – da beorderte ihn der Trainer zu den anderen: „Finn! Komm rüber! Dein Passspiel lässt sich auch verbessern."

Während Linus mit einer Bahre vom Platz und dann mit einem Krankenwagen abtransportiert wurde, nahm kein Mitspieler Notiz davon. Einmal kurz erhaschte Finn noch einen Blick auf seinen Konkurrenten. Er weinte und schaute verzweifelt in Richtung der Mitspieler. Sein Blick verriet schiere Panik darüber, nie wieder zurückkommen zu können.

Mit Blaulicht fuhr der Wagen davon.

Finns Situation war von einem auf den anderen Augenblick eine andere geworden. Er war die Nummer 1 der Junioren. Er stand nun auf der Bühne und musste den anderen den Rücken freihalten.

Beginnend bereits am kommenden Wochenende, wenn das Pokalachtelfinale gegen Schalke anstand.

Schalke, der Verein in Königsblau, hatte sich über die letzten Jahre den Status der besten Jugendarbeit Deutschlands aufgebaut. Hochachtungsvoll war von der Knappenschmiede die Rede, wenn über die Herkunft von

Stars wie Julian Draxler, Leroy Sané oder früher Manuel Neuer gesprochen wurde.

Gegen das Nonplusultra des Jugendfußballs würde Finn jetzt zeigen können, was er draufhätte! Finn schob alle Gedanken an Linus weg und brachte das Training vollmotiviert zu Ende.

In der Kabine herrschte später keine Aufregung ob Linus Ausfalls. Die Spieler waren alle mit sich selbst beschäftigt, sie tippten Nachrichten in ihre Handys oder hörten bereits Musik über ihre Kopfhörer.

Keiner richtete ein aufmunterndes Wort an Finn; immerhin schien sich aber auch niemand Sorgen darüber zu machen, dass er Linus nicht gut ersetzen könnte.

Erst nach der Dusche, auf dem Weg zurück in die Klasse schnappte ihn sich der Torwarttrainer:

„Aus meiner Sicht besitzt du eh deutlich mehr Potenzial und Mentalität als Linus und hättest eher spielen müssen als er. Leider gibt nicht immer nur die Leistung den Ausschlag, sondern auch andere wirtschaftliche Interessen. Von nun an bist du aber die klare Nummer 1!"

Finn nickte.

Er tat nach außen möglichst cool, in ihm pochte sein Herz aber wie verrückt. Er musste so schnell wie möglich seinem Vater und Giercke anrufen. Endlich konnte er sie zu einem Spiel einladen. Und dann auch noch gegen die Knappenschmiede des FC Schalke 04!

22

Nummer Sieben

Das Unglück des einen ist meistens das Glück des anderen. Noch vor der Nachmittagseinheit hatte Finn die aufregende Nachricht des bevorstehenden Einsatzes nach Hause übermittelt. Über Linus Verletzung verlor er dabei kein Wort.

Natürlich war sein Vater begeistert und versprach zu kommen: „Ich dachte, du würdest mich nie einladen!"

Auch Giercke stimmte sofort zu und würde am Wochenende beim Pokalspiel anwesend sein:

„Allerdings schaue ich bereits beim heutigen Nachmittagstraining vorbei!"

Finn schoss durch den Kopf, dass seine Aufregung auch ohne Linus Verletzung heute groß genug gewesen wäre. Genauso fühlte sich ein Glückstag an!

Bereits umgezogen, mit seiner grünweißen Sporttasche über der Schulter, schlenderte er pfeifend die paar Hundert Meter vom Campus zum Trainingsplatz hinüber. In der Umkleidekabine war es wie gewohnt ruhig. Jeder Jungprofi präparierte sich für die anstehende Einheit, tippte noch schnell eine Nachricht in das Handy oder prüfte im Spiegel den Sitz der Frisur.

Punkt 14:30 Uhr betrat der Cheftrainer die Umkleide.

„Jungs! Darf ich um eure Aufmerksamkeit bitten: Nach einigen, nun ja, Kommunikationsschwierigkeiten bin ich froh, euch ein neues Gesicht präsentieren zu können ..."

Finns Herz klopfte vor Freude bis zum Hals. Wenn es jeden Tag solche Turbulenzen wie heute aushalten müsste, wäre ein kardiologischer Check beim Mannschaftsarzt zwingend erforderlich:

Die ominöse Nummer Sieben stand in der Kabinentür! Zwar prangte nicht mehr die FCM-Nummer auf dem Trainingsshirt, sondern stattdessen die Nummer 14 –

aber es war das vertraute, schüchterne Grinsen aus Meiendorf!

„Das ist Paul! Er hat heute Vormittag bereits die medizinischen Tests erfolgreich bestanden und wird unser Mittelfeld bereichern. Heißt ihn also willkommen und unterstützt ihn bitte bei Fragen. Finn, du kennst Paul ja bereits von deiner letzten Station und kannst sicherlich abseits des Platzes unterstützen."

Finn nickte und strahlte seinen Freund an.

„Gut, also dann: In fünf Minuten sind alle auf dem Platz!", befahl der Cheftrainer.

Die letzten Spieler schnürten sich die Schuhe, als Finn den kleinen Paul umarmte.

„Willkommen! Ich konnte es kaum glauben, als ich hörte, dass Werder auch an dir dran ist. Mensch, wir beide hier. Du glaubst nicht, wie froh ich bin endlich wieder ...", er musste schlucken, „... endlich wieder einen Freund hier zu haben!"

Dann lösten sich beide voneinander. Paul boxte Finn scherzhaft in den Bauch:

„Werde mal nicht sentimental. Komm, wir zeigen denen mal, wie bei uns in Meiendorf Fußball gespielt wird."

Die Trainingsinhalte waren gespickt von taktischen Vorgaben, ständig unterbrach der Coach und korrigierte das Verschieben der Mannschaftsteile sowie das Anlaufverhalten der Offensivspieler. Erst nach mehreren Unterbrechungen lief der Ball einige Minuten am Stück. Die Taktik wurde endlich erfolgreich umgesetzt, der zu bespielende Raum eng gemacht und der ballführende Spieler erfolgreich unter Druck gesetzt.

Selbst in dieser Einheit, die für ihn erste Trainingseinheit, war deutlich zu erahnen, dass Paul ein Element ins Bremer Spiel würde bringen können, das bisher fehlte.

Er war körperlich längst nicht so stark wie seine Mittelfeldkonkurrenten, konnte aber mit seiner quirligen

Wendigkeit Situationen gut auflösen und sich im 1:1 gegen die robusten Abwehrspieler durchsetzen. Pauls vorausschauendes Spiel sorgte dafür, dass er nach erfolgreicher Körpertäuschung blitzschnell mit einem gescheiten Pass eine neue gefährliche Situation für den Gegner heraufbeschwören konnte.

Nach den ersten Eineinhalbstunden mit der neuen Mannschaft saßen die beiden Freunde noch gemeinsam im Schatten. Angelehnt an die kühle Betonwand der Kabine hatten sie sich jede Menge zu erzählen. Gerade schilderte Finn, wie das Internatsleben gewöhnlich verlief:

„... es war schon ernst gemeint. Hier macht jeder so sein Ding. Freunde habe ich bisher nicht gemacht. Das ist ein knallharter Wettbewerb. Wenn du nicht stark genug bist, kommt eben ein anderer für dich."

„So wie Linus nicht stark genug war?", fragte Paul.

Er hatte von dessen Unfall gehört.

„Das ist ein Sonderfall. Linus war gut. Vielleicht bereits abgehoben, aber er hat immerhin schon einen Anschlussvertrag in der Tasche. Der Weg zum Profi ist vorgezeichnet. Ich hoffe wirklich, die Verletzung wird ihm nun nicht zum Nachteil. Auch wenn ich jetzt der Profiteur davon bin."

Eine fröhliche Melodie zog die Aufmerksamkeit der Freunde auf sich. Nelson kam pfeifend den Weg entlang. Er trug in der einen Hand einen Eimer und hielt in der anderen einen Besen locker über seiner Schulter. Freundlich nickte er den beiden Jungs zu.

„Wer ist denn das Muskelpaket?", fragte Paul.

„Du kennst Nelson noch gar nicht? Ein echt feiner Kerl, kümmert sich um alles. Vom Frühstück bis hin zu deiner Nachttisch-Glühlampe."

Paul nickte und sah Nelsons breiten Schultern lange hinterher.

„Wie lief es denn zuletzt beim FCM?", fragte Finn und wechselte das Thema.

„Na ja, wir sind mäßig in die Saison gestartet. Zwei Siege und zwei Niederlagen, sonst nur Unentschieden. Tomek hat schon gemeint, mit dir hätten wir locker drei Siege mehr auf dem Konto. Ich soll dich übrigens von ihm grüßen – ich habe wirklich den Eindruck, er vermisst dich. Er hat dich sehr gerne."

„Tatsächlich? Was soll das denn heißen? Klingt so, als ob mich sonst niemand mag!", lachte Finn.

Dann wurde er schnell wieder ernst:

„Hast du Inga mal wieder gesehen?"

Paul schüttelte den Kopf, traurig schaute er Finn an als er antwortete: „Sie war bei keinem Spiel, falls du das meinst. Ich habe gehört, dass einige der Jungs sie mal in dem einen oder anderen Club auf der Reeperbahn getroffen haben. Aber selbst habe ich sie weder gesehen noch Kontakt zu ihr gehabt."

Beide schwiegen eine Zeit lang. Es war eine vertraute Stille, die wohl nur zwei Freunde miteinander teilen können, um ihre Gedanken zu ordnen.

„Wieso hatte Giercke Deine Nummer eigentlich nicht?", fragte Finn schließlich beiläufig.

„Wer?"

„Klaus Giercke. Unser Berater. Der stand vorhin draußen am Zaun. Während des Trainings."

„Mein was? Ich höre den Namen zum ersten Mal. Mein Berater heißt José, der stand direkt da vorne."

Paul deutete auf den Bereich zwischen Kabine und Trainingsplatz.

„José hatte sich vor einer Woche gemeldet. Da war schon alles sehr konkret. Ich musste nur noch gemeinsam mit meinem Vater eine Vereinbarung unterzeichnen, dann war der Deal mit Werder fix. Außerdem wird mir Josés Agentur regelmäßige Auswertungen zu meinen Spieldaten zukommen lassen. Die werden wir gemeinsam monatlich durchgehen. Ich verstehe auf Grundlage der Zahlen dann, wo und wie ich mich verbessern kann – und kann die Verbesserung vor allem auch mit Werten belegen. José arbeitet hier mit den besten Analysten zusammen, die wiederum auch die Vereine mit Daten versorgen. So sprechen dann alle Verantwortlichen auf Basis der gleichen Datengrundlage und können meine Entwicklung besser einschätzen. Nebenbei merkt José sieht sehr schnell, welchen Stellenwert ich bei den Trainern und im Verein habe – und kann gegebenenfalls reagieren und für mich bei einem anderen Klub einen Ausweg finden."

Finn machte große Augen. So hatte er seinen Freund noch nie reden hören. Das hörte sich äußerst professionell an.

Giercke hatte sich, von den gequälten Gesprächen am Telefon abgesehen, bislang keinen Deut mehr um ihn gekümmert, seit der Vertrag unterzeichnet war. Er hörte zum ersten Mal von so einem Fullservice-Paket für Vertragsfußballer.

Der Berater namens José schien bedeutend zeitgemäßer als Giercke vorzugehen. Als Finn im Laufe des Gesprächs zusätzlich erfuhr, welche berühmten Spieler sich von José vertreten ließen, sogar der neue Werder-Starstürmer war darunter, stellte er lapidar fest:

„Diesen José muss ich kennenlernen."

Es dämmerte bereits als die beiden Jungs aufstanden und sich auf den Weg zum Abendessen machten.

„Schon dubios: Wieso fragt mich Giercke nach deinen Kontaktdaten, wenn er gar nichts mit dir zu tun hat?", fragte Finn eher sich selbst als seinen Freund.

23

Feuertaufe

Erik hatte sich schon unzählige Male ausgemalt, wie es wäre, zu einem großen Spiel seines Sohnes zu fahren. Und doch überraschte ihn die Intensität der Gefühle, als es heute endlich so weit war!

Bereits auf der Fahrt zum legendären Bremer Platz 11, auf dem normalerweise die Werder Amateure spielten und dort sogar mehrere Pokalschlachten gegen Bundesligisten erfolgreich gestaltet hatten, hatte Erik einen trockenen Mund und verspürte ein Bauchgrummeln. Sein Vaterleben lang hatte er Finn gepusht oder getröstet. Heute war er ein Zuschauer unter vielen.

Die komplette Fahrt aus Hamburg saß er schweigend neben Klaus Giercke im Auto und versuchte, die eigene Aufregung in den Griff zu kriegen. So mussten sich eingefleischte Fans an jedem Wochenende fühlen, wenn sie ihren Klubs die Daumen drückten. Vielleicht war das auch ein Grund, warum fußballverrückte Anhänger gerne Bier zur Beruhigung tranken. Die passive Hilflosigkeit für das, was kommen sollte, war sonst kaum auszuhalten.

Sie bogen auf den Parkplatz ein. In Sichtweite ragte die Fassade der großen Wohninvest Arena, früher besser bekannt als Weserstadion, empor. Das Wasser des namensgebenden Flusses rauschte langsam dahinter vorbei und spiegelte das strahlende Blau des sonntäglichen Herbsthimmels wider.

„Aufgeregt?", fragte Giercke lässig als beide Männer ausstiegen.

„Und wie!", erwiderte Erik knapp, um dann seinen kurz vorher durchgeholten Gedankengang in die Tat umzusetzen. „Ich glaub, ich brauche ein Bier zur Beruhigung."

Zielstrebig steuerten die beiden den nächsten Bierstand an. Es war erstaunlich: obwohl es lediglich das Viertelfinalspiel des DFB-Jugendpokals war, sahen sie einige Dutzend Fans in grünweißen oder königsblauen Trikots. Die Stimmung war angenehm friedlich. Die Fans unterhielten sich freundschaftlich über die gestrigen Bundesligaereignisse und genossen den sonnigen Vormittag.

Angekommen am Bierstand bestellte Erik für sich ein 0,5 Bier vom Fass und für Giercke eine Cola. „Ich muss ja noch fahren!", meinte der.

„Erik Eimer!"

Ruckartig drehte Erik den Kopf zur Seite und erkannte die halbe FCM Truppe. Um Cheftrainer Toni, Torwart Tomek und Stürmerstar Robert hatte sie sich hier eingefunden.

„Was macht ihr denn hier?", strahlte Erik.

„Was denkst du denn? Wir drücken unseren beiden Jungs die Daumen. Finn und Paul bei Werder Bremen! Wie cool ist das bitte?", fragte Robert merklich angeheitert zurück.

Offenbar hatten die FCM-Männer die morgendliche Bahnfahrt bereits zum Frühschoppen genutzt.

„Ich habe gehört, Finn spielt sogar?", fragte Tomek sichtlich aufgeregt. Erik nickte. Ihm fehlten die Worte, so stolz war er in diesem Moment auf seinen Sohn. Und so froh war er selbst, dass seine väterlichen Bemühungen endlich Früchte trugen.

„Ja, klar spielt Finn", ergänzte Giercke lässig.

Er spielte den Fußballinsider und wollte die angetrunkenen Amateurkicker lieber jetzt als gleich abschütteln:

„Komm Erik, lass uns ins VIP-Zelt."

Erik winkte den Meiendorfer Herren noch zum Abschied, dann betrat er den Unterstand, der als VIP-Zelt betitelt wurde. Ein paar in die Jahre gekommene Gesichter aus der alten Werder-Riege erkannte Erik unter dem Pavillon. Die meisten sagten ihm jedoch nichts. Gerade als er meinte, dass ein südländisch aussehender Mittvierziger sie gezielt ansteuerte, drängte Giercke Richtung Tribüne.

„Lass uns auf unsere Plätze. Das Warmmachen läuft bereits."

Der Sitzplatz auf der Tribüne war nicht schlecht, stellte Erik zufrieden fest. Er gewann einen guten Überblick und schaute sich um. Das Spielfeld wurde von einer Tartanbahn umrandet, die Einfachheit des Ambientes erinnerte ihn an seine aktive Zeit am Millerntor.

Das vorhin gewonnene Bild verfestigte sich hier: Es gab ein beträchtliches grünweißes Lager links von ihm und auch eine blaue Schalke-Kurve auf seiner Rechten. Erik schätzte die Zuschauerzahl auf knapp 2.000!

Sein Blick glitt über die sich warmmachenden Jugendkicker auf dem Rasen:

„Da, da ist Finn!", stieß er Giercke an.

Er merkte selbst wie dumm die Bemerkung war, als ob der Berater nicht seinen eigenen Klienten erkennen würde. Die Freude und Aufregung mussten einfach irgendwie aus Eriks Körper entweichen.

Minutenlang sah Erik seinem Sohn beim Warmmachen zu, jubelte innerlich über jede gelungene Aktion und unterdrückte dabei Freudenschreie. Die Tribünen füllten sich immer weiter. Das schöne Wetter und der K.O.-Charakter des Pokals schien die Menschen anzulocken. Schließlich beendeten die Spieler das Aufwärmen und verschwanden in der Kabine.

Finn blickte irritiert, als eine Horde Männer seinen Namen skandierten. Als er die FCM-Spieler in der Kurve erkannte, winkte er freudig überrascht und verschwand dann als letzter in den Katakomben.

*

Als es losging, plätscherte das Spiel die ersten zehn Minuten dahin. Beide Mannschaften waren sichtlich beeindruckt von der unerwartet hohen Zuschauerresonanz und versuchten Ballsicherheit in die Reihen zu bekommen.

Schalke gelang es als erstes, die Nervosität abzuschütteln. Angetrieben von ihrem belgischen Jugendcoach drängten sie Bremen in deren Hälfte. Eine Flanke nach der anderen segelte in Finns Strafraum, ohne jedoch einen Abnehmer zu finden. Den Werder-Verteidigern fiel jedoch regelmäßig nichts anderes ein, als mit einem langen Befreiungsschlag irgendwie einen glücklichen Konter durch die schnellen Stürmer zu initiieren. Die Schalker fingen die Schläge jedes Mal problemlos ab und schickten die nächste eigene Angriffswelle Richtung Bremer Kasten.

So wurde es nur eine Frage der Zeit, bis Finn zum ersten Mal eingreifen musste. Beherzt faustete er eine Flanke mit beiden Fäusten aus der Gefahrenzone, traf dabei jedoch Ball und gegnerischen Stürmer gleichermaßen.

Schreiend wälzte sich der Stürmer auf dem grünen Rasen. Die Schalker Jungs bestürmten den Schiedsrichter. Er sollte gefälligst Elfmeter pfeifen. Einige der Königsblauen bedrängten auch Finn:

„Bist du bescheuert?"

„Alter, willst du Tote?"

„Hurensohn!"

Das waren die Worte, die fielen.

Finn hörte gar nicht hin.

Er blieb in seinem Tunnel und versuchte sich abzulenken, indem er an der pöbelnden Spielermeute vorbei in die Zuschauer blickte. Er sah seine früheren Mitspieler aus Meiendorf:

Tomek, der mit einer Gestik den Schiri aufforderte weiterspielen zu lassen.

Robert, der pfeifend seinen Unmut über die Schalker Reklamationen kundtat.

Und Inga ...

Finns blickte schweifte zurück: Inga!
Inga war da. Tatsächlich!

Sein Herz klopfte nun noch schneller. Anders als die
Schalker Gegenspieler brachte sie ihn tatsächlich aus
der Fassung.
Erst die Proteste der eigenen Mitspieler holten ihn
zurück ins Geschehen. Der Schiri zeigte auf den Punkt.

Er pfiff Elfmeter. Verursacht vom Unglücksraben und
Debütanten: Finn Eimer.
Alles Reklamieren half nichts.
Wie auch das Gezeter vor dem Schiedsrichter nichts
außer einigen Gelben Karten brachte.
Der vermeintlich gefoulte Stürmer trat selbst an. Finn
machte sich auf der Linie groß, machte ein paar
Jumping-Jacks, um das Gehäuse für den Schützen
kleiner erscheinen zu lassen.
Der Stürmer lief an – und knallte den Ball scharf und
hart, in die Mitte des Tores.
Finn hatte kein Problem, den zwar harten, aber
unpräzisen Schuss festzuhalten und schließlich unter
sich zu begraben. Ein geballter Freudenschrei ertönte
durch das weite Rund. Finn warf den Ball ab und ballte
die Fäuste in die Richtung von Tomek und Robert. Dabei
schaute er Inga an und lächelte ihr zu.
Von dieser Szene an war Finn die Hassfigur der
Schalker Anhänger. Jeder Ballkontakt wurde mit Rufen
oder Pfiffen aus der blauen Kurve begleitet. Finn blieb
konzentriert. Wehrte einen Fernschuss über die Latte ab
und pflückte ein halbes Dutzend Flanken sicher
herunter.
Das Bild auf dem Spielfeld änderte sich nicht, die
Schalker bestimmten das Geschehen dank spielerischer
Überlegenheit. Die körperlich robusteren Bremer liefen

nur hinterher und befreiten sich weiter mit einfallslosen Befreiungsschlägen.

Mit Glück retteten sie ein 0:0 in die Pause.

In der Kabine war es still. Dann brüllte sie der Cheftrainer zusammen: „Habt ihr Angst?"

Die Spieler sahen stumm zu Boden. Der Trainer richtete sich an die jetzt gar nicht mehr bullig wirkenden Abwehrspieler:

„Was treibt ihr denn da? Wofür trainieren wir die Spieleröffnung? Ihr scheißt euch in die Hosen und bolzt die Bälle wie Angsthasen nach vorne."

Dann waren die Offensivspieler dran:

„Und ihr? Haben wir noch nie das Anlaufen geübt? Den Gegner muss man unter Druck setzen. Verdammt nochmal! Ich schaue mir das keine zehn Minuten mehr an. Reißt euch am Riemen!"

Wie geprügelte Hunde schlichen die Werderaner zurück aufs Spielfeld.

Die zweite Hälfte begann wie die erste aufgehört hatte. Statt eine Trotzreaktion zu zeigen, traten die Bremer noch ängstlicher auf. Jegliches Selbstvertrauen war verloren. Die Schalker spielten den Ball nach Belieben in den Reihen hin und her. Inzwischen lief er über mehr als zwanzig Stationen, ohne dass ein grüner Spieler ihn auch nur berührte.

Ein weiterer Pass an die rechte Eckfahne riss die Bremer Defensive komplett auseinander. Der Schalker Rechtsaußen flankte unbedrängt mit Vollspann flach nach innen in den Strafraum. Dort rutschte der erste Abwehrspieler weg, der zweite Bremer Spieler streckte sich und erwischte die Hereingabe mit einer Grätsche. Allerdings so unglücklich, dass der Ball lediglich stoppte und wie auf dem Präsentierteller im Bremer Strafraum lag.

Der hochaufgeschossene Stürmer ließ sich nicht zweimal bitten, blitzschnell reagierte er und schlenzte den Ball auf Finns Tor. Finn sah das Unheil kommen, spurtete dem freiliegenden Ball entgegen, um den Winkel zu verkürzen - jetzt streckte er sich nach dem Schuss, griff spektakulär mit seiner rechten Hand über, um den Ball tatsächlich aus dem Winkel zu fischen.

Jedoch: Vergeblich.

Er erreichte ihn nicht. Der Ball segelte ins Netz. Die Königsblauen jubelten.

Es stand 1:0 für die Mannschaft aus Gelsenkirchen. Hochverdient!

Die Bremer Bankspieler wurden alle gleichzeitig zum Aufwärmen geschickt. Der Trainer schäumte vor Wut. Immer wieder fuchtelte er mit den Armen in der Luft herum und schrie hektische Anweisungen auf das Feld. Er versuchte verzweifelt, von außen die verlorene Ordnung wiederherzustellen.

Davon animiert, delegierte nun auch Finn von hinten seine Defensive und peitschte die Vorderleute mit lauten „Raus!"-Rufen nach vorne. Tatsächlich schafften sie es, den Ball in den nächsten Minuten vom eigenen Tor fernzuhalten. Was auch am Gegner lag, der nach dem Führungstor einen Gang zurückschaltete.

Bereits in der 52. Minuten wechselten die Bremer dreimal. Neben einem frischen Abwehrmann und einem neuen Stürmer kam Paul für das Mittelfeld. Der Trainer wollte ein Exempel statuieren und den etablierten Nachwuchskickern mit Pauls Einsatz einen Denkzettel verpassen. Schließlich hatte der schmächtige Neuzugang gerade einmal zwei Einheiten mit den anderen absolviert.

Die Wechsel brachten zwar neuen Schwung. Die Zweikämpfe wurden mehr angenommen und auch mehrheitlich gewonnen. Allerdings weckte es ebenso die Schalker Motivation. Die Gäste hielten ihrerseits wieder mehr dagegen. Die königsblaue Passmaschine lief wieder heiß. Der Ball näherte sich abermals dem Werder-Gehäuse und Finn musste bei zwei Abschlüssen zupacken.

Beim zweiten Schuss, einem Dropkick aus der zweiten Reihe, fing er das Spielgerät problemlos und sah im

Augenwinkel Pauls gewohnte Bewegungen. Pfeilschnell und unbemerkt, in Erwartung gleich den Ball von Finn zu bekommen, stahl sich der Freund zwischen die Reihen des Gegners.

Finn schleuderte den Ball wuchtig fast 40 Meter weit in Richtung Paul. Der nahm den Ball mit einer eleganten Bewegung mit, spielte ihn sich so fast zehn Meter weiter vor und lief hinterher. Elegant sprang Paul über das Bein eines heranrauschenden Abwehrspielers und war dann bereits am Schalker Strafraum angekommen.

Er trat auf die Kugel, blickte sich um, ließ einen weiteren Gegner durch das blitzschnelle Zurückziehen des Balls aussteigen und passte quer, wo der eingewechselte Stürmer hart und trocken abzog und flach in die lange Ecke traf. Die Feldspieler jubelten lautstark. Finn drehte sich in Richtung der tobenden Zuschauer und ballte beide Fäuste.

Der erste Bremer Torschuss im gesamten Spiel führte prompt zum glücklichen Ausgleich.

Es waren noch fast 30 Minuten zu spielen.

Schalke 04 wollte die verbleibende Zeit unbedingt nutzen, um die Unaufmerksamkeit wieder gut zu machen. Die königsblauen Knappen wechselten und brachten zwei neue Offensivspieler, die auch sofort Gas gaben. Der eine der beiden, ein afrikanischer Modellathlet prüfte Finn nach wenigen Sekunden mit einem Kracher aus rund zwanzig Metern. Mit Mühe wehrte er den Ball über die Latte ab.

Der darauffolgenden Ecke konnte Finn nur hinterherschauen, zu spät entschloss er sich herauszukommen, sie wurde länger und länger, ein gegnerischer Spieler köpfte und die Kugel klatschte trocken an die Latte und von dort ins Toraus. Wieder Glück für Bremen.

Welle um Welle lief auf Finns Tor zu. Immer wieder stemmten sich die Bremer nun aber zweikampfstark dagegen. So auch jetzt, in der 85. Spielminute. Zwei Bremer verfolgten giftig den ballführenden Schalker, setzten ihn unter Druck und holten sich tatsächlich den Ball.

„Ruhe reinbringen!", rief der Trainer von der Seitenlinie. Die Spieler passten sich flach und direkt die Bälle hin und her.

„Neu aufbauen!", lautete die Anweisung.

Wieder passten die Bremer den Ball über kurze Distanzen, fanden aber keine Lücken nach vorne.

„Hintenrum spielen!", brüllte der Trainer nun.

Der ballführende Spieler spielte mehr als 25 Meter zurück auf Finn, der wurde zwar gleich vom Schalker Stürmer angelaufen, passte aber mit einem langen Schlag über die Mittelfeldreihen hinweg nach vorne in den Lauf von ... Paul!

Der sprintete ungehindert die rechte Außenlinie entlang, zog nach innen und schoss den Ball in einem herrlichen Bogen mit Links ins linke obere Eck des Schalker Tores!

Der Jubel kannte keine Grenzen mehr.

Paul lief zur Eckfahne, wurde dort von seinen Mitspielern zu Boden gerissen und schier erdrückt. Auch der Trainer lief mit den anderen Betreuern jubelnd auf das Spielfeld. Finn sprintete über das gesamte Feld und erreichte Paul als letzter. Er herzte seinen Freund:

„Junge! Du bist der Wahnsinn!"

Das Stadion glich einem Tollhaus. Die Schalker verloren die Nerven. Sie vermuteten Zeitspiel und wollten schnell wieder anstoßen. Es gab ein paar Schubsereien. Mehrere Schalker bekamen die Gelbe Karte. Dann nach endlosen weiteren Minuten erfolgte der Schusspfiff. Der große Favorit aus dem Ruhrpott war geschlagen.

Dank Finn, dem Elfmeterkiller, und Paul, dem Flügelflitzer, aus Meiendorf.

*

Der Großteil der Zuschauer in Grünweiß verblieb noch lange feiernd im Stadion. Die Bremer Jugendkicker drehten bereits die zweite Ehrenrunde und winkten überglücklich in die Reihen.

Paul und Finn gingen Arm in Arm. Vor der Haupttribüne blieben sie stehen. Finn deutete mit dem Finger auf die Spieler des FCM. Als Paul sie auch entdeckte, winkten beide und klopften sich auf die Brust. Immer wieder schüttelten sie abwechselnd die Köpfe:

„Wer hätte das gedacht?" und „Wahnsinn!" murmelten sie sich gegenseitig zu.

Tomek, Robert und auch der anwesende Toni klatschten frenetisch Beifall. Finn blickte weitersuchend in die jubelnde Masse.

Er entdeckte seinen Vater neben Giercke, beide applaudierten stehend. Selbst seine Mutter war anwesend. Sie stand Arm in Arm mit Arnulf und war stolz auf ihren Jungen.

Dann erblickte er endlich Inga. Ihr lächelndes Gesicht. Und einen Arm auf ihrer Schulter. Das Unterarm-Tattoo blitzte hervor – und kam ihm bekannt vor. Pawel! Er spürte das bittere Gefühl von Eifersucht in sich aufsteigen.

„Da, dahinten ist José!"

Paul stieß ihn an und machte Finn auf einen adretten Südländer aufmerksam. Finns Blick streifte den Mann im strahlend weißen Hemd. Als er sich wieder auf Inga konzentrieren wollte, war sie verschwunden. Weder sie noch Pawel konnte er entdecken. Die Masse hatte beide verschluckt.

*

Erik stand mit Gänsehaut auf der Tribüne. Ihn durchströmte das warme Gefühl von Glück. Er stand dort und applaudierte seinem Sohn, der soeben ins Pokalhalbfinale eingezogen war und eine sensationelle Leistung geboten hatte. Seine glücklichen Gedanken rasten ihm durch den Kopf. Er sah Finn als Kleinkind vor sich, dem er Bälle zuwarf. Er sah ihn auf dem Ascheplatz, bei seinem ersten Vereinsspiel und er sah ihn keuchend während des Trainings in den letzten Sommerferien.

„Ey, was will der Spacko denn jetzt?"

Klaus Giercke holte Erik mit dem wütenden Ausruf zurück in die Gegenwart. Er deutete mit dem Finger auf den südländisch aussehenden Mann, der Erik bereits vorhin schon im VIP-Bereich aufgefallen war. Er war gerade dabei, mit Finn und Paul am Zaun ein Gespräch zu führen.

„Na warte! José!", brüllte Giercke.

„José! Lass meinen Finn in Ruhe!"

Irritiert schaute Erik erst Giercke, dann wieder den Mann namens José an. Er konnte die Situation nicht einordnen, wusste aber eines:

„Es ist und bleibt immer noch mein Finn!", sagte er trocken zu Klaus Giercke und lächelte dabei.

24

Höhenflug

Der Jubel über das Weiterkommen im Pokal war kaum verklungen, da folgte in der Junioren-Bundesliga mit dem Derby beim HSV-Nachwuchs gleich das nächste Highlight.

Die Bremer gewannen souverän mit 3:0, wobei Finn und vor allem Paul abermals zu überzeugen wussten. Auch die weiteren Spiele in den Wochen darauf liefen sehr erfolgreich.

Inzwischen war es Ende November und die Mannschaft hatte sich in den Top-3 der Liga festgebissen. Finn musste in der Zeit gerade mal sechs Gegentore in elf Pflichtspielen hinnehmen. Paul hatte mit drei Toren und sechs direkten Vorlagen eine überragende Quote.

Auch die Schulleistungen stimmten bei beiden. Nur das Leben im Leistungszentrum konnte man immer noch als problematisch bezeichnen:

Finn und Paul wurden von den anderen Mitspielern weiterhin nicht unbedingt gesucht. Respektiert, dank der sportlichen Leistungen?

Ja, das wurden sie. Die bestehenden Cliquen betrachteten sie ansonsten aber weiterhin als „die Neuen".

Für die beiden Freunde war der Zustand aber erträglich. Finn hatte von Beginn an, seit der ersten Begegnung im Frühstücksraum, kein großes Interesse an den materiell denkenden Pseudo-Beckhams.

Er war froh, dass mit Paul ein wahrer Freund an seiner Seite war. Sie hingen beide in der Freizeit zusammen ab, konnten sich alles sagen und teilten gleiche Erlebnisse. Die Konstellation zwischen Finn und Paul verstärkte bei den anderen zwar den Eindruck, mit diesen zwei Sonderlingen eher nichts zu tun haben zu wollen, aber das war ihnen egal.

Auch das nächste Spiel, ein ungefährdeter 4:2 Auswärtssieg gegen den VfL Wolfsburg, verlief erfolgreich. Wie gewohnt war Finn danach einer der letzten beim Duschen. Paul wartete auf ihn, trank eine Cola und scrollte durch sein Handy. Plötzlich ertöne der Klingelton.

„Hallo?", fragte Paul.

Eine Männerstimme war am anderen Ende zu vernehmen. Finn konnte nicht erkennen, wer es war. Er hörte nur Pauls Antworten und Gegenfragen:

„Wir haben gewonnen, 4:2."

„Ja, eine Vorlage."

„Kenn ich nicht."

„Kenn ich trotzdem nicht."

„Von wem?

„Ab wann?"

„Wieviel?"

„Ok."

„Sag ich ihm."

„Ja, bis morgen."

Er blickte Finn ungläubig, aber freudestrahlend, an. Der runzelte die Stirn und trocknete sich umständlich den Rücken ab als er fragte:

„Wer war das? Wem sollst du was sagen?"

*

Es klingelte an der Tür.

Erik ärgerte sich, ausgerechnet während des Champions-League-Krachers FC Bayern gegen Manchester. Sicher war es mal wieder Frau Günther aus dem 1. Stock, die Probleme im Waschkeller hatte. Seufzend stellte er die frisch geöffnete Bierflasche auf dem Tisch ab und öffnete die Wohnungstür.

„Guten Abend!"

Es dauerte eine Weile, bis Erik das Gesicht zugeordnet hatte. Den vor ihm stehenden Mann hatte er vor zwei Monaten in Bremen gesehen.

„Ich bin José", lächelte der Mann und streckte die Hand aus.

„Eimer. Erik Eimer."

„Ich weiß, mein Freund. Darf ich reinkommen?"

Erik fühlte sich im eigenen Treppenhaus fehl am Platz. Ihm gegenüber stand der Mann namens José im feinen Designer-Anzug, während er selbst in Jogginghose und Unterhemd auftrat.

Trotzdem bat er den Gast herein.

Der nahm wie selbstverständlich auf der abgewetzten Wohnzimmer-Couch Platz.

„0:0", sagte José leise und blickte auf das grüne Fernsehbild.

„Ja, hat gerade erst angefangen", antwortete Erik. „Ich kann Ihnen leider gar nichts anbieten."

„Das macht nichts. Sag du zu mir – ich bin José!"

Josés Augen verfolgten gebannt das TV-Bild:

„Manchester! Seit dem Investoreneinstieg haben die viele Spieler für viel Geld geholt. Die Champions League aber noch nicht gewonnen."

„Ja", stimmte Erik zu, „die haben überragende Spieler und einen, nein, DEN weltbesten Trainer. Viel Pech gehabt in letzter Zeit."

„Weltbesten Trainer ..."

Josés Augen glänzten, als er Eriks Aussage wiederholte.

„Erik, mein Freund. Setz dich hin."

Erik wollte kurz Einspruch erheben. Es war schließlich sein eigenes Wohnzimmer. Dann setzte er sich aber doch widerspruchslos. José deutete auf den Bildschirm:

„Der weltbeste Trainer da, der will deinen Sohn in seinem Verein haben!"

Eriks Augen wurden so groß wie Tennisbälle. Hatte er sich verhört?

„Manchester City will Finn verpflichten, in der Winterpause. Alles abgestimmt."

Erik wusste nichts zu sagen.

„Was ist?", lachte José.

„Freu dich! Wieso zögerst du?"

Erik lachte. Klatschte dann in die Hände.

„Manchester?", fragte er unbestimmt in den Raum.

„Die Premier League ist das Non-Plus-Ultra. Dort fließt das Geld. Die besten Kicker spielen in England. Und Finn wird einer davon werden ..."

José klopfte Erik auf die Schulter:

„Wenn du es willst!?"

„Na-Na-Natürlich", stotterte Erik.

Auch eine halbe Stunde später konnte er es nicht fassen. José hatte ihn erläutert, was ein Wechsel nach Manchester mit sich bringen würde:

Finn würde als sechzehnjähriger bereits einen Anschlussvertrag über vier Jahre erhalten. Inklusive Profi-Option mit entsprechender Gehaltsanpassung. Dazu würde er selbstverständlich seinen Schulabschluss beenden können. Sogar zweisprachig.

„Weiß Klaus denn davon?", fiel es Erik ein. „Ich muss ihn sonst mit ins Boot holen. Klaus Giercke berät mich und Finn in allen Angelegenheiten. Seine Meinung ist mir wichtig."

„Giercke? Naturalmente. Klaus und ich sind Partner. Er ist gerade auf Sylt, aber er war ebenso hin und weg vom Angebot der Engländer."

José führte weitere Details zum Deal aus. Werder Bremen würde ein unmoralisches Angebot bekommen. Die Engländer hätten dank Investoren und TV-Verträgen Unmengen von Kohle. Werder würde ebenso als Gewinner hervorgehen, eine stattliche Ablöse erhalten. Natürlich würden auch Giercke und José für ihre Arbeit honoriert werden. Es war eine Win-Win-Win-Situation.

„Wo ist der Haken?", fragte Erik.

„Es gibt keinen!", lachte José.

*

„Kann man José denn vertrauen?"

Finn stellte die Frage leise. Die anderen Mitspieler im Frühstücksraum sollten nichts mitbekommen. Er fühlte sich elend, kaum mehr als zwei Stunden hatte er vor Aufregung in der Nacht schlafen können.

„Natürlich! Ich habe dir doch erzählt, was er bereits alles für mich getan hat. Er ist super-professionell und betreut nicht umsonst viele Profispieler, anders als ..."

Paul stockte.

„Als Klaus Giercke?", ergänzte Finn den Satz.

„Ja."

Auch Finn musste sich eingestehen, dass die Bekanntschaft seines Vaters José nicht das Wasser reichen konnte. Zu rückständig war Gierckes Auftreten, zu wenig kümmerte er sich um Finns Interessen und weitere Karriere. José setzte andere Maßstäbe.

„Aber Manchester?", zweifelte Finn.

Der Schritt ins Ausland kam ihm verfrüht vor. Gerade erst war er doch aus Hamburg-Meiendorf nach Bremen gekommen. Nun noch weiter weg von der Heimat? Noch weiter weg von Inga?

Wobei: Was hatte er noch mit Inga zu tun?

Hatte er sie nicht beim Spiel engumschlungen mit Pawel gesehen? Ausgerechnet Pawel, der größte aller Idioten auf der Welt ...

„Ich werde doch auch mitkommen nach Manchester", wandte Paul ein und holte Finn aus seinen Gedanken zurück.

„Warten wir doch das Gespräch heute ab. José wird in einer Stunde hier sein. Der Sportvorstand wird erst mit ihm sprechen, dann kommen wir später dazu."

„Moin Jungs, wollt ihr noch einen Smoothie haben?", fragte Nelson freundlich. Schnell merkte er jedoch, dass er störte.

„Oh, schlechte Stimmung?"

Der freundliche Alleskönner sah besorgt in die Gesichter der beiden Freunde.

„Nein, alles in Ordnung", wiegelte Finn ab.

Ihm kam ein Gedanke und er blickte zu Paul. Der schien in dem Augenblick das gleiche zu denken und nickte zögerlich.

„Setz Dich mal bitte zu uns", bat er Nelson. Finn blickte sich prüfend um. Der Raum leerte sich. Die meisten Spieler hatten das Frühstück beendet.

„Ok, ich wusste doch, es ist irgendwas. Ich habe aber nicht lange Zeit. Ihr seht es ja, die Tische müssen abgeräumt werden – und später muss ich noch den Besprechungsraum eindecken. Kurzfristiger Termin beim Sportvorstand ..."

„Genau, darum geht es."

Die Meiendorfer Jungs erzählten ihrer Vertrauensperson alles. Von Erik Eimers Bekanntschaft mit Klaus Giercke, von dessen Anruf bei Finn und von der Zusammenarbeit zwischen José und Paul. Schließlich vom Angebot Manchester Citys, beide Nachwuchstalente für sich zu gewinnen.

Es tat gut, alles einer neutralen Person zu schildern.

Nelson hörte schweigend zu. Nickte an der einen oder anderen Stelle. Schließlich schob er nachdenklich mit seinem Zeigefinder Brötchenkrümel auf dem Tisch hin und her.

„Wollt Ihr meine Meinung hören?", fragte er, als alle Punkte geschildert waren.

„Natürlich!", antworteten beide wie aus der Pistole geschossen.

„Ich bin jetzt seit fast zehn Jahren im NLZ angestellt. Jedes Mal, wenn der Vorstand einen Beratertermin direkt hier vor Ort stattfinden lässt, sind sie sehr gesprächsbereit."

„Gesprächsbereit?"

„Sie würden euch sofort ziehen lassen, meine ich. Selten habe ich talentiertere Jungs als euch gesehen, aber Werder braucht dringend Kohle. Ihr seid quasi zum

Nulltarif gekommen und könntet nun einen kleinen Gewinn abwerfen."

Nelson machte eine kurze Pause: „Ein Gewinn für alle Beteiligten: Ihr zwei gewinnt, Werder gewinnt, City gewinnt – und euer Berater gewinnt natürlich ebenso."

„Hätten wir nicht auch hier eine Chance in die erste Mannschaft zu kommen?", unterbrach Finn. Ein erneuter Tapetenwechsel bereitete ihm schon bei der Vorstellung Bauchschmerzen.

„Natürlich hättet ihr das. Aber kurzfristig wäre der monetäre Gewinn für die aktuell Verantwortlichen wichtiger. Zumal euch die breite Öffentlichkeit gar nicht kennt. Die Presse würde kaum Notiz davon nehmen, wie mit Kindern Geld verdient wird."

Kinder? Sie waren doch keine Kinder mehr!

Nelson beschwichtigte Finns aufkommenden Protest mit einer erhobenen Hand:

„Das ist normal geworden. Junge Fußballer haben einen Markt. Sie sind wie Aktien. Jeder Manager sieht in ihnen Visionen, die später noch mehr Geld versprechen. Es ist ein bisschen wie Wetten auf die Zukunft."

„Das hört sich an, als wären wir keine Menschen mit Gefühlen. Sehr unromantisch", grübelte Paul.

„Ja, aber Nelson", fragte Finn ungeduldig:

„Was würdest du denn nun an unserer Stelle tun?"

„Nutzt die Chance. Sie kommt nur einmal. Versucht es in England. Ich habe in meinem Leben nicht jede sich bietende Gelegenheit ergriffen und bereue es nun. Versucht es einfach. Außerdem: Ihr habt keine Wahl! Werder will das Geld haben, José seine Provision und selbst der FC Meiendorf würde noch weitere Ausbildungsprämien erhalten. Alle profitieren!"

Finn sah Paul an. Eine mulmige Mischung aus Angst und Stolz kam in ihm auf. Paul schien etwas anderes zu beschäftigen: „Wir haben keine Wahl?"

„Na ja", erklärte Nelson schulterzuckend, „wenn ihr Manchester absagen solltet, werdet ihr den

Verantwortlichen und José in die Suppe spucken. Solche Leute sollte man in der Branche lieber nicht zum Feind haben."

*

Vier Stunden später stießen Sektgläser mit einem Klirren zusammen. Erik, José, der Werder-Nachwuchskoordinator und der Sportdirektor prosteten erst sich und dann einen virtuell zugeschalteten Engländer auf einem riesigen Monitor zu. Paul und Finn standen in Trainingsanzügen unbeholfen daneben.

Es war beschlossene Sache. Sie sollten noch in der Winterpause im Paket für insgesamt 300.000 Euro nach Manchester wechseln. José würde für seine Vermittlungsarbeit 10% Provision kassieren, der FCM eine Entschädigung gleicher Höhe erhalten.

Das Aufsetzen der Verträge würde ein paar Tage dauern und eine 4-jährige Laufzeit mit jährlich steigendem Gehalt beinhalten. Die kommenden Jahre wären sie finanziell abgesichert. Der Fokus konnte auf der weiteren sportlichen Karriere liegen.

Die Zukunft lag in England. Bis dahin waren noch drei Pflichtspiele in Bremen zu absolvieren. Alle waren sich darin einig, vorerst nichts nach außen zu tragen. So lange, bis die Verträge von allen Parteien unterzeichnet wären.

25

Lawine

Es begann mit einem Anruf in der Bremer Trainerkabine. Von dem Zeitpunkt an rutschte eine Lawine los und sollte alles mit sich in den Abgrund reißen.

Aber der Reihe nach.

Das Ligaspiel nach der Verhandlung verlief unspektakulär. Werder Bremen spielte zu Hause 1:1 gegen die Jugendkicker von Hannover 96. Das Ergebnis war zwar enttäuschend und auch Finn und Paul machten kein sonderlich gutes Spiel. Aber es war kein Beinbruch. Sie blieben oben in der Liga. Die Saison war noch lang.

Dennoch ereignete sich etwas, was Finn stark irritierte: Nachdem alle geduscht und gemeinsam Mittag gegessen hatten, stand Freizeit für das restliche Wochenende an. Paul wurde jedoch vom Co-Trainer ins Büro des Chefs zitiert.

Der Vorgang an sich, war nichts Ungewöhnliches. Es kam immer mal wieder vor, dass einzelne Spieler direkt nach dem Spiel gemeinsam mit dem Trainerstab taktische Verbesserungen in einer Videoanalyse erarbeiteten.

Diesmal war der Ton der Trainerstimme aber ein anderer. Für Finn klang es wie ein Befehl, unverzüglich zum Rapport anzutreten. Besorgt sah er Paul und dem Co-Trainer hinterher.

War etwas von ihrem bevorstehenden Wechsel durchgesickert? War der Coach enttäuscht, nicht eher informiert worden zu sein?

Andererseits: Was konnten Paul und er dafür? Es war doch die klare Anweisung des Managements, erstmal nichts zu sagen.

Minute um Minute verstrich.

Finn tigerte vor dem Trainerbüro auf und ab und zergrübelte sich den Kopf.

Endlich hörte er die Tür des Trainerbüros aufgehen. Gespannt drehte er sich herum und sah Paul auf ihn zukommen. Er hatte Tränen in den Augen.

„Was ist los? Was ist passiert?", fragte Finn verzweifelt. Sein Freund stürmte wortlos an ihm vorbei. Er war wie entrückt, nicht geistig anwesend.

„Paul! Was ist denn? Ist was mit Manchester?", schrie Finn ihm verzweifelt hinterher.

Die Worte erreichten seinen Freund nicht. Paul stürmte ins Treppenhaus in Richtung seines Zimmers. Es würde nichts bringen, ihm hinterher zu jagen.

Panisch und hilflos klopfte Finn an die Tür, ein grollendes „Herein" erklang aus dem Trainerbüro.

„Hallo Coach, ich hoffe, ich störe nicht?"

„Finn!", grummelte der Trainer.

Er war sichtlich mies gelaunt.

„Wen haben wir denn da?", der neben ihm stehende Co-Trainer blickte finster:

„Mit dir wollten wir eh als nächstes sprechen."

„Wieso hast du nichts gesagt?", platzte es ärgerlich aus dem Trainer hervor.

Verdammt.

Irgendwie schien die Manchester-Story doch durchgesickert zu sein.

„Naja, ich konnte nichts sagen. Der Vorstand wollte es doch so."

Stirnrunzeln bei den beiden Erwachsenen.

Dann lachte der Coach sarkastisch auf:

„Der Vorstand? Verarschen können wir uns allein."

„Nein, wirklich!", flehte Finn sie an, „wir sollten warten, bis die Verträge unterzeichnet sind. Dann wären Sie beide die ersten gewesen, die von Manchester erfahren hätten. Ehrenwort!"

„Manchester?", fragte der Co-Trainer.

„Was ist das? Ein Codewort?"

„Manchester City ...", stotterte Finn irritiert.

„Manchester, Manchester!", brüllte der Trainer.

„Das ist mir egal. Wieso wussten wir nichts von Pauls Einstellung?"

„Er ist doch ein tadelloser Sportsmann?"

Finn verstand gar nichts mehr.

„Stellst du Dich dumm? Wir sprechen von der Homosexualität deines Freundes, Mann!"

Stille im Raum.

Finn rasten die Gedanken durch den Kopf. Die Information musste sein Gehirn erst verarbeiten.

Paul war schwul? Was?

„Ich ... mir ... ich wusste das nicht", stammelte Finn. Er war komplett überrollt:

„Aber, ... und ... und wenn schon: Was hat das mit dem Fußball zu tun?", stotterte er weiter.

„Was es damit zu tun hat?", schrie der Co-Trainer. „Finn! Er soll einen Jüngeren angefasst haben! Wenn das rauskommt, wie steht der Verein da? Schwule Minderjährige im NLZ?"

Das Wort *schwul* benutzte er in einem abfälligen Tonfall. Finn spürte Wut in sich aufsteigen.

Wut, die entstand, wenn man sich ungerecht behandelt fühlt. Er wurde nun auch lauter:

„Niemals! Das glaube ich nicht! Weder dass Paul homosexuell ist, noch, dass er irgendwem was angetan hat. Das ist doch totaler Quatsch. Ich kenne ihn seit meiner Kindheit!"

„Tja, scheinbar seid ihr doch nicht so enge Freunde. Er hat es doch selbst eben zugegeben!"

Nun war Finn endgültig baff.

Er verließ wortlos das Büro. Er musste dringend mit Paul sprechen. Der war allerdings nicht auffindbar, weder auf seinem Zimmer noch in den Aufenthaltsräumen. Auch das Handy war ausgestellt.

*

Während Finn das Leistungszentrum nach seinem Freund absuchte. Klingelte in Hamburg-Meiendorf Eriks Mobiltelefon.

Er schreckte von seinem Sofa hoch, wo er sich wie so oft nach dem Mittagessen, kurz schlafen gelegt hatte.

„Hallo?", räusperte er sich benommen.

„Eimer! Elendiger Verräter!", schrillte es ihm entgegen. Wie vom Blitz getroffen wurde Erik schlagartig wach:

„Klaus? Was ist denn los?"

„Was los ist? Denkst du ich bin blöd? Ich mache mich krumm für deinen Bengel und was ist der Dank?"

Wieder einmal bedauerte Erik seine nicht vorhandene Schlagfertigkeit. Wie ein geprügelter Hund ließ er Gierckes Hasstiraden über sich ergehen:

„... wie dreist muss man sein: Ich gebe alles für dich! Bringe deinen Sohn in Bremen unter – wirklich kein leichtes Unterfangen. Ich fahre dich sogar selbst zu den Spielen, weil der abgehalfterte Ex-Torwart noch nicht einmal mehr ein eigenes Auto besitzt. Alles tue ich für dich ..."

Erik meinte, wütende Speichelspritzer durch das Telefon fühlen zu können.

„... wirklich alles. Und was tut der Herr Eimer? Schmeißt sich an den nächstbesten Berater ran. Nicht mit mir, lieber Eimer – so nicht!"

Giercke lachte merkwürdig schrill auf.

„Nicht mit Klaus Giercke. Du weißt nicht, mit wem ich in meinem Leben schon fertig geworden bin. Mit dir und José mache ich kurzen Prozess!"

„Klaus, bitte. Lass mich doch auch mal ...", versuchte Erik schließlich zu intervenieren. Giercke reagierte überhaupt nicht auf die Worte. Im Stakkato ratterte er seine Tiraden weiter herunter:

„N-E-I-N, nicht mit mir. Du bist an keiner Zusammenarbeit interessiert? Kein Problem. Du nutzt mich aus, planst weitere Karriereschritte an mir vorbei? Problem! Kapiert?"

Nun schien Giercke tatsächlich eine Antwort zu erwarten. Zumindest machte er eine Pause.

„Verstanden, Klaus. Aber lass mich doch erklären", bat Erik. Gleichzeitig begann er zu begreifen. Er stockte, dann fiel der Groschen:

„José und du - ihr beide seid gar kein Team, wie es José mir gegenüber behauptet hat?"

„Wir sind kein Team! Blitzmerker."

„Er hatte es mir anders dargestellt. Du wärst verhindert, im Kurzurlaub auf Sylt, wärst aber über alles informiert. Das hat er gemeint. Ich schwöre es."

„Da siehst du, was für ein Lügner er ist. Und wie dumm und leichtgläubig du bist."

„Das Missverständnis lässt sich doch sicher noch reparieren?"

„Reparieren? Ja, so ungefähr. Ich habe mich ein wenig umgehört, dabei bin ich auf Herrn Kaminski gestoßen."

„Heini?"

Erik verstand nur Bahnhof. Was hatte denn jetzt Pawels Vater und FCM-Sponsor mit der ganzen Sache zu tun?

„Herr Kaminski war überrascht, als er hörte, dass Paul und Finn nach Manchester gehen wollten. Der Paul nach England? Der, der auf Jungs steht? Schwule im harten englischen Football?"

Giercke lachte höhnisch auf.

„Das musste ich natürlich den Bremer Verantwortlichen stecken. Premier League und gay? Das sollte man wissen. Die waren äußerst interessiert. Gerade auch an den Details zu einem Vorfall."

„Vorfall?"

„Ich sagte doch, ich werde mit dir fertig, Eimer. Du bist an keiner Zusammenarbeit interessiert, okay. Dann wird es in der gesamten Fußballwelt aber auch keinen Verein für die Gören geben. Kein Klub wird ohne mich an einer Zusammenarbeit mit dir und deinem Bengel interessiert sein!"

Mit diesen Worten legte Klaus Giercke auf.

*

Finn hatte inzwischen alle Ecken in und um das NLZ erfolglos abgesucht. Paul war nirgends zu finden.

Gerade als er um die geöffnete Garage mit den Trainingsutensilien bog, hörte er ein Geräusch. Hoffnungsfroh blickte er in das geöffnete Garagentor ...

Die vage Hoffnung zerplatzte schnell wie eine Seifenblase. Denn Nelson kam aus dem Dickicht von Hütchen, Bänken und Hockey-Toren fluchend hervorgekrochen. Er räumte den Geräteraum auf und hielt unzählige Slalomstangen in den Händen, als er Finn erblickte.

„Nelson, du bist es. Hast du Paul gesehen?", fragte Finn vorsichtig. Er hatte Nelson seit seinem Aufenthalt in Bremen noch nie mit so einer schlechtgelaunten Miene gesehen.

Nelson warf die Stangen auf den Boden. Mit einem lauten Scheppern landeten sie auf dem gepflasterten Weg vor der Garage.

„Sauhaufen. Es gibt einen klaren Plan dafür, wie die Sachen zurück in den Schuppen geräumt werden müssen. Aber niemand hält sich daran. Nelson macht es ja schon", zeterte er und wischte sich den Schweiß von der Stirn.

„Paul?", fragte Finn nochmal.

„Paul?", äffte Nelson nach.

„Paul habe ich vor einer Stunde gesehen. Er mich aber wohl nicht. Lief wie ein Irrer durch die Gänge, hat meinen Putzeimer im Flur mit Karacho das Treppenhaus herunter gekickt. Ich dachte, ihr beiden wärt anders als die anderen Flitzpiepen hier. Also, wenn du Paul findest, sag ihm, er soll seine Steigerungsläufe draußen und nicht auf den Gängen des NLZ abhalten!"

„Das ist es ja gerade. Ich finde ihn nirgendwo!"

Finn erzählte dem aufgebrachten Hausmeister die Geschehnisse rund um das Manchester-Angebot, den bevorstehenden Wechsel und von den Anschuldigungen, mit denen Paul konfrontiert war. Auf Nelsons Gesicht wich der Zorn langsam ernsthafter Besorgnis.

„Donnerwetter. Jetzt verstehe ich, warum Paul es so eilig hatte."

„Du hast nicht gesehen, wohin er abgebogen ist?"

„Nein, das ging zu schnell. Schwupps war er aus dem Ausgang raus. Moment: Er blieb kurz hängen. Mit seiner großen Sporttasche, die hatte er dabei ... das bedeutet ..."

„Er will weg!", schlussfolgerte Finn.

„Nach Hause zurück", ergänzte Nelson. „Komm", der Hausmeister packte die Slalomstangen vom Boden und warf sie im hohen Bogen zurück in die Garage.

„Das Chaos können die Stars von morgen selbst aufräumen! Los Finn, wir fahren nach Hamburg!"

*

Finn grübelte die Fahrt über darüber nach, wohin Paul sich verkrümelt haben könnte. Nelson peitschte währenddessen den Pritschenwagen mit lackierten Werder-Logo auf den Türen mit 140 km/h über die A1.

Als sie kurz vor Hamburg waren, entschied Finn sich:

„Fahr hier links, Richtung Elbbrücken. Ich glaube, er ist nicht nach Hause zu seinen Eltern. Er hat sich in die Anonymität der Großstadt begeben", er zögerte nachdenklich, „zumindest würde ich es so machen, wenn ich mich auch meinen Eltern gegenüber noch nicht geöffnet habe."

„Du meinst, keiner weiß von ..."

Nelson suchte nach den richtigen Worten:

„Von ihm und wie er ist?"

„Ja, ich wusste es auch nicht oder war einfach zu blind, es zu sehen. Paul hat sich ganz sicher niemanden anvertraut, seinen Eltern erst recht nicht."

Die Elbbrücken lagen hinter, die Lichter und Türme der Stadt vor ihnen. Sie ließen die Hafencity links liegen, fuhren die gelb beleuchtete Straße weiter am Michel vorbei und bogen schließlich in die Reeperbahn ein.

Ein Pritschenwagen mit Werder-Logo zwischen all den Taxen und Sportwagen auf dem Hamburger Kiez war sonderbar. Aber die verwunderten Blicke der Passanten war aktuell ihre kleinste Sorge.

Finn hielt die Augen offen. Es war noch früh am Samstagabend und erst wenige Partygänger unterwegs. Das sähe in drei Stunden ganz anders aus. Dann würde das bunte Treiben zum Wochenende richtig losgehen. Unter den wenigen Menschen war nirgends ein grüner Trainingsanzug zu erkennen.

„Vielleicht ist er doch nach Meiendorf, zu seinen Eltern?", grübelte Nelson laut vor sich hin.

„Such mal einen Parkplatz", kam Finn ein letzter Einfall. Mühsam kurvte Nelson den sperrigen Wagen durch die Seitenstraßen. Endlich entdeckte er eine Abstellmöglichkeit. Halb auf dem Bürgersteig, halb auf der Straße parkte er.

Finn führte sie über eine Parallelstraße zur Rückseite der Großen Freiheit. Diesen Weg hatte er immer mit Inga genommen, um ungehindert, ohne Gedränge, zum beliebten Tanzclub *Halo* zu gelangen. Jetzt gerade fühlte sich die Partymeile für ihn an wie ein längst vergangenes, altes Leben. Schnell schob er die wehmütigen Gedanken zur Seite.

Sie erreichten die Große Freiheit und zielstrebig steuerte Finn dort das *Halo* an. Nelson folgte dicht hinter ihm.

Als sie den Eingang des Klubs erreicht hatten, schaute der Türsteher irritiert an Finn herunter. Erst jetzt bemerkte der seinen unpassenden Aufzug: Trainingsshirt und grüne Jogginghose. Beides mit Werder-Emblem.

Der Türsteher schaute prüfend nach links und rechts, dann bedeutete er Finn, zur Kasse zu gehen, vorher wisperte er ihm zu:

„Wehe, es gibt Ärger wegen deines Aufzugs, mein Freund! Dann bist du und dein schwarzer Kumpel schneller wieder draußen als ihr Mucks sagen könnt", drohte er.

Das *Halo* selbst war ein dunkler, enger Klub mit niedrigen Decken und mehreren Tanzräumen auf unterschiedlichen Etagen. Die Enge sorgte dafür, dass selbst jetzt, am frühen Abend, die überschaubare Zahl an Gästen dafür sorgte, dass Intimität zwischen Tanzwilligen in den Räumen entstand.

Die Stimmung hatte Finn stets gefallen, heute war die Unübersichtlichkeit jedoch hinderlich. Er brauchte in jedem Raum lange, um sich einen Überblick über die Anwesenden zu verschaffen. Zu lange! Wenn sich im Laufe des Abends die Räume immer mehr füllten, würden sie Paul niemals finden.

„Lass uns trennen, du suchst oben, ich unten!", schrie er über die vibrierenden Bässe der Musik hinweg Nelson ins Ohr. Der nickte und kämpfte sich gleich durch eine Traube Jugendlicher die Treppe hoch.

Finn betrat den Techno-Raum im Untergeschoss. Hier war es noch dunkler als in den anderen Räumen. Er kämpfte sich zur Bar in der hinteren Ecke vor, sah jedem Gast ins Gesicht, konnte Paul aber nicht entdecken.

Einige der Gäste schauten ihn irritiert an, tippten auf die Werder-Raute und zeigten einen Daumen nach unten. Finn ignorierte sie.

An der Bar war ein Gedränge aus mehreren Leuten, die alle als Erste von der Barfrau bedient werden wollten. Rechts, an der kurzen Seite des Tresens, fummelte ein Pärchen an sich herum. Links prosteten sich zwei viel zu junge Mädchen mit Vodka-Energy zu. Wieder nichts! Kein Paul in diesem Raum. Finn drehte ab und wollte den Tanzraum verlassen – als er sich nochmal zu dem Pärchen nach rechts umdrehte: Das Tattoo auf dem Unterarm. Die blonden Haare!

Der schale Geschmack von Eifersucht trocknete ihm die Kehle aus. Er sah nur noch rot, als er den tätowierten Arm packte und Pawel von Inga wegzog. Mit heftigen Faustschlägen malträtierte er ihn. Pawel krachte zwischen zwei Barhockern zu Boden, rappelte sich wieder auf und prüfte seine Nase.

„Eimer! Das war ein Fehler!", schrie er wütend und ging zum Gegenangriff über.

„Hört auf!", schrie Inga hysterisch.

Aber zwei weitere Gäste schienen nur darauf gewartet zu haben, den Vollspacken in Werder-Klamotten eine zu verpassen. Sie mischten munter mit und fügten Finn zwei heftige Kopftreffer zu. Der stolperte nun seinerseits zu Boden. Von dort konnte er nur einen Schatten erkennen, der erst Pawel in bester Bud-Spencer-Manier über den Tresen bugsierte und dann die beiden anderen nacheinander mit Tritten auf die Bretter schickte.

Nelson war gerade rechtzeitig gekommen.

„Komm!", half er Finn wieder auf die Beine.

„Wir müssen weg!"

„Finn!", rief Inga ihm flehentlich hinterher.

Aber die beiden flohen bereits Richtung Ausgang. Vor der Tür brachen sie durch die Warteschlange und liefen an dem verdutzten Türsteher vorbei zurück auf die Große Freiheit. Sie rannten Richtung St. Joseph Kirche, bogen rechts ab und kamen verschwitzt am Pritschenwagen an. Am demolierten Pritschenwagen.

„Oh Mann, der Wagen sieht aus wie du, Finn!" Nelson seufzte und betrachtete den baumelnden Außenspiegel, den zerkratzten Lack und die blau-schwarz überklebten Werder-Rauten auf den Türen.

„Werder Bremen ist wahrlich nicht beliebt in Hamburg", erläuterte Finn überflüssigerweise und wischte sich mit seinem Trainingsshirt Blut aus dem Gesicht: „Komm, Paul finden wir hier nicht."

Moralisch und körperlich niedergeschlagen traten die Zwei den Rückzug an. Finn rief hilfesuchend bei seinem Vater an, erreichte ihn aber nicht. Dennoch beschloss er, heute dort mit Nelson die Nacht zu verbringen, ehe sie morgen zurück zum NLZ fahren würden.

Die Fahrt ostwärts nach Meiendorf dauerte 40 Minuten. Kurz vor dem Ziel schrie Finn abrupt auf:

„Stopp!", befahl er.

Mit quietschenden Reifen legte Nelson auf der um die Zeit wenig befahrenden, vierspurigen Straße eine Vollbremsung hin. Er blickte sich irritiert um - kein Mensch war in der nächtlichen Dunkelheit zu sehen. Nur das „U" einer U-Bahn-Haltestelle leuchtete blauweiß in der Dunkelheit.

„Was ist? Hast du Paul entdeckt?"

„Nein", grinste Finn.

„Aber dort", er zeigte auf zwei noch beleuchtete Fenster kurz vor der U-Bahnbrücke:

„Da gibt es den besten Döner Hamburgs. Komm, wir müssen was essen."

Nelson stellte den Motor ab und lachte zustimmend. Auch Finn stimmte wieder mit ein, ehe ihn die Beule an seiner rechten Schläfe verstummen ließ.

*

Als sie eintraten, starrte der Imbissinhaber den sichtlich demolierten jungen Mann im blutverschmierten Shirt und den kräftigen Afrikaner nicht etwa erschrocken an - freundlich fragte er stattdessen:

„Bitte? Was darf es sein?"

Scheinbar war er es gewohnt, jedwede Art von Gestalten um diese nächtliche Zeit bei sich im Laden zu begrüßen. Finn und Nelson schauten auf die beleuchtete, überdimensionale Speisekarte über ihnen, dann auf die fast leeren Dönerspieße.

„Zweimal Döner im Brot. Mit Kalb. Nicht so viele Zwiebeln und sonst mit allem."

„Aber nicht so scharf", wand Nelson noch ein.

Der türkische Inhaber nickte und bedeutete seinen Gästen, im Hinterraum Platz zu nehmen. Finn zog Nelson mit sich und erstarrte.

„Paul!", rief er staunend, als hätte er eine Erscheinung.

Tatsächlich saß Paul in der dunkelsten Ecke des Dönerladens vor einem zerknüllten Papierfetzen auf einem leeren Teller. Er sah die beiden unverhofften Neuankömmlinge.

Tränen schossen ihm in die Augen.

„Paul", wiederholte Finn und nahm seinen Freund behutsam in die Arme. So standen beide sekundenlang im Raum.

„Warum hast du denn nichts gesagt?", fragte Finn schließlich leise.

„Ich ...", schluchzte Paul, „ich habe nichts gemacht. Ich habe niemanden angefasst!"

„Nein, ich weiß", sagte Finn beruhigend.

„Ich habe nichts gemacht. Ich bin doch nur ich."

*

Nachdem die aufgestauten Emotionen sich tränenreich entladen hatten, beruhigte sich Paul ein wenig. Es tat ihm gut, beide Freunde bei sich zu haben. Döner mampfend, beantworteten Finn und Nelson abwechselnd seine Fragen, warum sie hier waren, wieso Nelson überhaupt dabei war und woher Finns Verletzungen stammten.

„Was für ein Tag", resümierte Nelson und wischte sich den Mund mit einer Papierserviette ab.

„Das kannst du wohl sagen", stimmte Finn ihm zu:

„Erst fliegt Paul aus dem NLZ, wegen falschen Behauptungen. Dann erwisch ich Inga mit Pawel und bekomme zu allem Überfluss die Fresse poliert. Und Dein Wagen ist auch hinüber!"

Finns Telefon klingelte, es war Erik:

„Vati! Danke für den Rückruf. Hast du schon geschlafen? Ich wollte dich nur vorwarnen: Ich bin in Hamburg und penne heute bei Dir und ..."

Er wurde unterbrochen.

Eine lallende Stimme war blechern im fast leeren Dönerladen vernehmbar.

„Bist du betrunken?", fragte Finn.

Wieder eine blecherne Unterbrechung.

„Okay, ja – ich weiß, Vati, Paul ist schwul ..."

Pause.

„Okay. Nein, das wusste ich wiederum nicht."

Ein schepperndes Husten war durch den Hörer vernehmbar, gefolgt von einem schluchzenden Jammern. Nelson und Paul sahen sich fragend an.

„Vati, es ist nicht deine Schuld. Geh nach Hause, hörst du! Wir sind auch in zehn Minuten da."

Er legte auf.

„Was ist?", fragten Nelson und Paul gleichzeitig.

„Manchester City zieht das Angebot zurück."

„Ach, du warst dir doch eh nicht sicher. Bleibst du halt in Bremen", versuchte Nelson Finn zu trösten.

„Und ich bin auch komplett raus. Der SV Werder hat mich aus dem NLZ geschmissen", ergänzte Finn ruhig.

„Was? Warum?"

„Warum, warum ..." ätzte Finn nun. „Keine Ahnung. Irgendeinen Grund werden sie sich schon zurechtlegen. Siehst du doch bei Paul – einen Minderjährigen soll er begrapscht haben. In Wahrheit stören sie sich an seiner Homosexualität. Halten die Werte von Toleranz und Offenheit immer gerne nach oben, aber wehe in ihrem eigenen Lager schwimmt einer gegen den Strom. Der scheinheilige Profifußball ist eben doch ein mieses Machtgehabe!"

Wütend schmiss Finn die Reste seines Döners gegen die Wand. Langsam und schleimig rutschte die Mixtur aus Tsatsiki, Fleisch, Tomate und Gurkenstücke die glatte Oberfläche herunter.

Sie hinterließ einen Fettfleck auf der hellen Tapete und verschwand aus Finns Blickfeld. Genau wie die soeben zerplatzte Sportlerkarriere.

„Abmarsch, die Herren!", reichte es dem Inhaber nun. Wütend schnappte er sich einen Lappen und deutete zum Ausgang. Ohne Widerworte verließen die drei Freunde den Imbiss.

Der Absturz in weniger als 24 Stunden war perfekt. Die von Giercke losgetretene Lawine hatte das Tal erreicht und alles mit sich gerissen.

26

Anklage

Die Nacht in Meiendorf war für alle eine Qual.

Paul wälzte sich schlaflos hin und her im Bett seines alten Kinderzimmers. Seine Eltern waren erstaunt, ihren Sohn zu später Stunde unerwartet begrüßen zu dürfen. Ein Coming-Out hatte Paul zu so später Zeit für unangebracht gehalten und noch nicht über sich gebracht. Ruhelos grübelte er darüber, wie er es seiner Mutter und seinem Vater schonend beibringen konnte.

Im Hause Eimer schlief Erik unruhig und schnarchend seinen Rausch aus. Ihm war nichts Besseres eingefallen, als sich nach dem niederschmetternden Telefonat mit Giercke in das Vereinsheim zu begeben und es zu später Stunde als Letzter volltrunken wieder zu verlassen.

Der kräftige Nelson wurde auf der für ihn viel zu kleinen Wohnzimmercouch platziert. Dort lag er nun verkrümmt zwischen Arm- und Rückenlehne. Auch er wuchtete den massigen Körper von rechts nach links. Nacken und Rücken waren bereits jetzt verspannt und, als wäre das nicht genug, zerbrach er sich unentwegt den Kopf darüber, wie er die Sache mit dem Pritschenwagen der Vereinsführung erklären sollte.

Finn zermarterte sich das Hirn ebenso. Er zweifelte an sich und seiner Menschenkenntnis.

Warum hatte er nichts von Pauls wahrem Ich und Gefühlen mitbekommen? Hätte er nicht helfen können? Dann wäre vielleicht alles anders gelaufen.

Und wieso, grübelte er weiter, wieso musste Inga ausgerechnet mit dem Vollproleten und Unsympath Pawel herumknutschen? Hatte er sie ebenso falsch eingeschätzt?

Gleichzeitig machte sich in Finns Innerem ein merkwürdiges warmes Gefühl bemerkbar – das Gefühl der Erleichterung! Wieso war er erleichtert, statt dass er sich über sein Aus bei Werder Bremen grämte?

Schlaflos in Meiendorf waren alle vier schließlich froh, als die Morgendämmerung einsetzte.

*

In der Küche klapperte Erik mit Geschirr, deckte den Tisch und setzte Kaffee auf. Er hatte gerade ein Aspirin mit Leitungswasser herunter gespült, als Finn und später Nelson auftauchten. Alle drei waren nach der kurzen Nacht schweigsam.

Nelson war nach einem Becher Kaffee dann auch schnell aufgebrochen: „Sicherlich vermissen sie mich und vor allem den Wagen schon im NLZ!"

Er bedankte sich bei Erik für den Schlafplatz und drückte Finn an sich. Sie versprachen sich, weiter in Kontakt zu bleiben und sich so bald wie möglich wiederzusehen.

Als Erik und Finn schließlich allein in der Küche waren, herrschte eine schwere Stille zwischen ihnen. Beide hatten keinen Schimmer, wie es nun weitergehen könnte. Erik hatte Angst, Vorwürfe von Finn zu hören. Deshalb durchbrach er schließlich die befremdliche Stille und stellte seinem Sohn zahlreiche Fragen zum gestrigen Abend und vor allem zu den Vorfällen im NLZ.

Finn half die Fragerei, die Ereignisse im Kopf zu verarbeiten. Bereitwillig gab er Auskunft, entschuldigte sich sogar bei seinem Vater dafür, es „bei Werder nicht gepackt zu haben".

Erik winkte natürlich ab, es wäre nicht die Schuld Finns gewesen.

„Glaub mir, Finn", beschwichtigte er seinen Sohn beim Abräumen des Frühstückstischs, „in diesem Geschäft sind im Hintergrund noch andere Kräfte am Werk. Als Spieler bist du da machtlos."

„Ich dachte, deshalb haben wir uns an Giercke gewendet?"

Gerade wollte Erik Finn vom tobenden Giercke erzählen, der dubiose Infos von Pawel und dessen Vater durchgesteckt hatte, da klingelte das auf dem Küchentisch liegende Smartphone.

Entschuldigend ging Erik ran. Das Gespräch dauerte höchstens eine Minute. Als er wieder auflegte, eilte Erik in den Flur zog sich hastig Schuhe und Jacke an. Zum Abschied rief er Finn noch hektisch über die Schulter zu:

„Ich muss los. Warte hier. Vielleicht gibt es doch noch eine Möglichkeit!" Ohne eine Antwort abzuwarten, verschwand er. Finn blieb schulterzuckend zurück. Eigentlich wollte er mit seinem Vater besprechen, wie es nun für ihn weitergehen könnte. Das musste wohl warten. Seufzend und erschöpft warf er sich zurück in sein Bett.

*

Erik eilte durch den Hamburger Regen. Der übereilte Aufbruch tat ihm leid. Es wäre seine väterliche Pflicht gewesen, für Finn gerade jetzt da zu sein und ihm alles zu erklären, ihn zu trösten.

Gottseidank hatte Finn ihm keine Vorwürfe gemacht. Er fühlte sich seinem Sohn gegenüber so schon schuldig genug. Schließlich war er es gewesen, der sich mit Giercke und José eingelassen hatte.

Der morgendliche Anruf des südamerikanischen Spielerberaters kam überraschend und bot tatsächlich die Chance, doch noch alles zum Guten zu wenden. Bereitwillig nahm Erik den Vorschlag an, sich heute so schnell wie möglich zu treffen.

Vielleicht interpretierte er zu viel hinein, aber der Anruf gab ihm vagen Optimismus zurück. Wieso wollte ihn José sonst treffen wollen, wenn er nicht doch noch an einen Transfer nach Manchester glauben mochte?

Aufgeregt erreichte Erik nach gut einer halben Stunde das vereinbarte Café im gediegenen Stadtteil Winterhude. Es war gut gefüllt. Überall, wo Erik hinblickte, hockten mehrköpfige Familien mit kleinen Kindern und genossen ihren Sonntagsbrunch. Mühsam schob er sich durch das Gedränge, vorbei an Kinderwägen und gestressten Bedienungen.

Endlich erblickte er José in der hinteren Ecke. Neben ihm saß ein elegant gekleideter, älterer Mann. Sie bedeuteten ihm wortlos, Platz zu nehmen. Sein zaghafter Optimismus bröckelte.

Gegenüber den beiden Männern fühlte sich Erik wie auf der Anklagebank. Das Gefühl verstärkte sich noch, als sich der Fremde als Dr. Rodriguez vorstellte. Seines Zeichens Anwalt.

„Da hast du uns eine schöne Suppe eingebrockt, Erik Eimer." José schüttelte unentwegt mit dem Kopf, als er den Sachverhalt aus seiner Sicht schilderte:

„Ich sitze gemütlich auf meiner Couch und freue mich auf die Bundesligakonferenz und das Nordderby Werder gegen Wolfsburg, da geht mein Telefon – Manchester City ist dran: Sie wären irritiert. Ein weiterer Berater hatte sie kontaktiert, der angeblich einen Wisch vorzeigen könnte, in dem du, werter Herr Eimer, und deine Frau ihm schriftlich das Mandat erteilt hätten."

Vorwurfsvolles Kopfschütteln.

Nun nicht nur von José, sondern auch vom schweigsamen Dr. Rodriguez.

„Ich lege auf, denke: Giercke, der Hochstapler, macht wieder Unruhe. Da klingelt kurze Zeit später abermals mein Handy: Werder Bremen! Stocksauer erklären sie, wie enttäuscht sie von mir sind. Nach jahrelanger Zusammenarbeit und erfolgreichen Transfers jetzt so ein Harakiri mit unbedeutsamen Jugendtransfers. Sie fragen mich, ob mir bewusst sei, was das für ein Skandal ist. Klar, der Handel mit Minderjährigen kommt in der Öffentlichkeit eh nie gut an. Aber dann auch noch Homosexualität am Nachwuchszentrum! Was, wenn die Presse davon Wind bekäme?"

Wieder Kopfschütteln bei den Klägern. Der Angeklagte Erik versuchte sich verzweifelt zu verteidigen:

„Sie ... du wusstest doch von Klaus ... ich verstehe nicht. Geht es um so viel Geld? Das wird Werder doch verkraften?"

„Ich wusste nichts von einer schriftlichen Abmachung mit Giercke!", log José ihn schamlos ins Gesicht.

„Und es geht nicht ums Geld, Eimer!"

Zum ersten Mal sprach José ihn abfällig nur mit Nachnamen an:

„Es geht um meine Reputation! In Bremen und im gesamten Business. Wie sieht es aus, wenn ich Mandate übernehme und auf einmal kommen dahergelaufene Dritte und faseln etwas von unterschriebenen Vollmachten?" José blickte Erik finster an.

„Und dann stellt sich noch heraus, dass wir mit schwulen Minderjährigen Geschäfte mit den Engländern machen wollen."

Dr. Rodriguez lehnte sich gelassen nach vorne und referierte im leisen, ruhigen Ton:

„Wir können Sie in Regress nehmen für die entgangene Provision. 30.000 Euro. Wir können Sie zusätzlich auf Schadensersatz verklagen, denn die Reputation meines Klienten könnte dauerhaft schaden angenommen haben. Er konnte nichts von der anderen Vereinbarung wissen ..."

„Er wusste von dem Vertrag ..."

Panik stieg in Erik auf – woher sollte er 30.000 Euro nehmen?

„Aber, mein lieber Eimer! Du bist ein armer Wicht. Aus dir ist nichts herauszubekommen. Ein paar Hundert Euro von der jämmerlichen Sozialrente, mehr ist nicht zu holen", seufzte José verächtlich.

„Zum Glück glaube ich trotz allem weiter an deinen Jungen. Der kann für die Dummheit", das Wort traf Erik mitten ins Herz, „für die Dummheit und Naivität seines Erzeugers schließlich nichts."

Josés Redeschwall stoppte abrupt und er blickte erfreut auf. Erik drehte sich herum, um zu schauen, wer oder was ihm die Pause auf der Anklagebank verschaffte. Mit der hinter ihm auftauchenden Person hatte er aber im Leben nicht gerechnet:

„Bianca?"

Bianca ignorierte ihn. Sie begrüßte zuerst Dr. Rodgriuez, dann José. Schließlich setzte sie sich neben Erik, ohne ihn eines Blickes zu würdigen.

„Frau Eimer ..."

„Noch Eimer, bald heiße ich endlich anders", stellte sie böse fest.

„... schön, dass Sie da sind", beendete José den Satz.

„Gerade habe ich Ihrem Ex-Gatten die Situation geschildert. Er ist reuig und entschuldigt sich, er kann es nur mit seiner eigenen Unwissenheit erklären, dass er diesen Wisch von Herrn Giercke mir gegenüber verschwiegen hat."

„Hätte er mich mit einbezogen, ich hätte mich sofort von Giercke getrennt und Ihnen das komplette Mandat übertragen", behauptete Bianca und linste böse zu Erik hinüber.

„Er", Bianca sprach von Erik in dritter Person, obgleich er mit am Tisch saß. Sie wusste, wie sehr Erik dieses Verhalten auf die Palme brachte:

„Er kann von Glück sagen, dass ich mit Dr. Rodriguez einen ausgewiesenen Rechtsanwalt für Seeschifffahrt an der Hand habe ..."

„Seeschifffahrt?", platzte es aus Erik heraus.

„Wir sind doch hier nicht auf einer Kreuzfahrt. Bianca! Es geht um unseren Finn!"

„Experte für Seeschifffahrt und auch für sämtliche Rechtsfragen hinsichtlich Im- und Exporte", ergänzte Dr. Rodriguez.

„Im- und Export? Wir sprechen von unserem Sohn!"

„... der hier ein Platzhalter für eine Ware ist, die wir gewinnbringend für alle, auch zu Ihrem eigenen Vorteil und dem Ihres Sohnes, verkaufen wollen", erklärte Dr. Rodriguez seelenruhig.

Erik schluckte. Sein Sohn eine Ware?

Das musste er erst einmal sacken lassen.

„Nun denn", setzte Bianca wieder ein:

„Dr. Rodriguez wird Klaus Gierckes Mandat rechtlich anfechten. Es sollte kein Problem sein, da Giercke in der Schuld von José steht, ohne den weder Finn in Bremen gelandet, noch ein Angebot von Manchester gekommen wäre ... wir müssen jetzt nur diesen Vertrag unterzeichnen."

Sie legte ein bereits von ihr unterzeichnetes Schriftstück auf den Tisch.

„Wenn das geklärt ist, ich das alleinige Mandat für Finn besitze", nahm José den Ball auf, „dann ist Manchester weiterhin bereit, das Angebot aufrechtzuerhalten. Ich habe meine Reputation zurück, wir bekommen alle unser Geld und Finn hat weiterhin eine goldene Zukunft vor sich."

„Wie hört sich das an, Herr Eimer?", fragte Dr. Rodriguez.

Erik wollte den aufreizenden Anwalt allzu gerne eine reinhauen, so sehr fühlte er sich von der ruhigen Art provoziert

„Erik?", drängte Bianca.

Eriks Gedanken rasten – sein Sohn war keine Ware, er war ein Mensch. Und ein talentierter Torwart. Vielleicht ein Jahrhunderttalent. Würde Finn es ihm verzeihen, wenn sein Vater ihm die allerletzte Chance für den Einstieg in den Profibereich versaute?

„Was ist mit Paul?", fragte Erik – mehr um Zeit für sich und seine Antwort zu gewinnen.

„Paul? The Gay-German ist raus. Man City meint, das Thema Homosexualität ist schwierig im englischen Fußball und in Verbindung mit der traditionellen Rivalität zum deutschen Fußball nicht zu vertreten.

Auch den arabischen Investoren ist die Geschichte schwierig zu vermitteln."

Stille am Tisch.

Lediglich das Geplärre der kreischenden Kinder und Babys sowie blubberndes Gemurmel der Nachbartische war zu vernehmen.

„Ok. Ich bin dabei, für Finn – wir fechten Gierckes Vertrag an und transferieren Finn nach Manchester", murmelte Erik tonlos und unterschrieb zähneknirschend.

José jubilierte.

„Na also, werden doch noch alle vernünftig!"

Er orderte eine Flasche Schampus und alle vier stießen miteinander an. Das prickelnde Getränk hatte Erik noch nie so schal geschmeckt wie an diesem verregneten Vormittag.

27

Liebe

Erschöpft stand Finn später am Tag auf. Von seinem Hals über Kopf verschwundenen Vater noch immer keine Spur. Zähneputzend betrachtete er sein Spiegelbild. Die Lippe war blutverkrustet und er trug ein übles Veilchen am rechten Auge. Gefallen tat es ihm nicht, aber ein bisschen stolz war er schon auf die Wunden seiner ersten Schlägerei. Seine Gegner und vor allem Pawel sahen heute sicher auch nicht besser aus.

Um den Kopf freizubekommen, entschloss Finn sich trotz des trüben Schietwetters für einen Spaziergang durch den Stadtteil. Die vertraute Meiendorfer Umgebung half ihm, zur Ruhe zu kommen. Beinahe jede passierte Ecke war für ihn mit einem Erlebnis verbunden.

Plötzlich stand er vor dem bekannten Bolzplatz seiner Kindheit. Ohne groß nachzudenken, hatte er die gewohnte Runde gedreht. Das Feld war menschenleer, nur der spärlich fallende Regen tropfte in die tiefen Pfützen vor den hölzernen Toren.

Mit einem Seufzen erinnerte Finn sich, wie er hier als kleiner Steppke jede freie Minute nach dem Grundschulunterricht verbrachte. Er liebte es, sich stundenlang Schüssen entgegenzuwerfen, immer mit dem Ziel es selbst einmal wie seine Vorbilder bis in die Bundesliga zu schaffen.

Was war seitdem anders geworden?

Er liebte den Fußball. Sportlich lief es doch gut in Bremen, er war dabei seinen Traum tatsächlich zu verwirklichen – und jetzt ärgerte ihn der Rausschmiss noch nicht einmal wirklich.

„Finn?"

Er drehte sich um.

Ein durchnässter Jogger steuerte auf ihn zu.

„Paul! Was machst du bei dem Hundewetter hier?"

„Den Kopf freibekommen, so wie du auch", antwortete Paul außer Atem. „Nach gestern wichtiger denn je."

„Wissen deine Eltern Bescheid?", fragte Finn. Paul nickte. Er hatte ihnen heute Vormittag alles berichtet und die Umstände des NLZ-Rauswurfs erklärt.

„Sie haben es gut verkraftet. Mama besser als mein Vater, aber der gewöhnt sich noch daran."

„Warum hast du mir denn vorher nichts erzählt?"

„Warum wohl?", stellte Paul die Gegenfrage.

Und schaute ihn mit großen Augen an.

Finn brauchte eine Weile.

„Nein", sagte er dann. „Du bist in mich verknallt?"

„Naja, ich war es zumindest mal. Deshalb konnte ich Ingas Nähe auch nie gut ertragen."

„Oh, man. Das erklärt jetzt einiges. Aber du verstehst, dass ..."

„..., dass du auf Mädchen stehst? Ja, klar. Ich sag doch, ich WAR in dich verliebt."

Erleichtert legte Finn Paul den Arm über die Schulter: „Du hättest dennoch was sagen sollen, ich bin dein Freund. Wir sagen uns alles!"

„Ich hatte Angst, wir wären dann keine Freunde mehr."

„Iwo! du bleibst immer mein Paule! Keine Sorge."

Finn stupste seinen Freund scherzhaft an.

„Außerdem wären wir dann vielleicht noch beide im NLZ!"

„Puh, da möchte ich gar nicht mehr sein. Jetzt, wo ich die Vorbehalte gegen ... gegen Menschen wie mich kennengelernt habe."

Finn schwieg eine kurze Zeit.

Ihm schossen Roberts Worte durch den Kopf – was hatte der Meiendorfer Torschützenkönig zu ihm damals im Bus gesagt? Jetzt wusste er, was sich geändert hatte!

„Ja, ich auch nicht. Ohne dich möchte ich auch nicht mehr dort spielen", stellte er unmissverständlich fest.

*

Die Aussprache mit Paul hatte knapp eine Stunde gedauert. Sie waren noch eine Weile durch den Park spaziert, ehe die Dämmerung langsam einsetzte und sie sich in entgegengesetzte Richtungen trennten.

Das offene Gespräch hatte alle nicht ausgesprochenen Dinge zwischen ihnen beseitigt. Befreit bog Finn in die Straße zur väterlichen Wohnung ein – blieb kurz stehen und drehte wieder um: Wo er gerade dabei war, konnte er auch die andere Baustelle seines Lebens schließen.

Eine Viertelstunde später in Hamburg-Wellingsbüttel. Er stand vor Hausnummer 12 einer Einfamilienhaussiedlung und drückte die Klingel.

„Guten Abend Frau Ludwig, ist Ihre Tochter zu Hause?", fragte er die ihm öffnenden Dame, die sichtlich erschrocken von Finns geschundener Visage war.

„Inga! Besuch für Dich", krakeelte sie schrill, aber freundlich die Haustreppe nach oben. Dann verschwand sie mit einem „Schön Dich wieder mal gesehen zu haben" zurück ins Wohnzimmer. Finn wusste nicht, ob es ernst gemeint war.

Inga hatte seine Stimme wohl bereits aus ihrem Zimmer vernommen. Sie sauste die Treppe hinunter und warf ihm einen verächtlichen Blick zu:

„Verpiss Dich!", sie warf die Haustür schwungvoll zu – rechnete aber nicht mit Finns Fußblockade.

„Bitte, Inga. Lass uns sprechen", bat er sie.

„Nimm deinen Fuß da weg", forderte sie eindringlich.

„Oder ich schreie!"

„Inga, bitte. Ich will mich entschuldigen. Bitte lass uns fünf Minuten sprechen."

Er nahm den Fuß zwischen Tür und Schwelle langsam zurück. Inga zögerte, ließ die Tür aber geöffnet:

„Also?"

„Es war idiotisch von mir eine Schlägerei mit Pawel anzuzetteln."

„Ja."

„Du bist erwachsen. Wir sind kein Paar mehr und du kannst machen, was du möchtest."

„Ja."

„Trotzdem ist mir in den letzten Monaten klar geworden, dass ich dich in meinem Leben haben möchte. Du tust mir gut, ich möchte dich nicht verlieren."

„Aha."

Die schmallippigen Antworten nervten Finn allmählich: „Kannst du vielleicht mit mehr als nur einem Wort antworten?"

Inga blickte über die Schulter zu den Eltern, die im Wohnzimmer fernsahen und immer wieder neugierig zur Haustür linsten. Sie kam zu Finn heraus und schloss die Tür hinter sich.

„Ich sage dir jetzt ein paar mehr Wörter!", fing sie ernst an.

„Erstens: Jungs, die sich im *Halo* um mich schlagen? Sowas peinliches ist mir noch nie passiert. Zweitens: Ja, ich kann tun und lassen, was ich will. Drittens: Schön, ich tue dir gut – aber wieder einmal denkst du nur an dich. Nicht an andere."

„Ich tue dir also nicht gut?", fragte Finn.

„Das habe ich nicht gesagt."

„Sondern?"

„Finn! Selbstreflexion! Schon mal gehört?", ätzte sie.

„Seitdem wir uns kennen, nimmst du keine Rücksicht auf mich! Du machst nur dein eigenes Ding."

Sie erinnerte ihn an das FCM Trainingslager. An den nicht abgesprochenen Wechsel nach Bremen:

„Verstehst du gar nicht, wie ich mich fühle?"

„Wie ein Spielzeug", gab Finn kleinlaut zu.

„Ja, wie ein austauschbares Objekt."

Sie setzte sich auf die feuchte Eingangstreppe. Finn nahm mit ein wenig Abstand neben ihr Platz:

„Das tut mir leid."

„Das Schlimme ist ja, wir hatten schöne Momente. Genau daher tut es ja so weh."

Finn wusste nichts mehr zu entgegnen.

Eine Weile saßen sie schweigend da.

„Ich dachte oft, wann wird Finn endlich erwachsen? Wann wirst du Entscheidungen für dich treffen und nicht immer nur im Sinne deines Vaters handeln?", unterbrach Inga die Stille.

„Ich dachte immer, du fändest Vati cool!", erwiderte Finn überrascht.

„Er ist ja auch ein cooler Kumpeltyp – aber du bist nicht seine Marionette, die ihm die Jugend zurückholt!"

Wieder schwiegen beide traurig.

„Nicht ein einziges Mal hast du mir eine Nachricht aus dem NLZ geschrieben", stellte Inga fest.

„Ich war mehrmals kurz davor, dir zu schreiben, wie sehr ich dich vermisse. Ehrlich! Aber, wir waren nicht mehr zusammen", suchte er nach Gründen.

„... es fühlte sich für mich an, als wenn du uns beide vergessen hättest ...", stellte sie traurig fest.

„Es ist so weit!"

„Was ist so weit?", fragte sie verdutzt.

„Seit heute treffe ich meine eigenen Entscheidungen!"

Inga schaute ihn stirnrunzelnd an. Finn begann zu erzählen, aus dem NLZ, von den Spielen, von Pauls grandiosen Leistungen, von José, ihren geplanten England Wechsel und dem unvermittelten Rauswurf rund um Pauls unfreiwilligem Outing.

„Für mich steht fest – zu der Welt möchte ich nicht gehören. Ich möchte Menschen um mich haben, die mir guttun."

Er stockte kurz: „... und denen ich auch guttue."

„Kaminski hat Paul angeschwärzt?", verarbeitete Inga noch die letzten Infos. „Warum tut er das?"

„Sicherlich, hat er irgendwas dafür bekommen. Oder er sieht dadurch Vorteile für Pawel ...", vermutete Finn. „Pawel war immer mein Feind. Unser Feind. Deshalb tat es so weh, euch Arm in Arm zusammen beim Schalke Spiel zu sehen."

„Bitte?", fragte Inga.

„Ich habe dich doch gesehen! In seinen Armen!"

220

„Beim Schalke Spiel? Ich wollte dich sehen! Die FCM-Mannschaft ist geschlossen dorthin, da bin ich mit ihnen gefahren. Sie haben alle ordentlich getrunken – und Pawel hat das Frühschoppen nicht ganz vertragen. Er musste sich übergeben. Und ich stand zu meinem Unglück genau daneben ...“

Stille. Dann musste Finn losprusten:

„Entschuldige.“

Jetzt lachte Inga auch.

„Aber im *Halo*?“, wurde Finn wieder ernst.

„Da habe ich dich in flagranti mit ihm erwischt.“

„Hör mal, ich kann machen, was ich will. Das hatten wir doch schon ...“

„Aber doch nicht mit Pawel. Ausgerechnet mit dem!“

„Ich hatte zu dem Zeitpunkt schon einiges getrunken. Er hat die Situation ausgenutzt, gemerkt, dass ich jemanden brauchte.“

„Das ist auch nicht sehr erwachsen, Fräulein!“

„Nein, wahrlich nicht. Ich bin auch nicht stolz drauf.“

„Also war es doch gut, dass ich ihm eine reingehauen haben“, versuchte Finn einen Witz.

Inga ging nicht näher darauf ein, unvermittelt sagte sie: „Schön, dass du wieder da bist.“

„Wollen wir nochmal von vorne anfangen?“, fragte er hoffnungsfroh.

„So einfach geht das nicht, Finn!“

„Ich meine, können wir nicht wieder Kontakt haben? Etwas zusammen unternehmen? Ich würde mich freuen.“

Inga umarmte ihn. Das genügte Finn als Antwort.

„Wie geht es denn jetzt bei dir weiter?“, wollte sie wissen als beide sich von der Treppe erhoben. Finn zuckte mit den Schultern.

28

Comeback

„Hast du mich nicht richtig verstanden?"

Er hatte es mehr als deutlich verstanden. Dennoch redete Finns Mutter wieder und wieder auf ihn ein. Zum wiederholten Male führte sie blumig aus, wie allein dank ihres unerbittlichen Einsatzes Gierckes Einmischung rückgängig gemacht werden konnte und Manchester City jetzt wieder Interesse an ihm bekundete. Seine Zukunft wäre weiterhin golden!

„Das hat deine Mutter alles für dich getan!", schrie sie nun fast flehentlich, weil ihr Sohn partout nicht das machte, was sie erwartete.

Er sagte nämlich schlicht und einfach:

„Nein – ich gehe nicht nach England."

„So kurz vor Verwirklichung des Traumes, willst du kneifen? Einfach so? Sag du doch auch mal was, Erik!", keifte Bianca ihren Ex-Mann an.

Der stierte gedankenversunken mit verschränkten Armen vor sich hin.

„Erik!", Bianca forderte ihn mit einer vehementen Handbewegung auf, ihr endlich argumentativ zu helfen. Erik saß weiter stumm mit zusammengekniffenen Lippen in seinem Wohnzimmersessel. Sein Sohn lehnte das langersehnte Angebot tatsächlich ab. Vor wenigen Tagen wäre eine Welt für ihn zusammengebrochen.

Jetzt verspürte Erik Erleichterung. Er war befreit von einem Gespenst. Einem Traum, der nicht sein eigener war. Die Entscheidung hatte Finn ihm abgenommen. Er entschied sich dagegen, ein Spielball zwischen Vereinen, Beratern und anderen Strippenziehern zu sein. Er wollte keine fremdbestimmte Ware darstellen.

Finn wollte er selbst sein.

Erik musste schmunzeln. In der Fußball-Parallelwelt hatten bereits mehrere Tausend Euro den Besitzer gewechselt, obwohl weder Finn noch sein Freund Paul irgendwelche nennenswerte Gegenleistungen erbracht hatten. Einfach so. Wie beim Monopoly wechselten Scheine die Besitzer.

„Jetzt grins doch nicht so blöd, Erik!"

Bianca stand kurz vor einem Wutanfall.

„Vati muss nichts sagen. Ich bleibe dabei, ich bleibe hier in Hamburg."

Damit stand Finn von der Wohnzimmercouch auf und verschwand in seinem Kinderzimmer.

„Du bist das Letzte!", schrie Bianca Erik an.

„Einmal, ein einziges Mal nur möchte ich mich auf dich verlassen können. Auf wieviel Geld verzichten wir nun? Die ganze Arbeit umsonst!", stöhnte sie.

„Bitte geh jetzt", murmelte Erik leise.

„Wie bitte?"

„Du sollst mich allein lassen."

Schweigen.

Entrüstet schnappte sich Bianca ihren Mantel und die Handtasche. Sie drehte sich noch einmal um, griff nach dem Vertragswerk auf dem Wohnzimmertisch und zerriss es in tausend Stücke. Die Schnipsel rieselten wie Schneeflocken durchs Wohnzimmer und verteilten sich über den Teppich.

„Wie der Vater so der Sohn!"

Mit diesen Worten verließ die Furie die Wohnung.

Erik blieb regungslos im Sessel sitzen. Erst als sich die Kinderzimmertür langsam öffnete und Finn bedröppelt zurück auf der Bildfläche erschien, kehrte etwas Leben in Eriks Gesichtszüge zurück.

„Tut mir leid, Vati!", flüsterte Finn traurig. Dann streckte er den rechten Arm aus:

„Hier, das habe ich wohl doch nicht verdient."

Er hielt ihm das lila-silberne Nationalelf-Trikot hin. Das Originaltrikot des Weltmeisters, das er zum Geburtstag bekommen hatte.

Erik sah seinen Sohn verständnislos an. Tränen schossen ihn in die Augen, die er nur mit sehr viel Mühe zurückhalten konnte.

In diesem Augenblick erschien Finn ihm so erwachsen wie noch nie zuvor. Sein Sohn hatte die Entscheidung getroffen, kein Spielball anderer zu sein. Er wollte sich nicht Hierarchien unterordnen und ein Leben lang von anderen abhängig sein. Dritten, die nicht den Sport, sondern das Geschäft an erster Stelle sahen.

Finn wollte nicht wie Erik Eimer sein. Er wollte seinen eigenen Weg gehen! Seine eigenen Ideale finden und nach deren Prinzipien leben.

Langsam erhob sich Erik und umarmte seinen Sohn.

„Doch, du hast es verdient! Behalte es", schluchzte Erik nun doch los. Er schämte sich seiner Tränen nicht mehr:

„Du bist die Nummer eins. Meine Nummer eins – es ist mir egal, wo du Fußball spielst."

„Ach, Vati ..."

„Es tut mir leid, wenn ich dich zu etwas machen wollte, was du nicht sein willst!"

„Das hast du nicht", antwortete Finn mit belegter Stimme: „Ganz und gar nicht. Ich brauchte nur eine Weile, mich selbst zu verstehen."

Langsam löste Finn die Umarmung.

„Ich höre mit dem Fußballspielen auf!", sagte er schließlich bestimmt.

*

Tatsächlich tat der Entschluss, sich vom Fußball zurückzuziehen gut – aber nur temporär. Pauls Reaktion auf den Entschluss fiel von Anfang an unter die Kategorie Empörung:

„Was? Spinnst du? Fußball ist doch dein Leben!", versuchte er Finn zu überzeugen.

Der ließ sich aber nicht abbringen und beharrte auf der Entscheidung. Einige Wochen lang genoss er es, nichts zu tun. Einfach nichts.

Er schlief so lange wie es ihm gefiel. Hielt sich an keine Ernährungspläne, aß kein Power Food mehr. Er machte kaum noch Sport, sondern daddelte dafür länger an der Spielkonsole.

Ab und an traf er sich mit Inga oder auch mit Paul. Seinem Freund wollte er aber nicht zu Ligaspielen des FCM begleiten, selbst das bloße Fußballzuschauen verweigerte er.

Erst als es selbst seinem Vater zu bunt wurde und er ihn fragte „Was willst du denn eigentlich jetzt aus deinem Leben machen?", fing er an, ernsthaft über die berufliche Zukunft nachzudenken. Und als Inga ihn dann noch auf seinen „kleinen Bauchansatz" aufmerksam machte, sollte auch Sport und damit der Fußball wieder eine Chance bei ihm bekommen.

Zaghaft fühlte er bei Paul vor, ob noch Platz im FCM-Kader wäre.

„Na klar, für dich haben sie immer einen Platz frei", betonte Paul, der seit rund sechs Wochen wieder mittrainierte. Spielen könnten sie beide erst ab der kommenden Saison wieder, da sie inzwischen zu oft innerhalb eines Jahres den Verein gewechselt hatten.

Finn zögerte. Er wusste genau, wann die Meiendorfer 1. Herren Training hatte. Aber jedes Mal hatte er dienstags und donnerstags für sich eine Ausrede parat, warum er heute doch nicht konnte und eben erst in der kommenden Woche dort aufkreuzen würde.

Eines Abends klingelte das Festnetz in Eriks Wohnung. Vater und Sohn sahen sich fragend an. Auf der Nummer trafen selten Anrufe ein und wenn, dann war es Bianca oder deren Anwälte, die voller Elan endlich Eimer aus Biancas Namen streichen wollten.

„Eimer", meldete sich Erik streng.

Da sein Vater danach locker plauderte, beachtete Finn den Anruf nicht weiter. Er ging zurück in sein Zimmer und startete sein pausiertes PC-Game wieder.

„Finn, für dich!", rief sein Vater gut gelaunt.

Überrascht kam Finn in den Flur zurück und nahm Erik den Hörer aus der Hand. Peinlich berührt bedeutete er seinem Vater, ins Wohnzimmer zu gehen. Er musste ja nicht jedes Gespräch mit Inga mitanhören.

„Hi! Wieso rufst du auf dem Festnetz an?", posaunte er, als sein Vater die Wohnzimmertür geschlossen hatte.

„Hallo Finn! Hier ist Toni", meldete sich sein Gesprächspartner. Finn schluckte.

„Toni? Wie geht es dir?", fragte er unbeholfen. Ihm fiel auf die Schnelle nichts Besseres ein.

Toni wusste um die Situation und er wollte es Finn so einfach wie möglich machen. Gutmütig erklärte er ihm, wie schön er Finns Wiedereinzug bei Erik fand und er sich freute, dass Inga und er wieder Kontakt hatten. Auch Paul erwähnte Toni: „Der macht sich wirklich gut. Schade, dass ich ihn dieses Jahr nicht mehr einsetzen kann!"

Finn war aufgeregt.

Er hatte sich nie richtig bei Toni bedankt. Er war für ihn eine zu große Respektsperson. Fast wie ein Vater, dem Söhne auch kaum, wenn überhaupt, richtig Danke sagten.

Im Zuge des Gesprächs legte sich Finns respektvolle Zurückhaltung vor seinem Ex-Coach allmählich. Er erkundigte sich nach der Mannschaft. Vor allem nach Tomek, auch nach Robert. Sogar nach Pawel, fragte Finn.

„Du weißt es nicht?", stutzte Toni verblüfft.

„Was sollte ich denn wissen?", fragte Finn.

„Pawel hat ein Angebot aus dem Bremer NLZ angenommen."

Finn prustete los.

Er wusste nicht genau, was er so lustig fand:

Den Umstand, dass Pawel seinen Platz im NLZ übernommen hatte? Dass er im NLZ bestens zu den schnöseligen Mitspielern passte? Oder einfach nur, dass der Stinkstiefel endlich aus seinem Leben verschwunden war?

Toni wunderte sich natürlich.

„Was ist denn so witzig?", fragte er.

Daraufhin schilderte Finn ihm en Detail seinen Werdegang in Bremen. Die Story rund um Manchester, Paul und ihn – und welche Rolle Vater und Sohn Kaminski darin gespielt hatten. Toni hörte interessiert zu, ehe er endlich den Grund des Anrufs einwarf:

„Finn, komm zu uns. Spiele wieder Fußball!"

Beide, Finn und Toni, waren wohl über die knappe, postwendende Antwort überrascht: „Okay."

Als Finn auflegte, wusste er:

Er wollte nie mit dem Fußball aufhören. Er musste pausieren. Es war ihm einfach peinlich, als vermeintlich Gescheiterter zurückzukommen.

*

Die Bedenken waren selbstredend unnötig gewesen. Beim ersten Training mit den 1. Herren wurde er freudig in der Umkleidekabine begrüßt. Ausnahmslos alle begrüßten es, ihn wieder dabeizuhaben. Fast alle sprachen ihn auf das tolle Spiel gegen Schalke an.

Einer nahm ihn ernst zur Seite:

„Du bist bei dir geblieben!", stellte Robert fest.

„Genau, wie du es mir versprochen hast. Das ist groß. Ich bin stolz, dich hier bei uns zu haben. Das kannst du mir glauben. Mit dir steigen wir nächstes Jahr in die Regionalliga auf. Warte ab! Auf die Aufstiegsfeier freue ich mich jetzt schon", sagte er und das Strahlen in seinen Augen wollte kein Ende nehmen.

Finn wollte sich gerade für die Worte bedanken, als er von hinten hochgehoben wurde:

„Kleiner?", lachte Tomek: „Hast du zugenommen? Toni hat mir bereits angekündigt, dass der Teufelslauf einmal die Woche Pflicht sein wird. Hahaha!"

Nachdem Tomek Finn wieder heruntergelassen hatte, klatschte der erst mit Tomek und dann mit Robert ab. Auch mit den anderen, allen voran Paul, gab es ein großes Wiedersehen.

Am Ende der ersten schweißtreibenden Trainingseinheit nach gut zwei Monaten trudelte Finn erschöpft und wie gewohnt als einer der Letzten zurück in der Kabine ein. Er hatte gemeinsam mit Paul noch die Tore abgebaut, Hütchen weggeräumt und Bälle gesammelt.

Wie es sich für junge Spieler gehörte.

Als die beiden Freunde nun die Umkleide betraten, wartete eine grölende halbnackte Männermenge auf sie:

„Finn! Finn! Gib deiner Mannschaft ein Feuerwasser aus!", skandierten sie wieder und wieder.

Finn und Paul lachten hilflos. Bis Erik endlich hinter ihnen den Raum betrat. In seinem Schlepptau eine Sackkarre, beladen mit zwei Kisten Bier und einer Kiste Cola, gekrönt von zwei Flaschen Whiskey.

„Ah, da kommt der frischgebackene Jugendkoordinator des FCM ja genau richtig", strahlte Toni: „Glückwunsch zum neuen Posten!"

„Danke für die Blumen! Es geht aber nicht um mich. Finn wird zwar erst in sechs Wochen achtzehn - aber ich denke, gefeiert werden kann sein Comeback schon heute!", rief der rotbäckige Erik freudig erregt.

Alle stimmten erneut das Lied an, dann wurden die Getränke gierig geöffnet.

Später am Abend, noch immer hatte keiner der Spieler geduscht, legte Finn einen Arm um Paul und den anderen um seinen Vater:

„Danke. Danke, dass ihr an mich glaubt", säuselte er nach zwei Bier sentimental:

„Ihr habt Toni gebeten mich anzurufen, oder?"

Die zwei anderen lächelten sich nur an, dann drückten sie Finn an sich.

„… gib Deiner Mannschaft ein Feuerwasser aus!", sangen die 1. Herren.

Der Abend wurde lang und länger, die Kabine zur Partyzone und die Duschen zur Karaoke-Box. Finn wusste endgültig, hier war er gut aufgehoben. Umgeben von Freunden fühlte sich selbst die eigene Zukunft nicht mehr bedrohlich an.

„Vati", flüsterte Finn Erik später ins Ohr:

„Ich glaube, ich weiß nun auch, wie es für mich weitergehen wird!"

Glück

Finn stellte sich gerade den Wecker auf 6 Uhr in der Früh, als das Telefon läutete. Es war Inga.

„Ja, klar. Morgen Mittag können wir zusammen ins *Schmidtchen*, sehr gerne sogar."

Er liebte das neue Café in ihrem Viertel und freute sich tatsächlich sehr. Das Verhältnis zwischen ihnen beiden hatte sich so weit normalisiert, dass sie sich mindestens zweimal in der Woche sahen.

„Also, dann bis morgen – ich muss früh raus!", sagte er fröhlich und legte auf.

An das frühe Aufstehen hatte er sich inzwischen gewöhnt und auch Inga kannte seine Arbeitszeiten. Seit einem halben Jahr wohnte er nun wieder fest bei seinem Vater im alten Kinderzimmer – und ungefähr genauso lange lief seine Anstellung im Zuge eines freiwilligen sozialen Jahres.

Es hatte mordsmäßigen Ärger und Diskussionen in Blankenese gegeben, als Finn seiner Mutter und Arnulf eröffnete, die Schule schmeißen zu wollen. Beide waren verständnislos, warum er die Zukunft komplett wegschmeißen wollte. Reichte es nicht, Manchester abzusagen und sie vor allen Leuten bloßzustellen?

Als Finn zusätzlich noch den Wunsch äußerte, zurück nach Meiendorf ziehen zu wollen, explodierte die Lage förmlich.

In einer Art von elterlicher Trotzreaktion warf seine Mutter ihm Undankbarkeit vor – und hatte vielleicht sogar Recht damit. Schließlich war es Arnulfs Anwalt, Dr. Rodriguez, zu verdanken, dass niemand auch nur einen Euro Schadensersatz an José zahlen musste.

Jedenfalls warf Bianca ihn aus der Villa raus.

„Du wirst schon wieder angekrochen kommen", rief sie ihm noch hinterher, als er mit zwei Koffern und einer Sporttasche von dannen zog.

Arnulf verfolgte die Szenerie wie so oft als Statist ohne Sprechrolle. Wahrscheinlich freute er sich innerlich, Bianca von nun an komplett für sich allein zu haben. Jetzt müsste er nur noch seine heimlichen Golfrunden besser tarnen und das Lebensglück wäre für ihn endgültig perfekt ...

*

Der Wecker klingelte erbarmungslos pünktlich. Wie jeden Tag machte Finn sich fertig, schmierte sich noch ein Brot und schnappte sich eine Banane. Dann saß er bereits im Bus und fuhr die drei Haltstellen zur Schule.

Es war für den Tag gutes Frühlingswetter angesagt, um diese frühe Uhrzeit war davon allerdings kaum etwas zu spüren. Deshalb war Finn bei seiner Ankunft froh, die roten Rücklichter des Kleinbusses bereits in der Schulauffahrt auf ihn warten zu sehen.

Nelson öffnete die Beifahrertür mit einem gut gelaunten: „Moin!"

Nelson war nach der nicht genehmigten Kiezspritztour im Vereinswagen inklusive Verwicklung in eine Schlägerei, Vandalismus und Zuspätkommen fristlos entlassen worden. Wobei die Verspätung und das nicht gemachte Frühstückbuffet für die Jungstars scheinbar das schwerste Vergehen gewesen war.

Nun holte er eben mit einem Kleinbus Kinder mit Behinderung zu Hause ab und brachte sie zur Schule hin und nach dem Unterricht wieder zurück.

Wie das Schicksal es wollte, meldete sich vor Monaten eine Hamburger Arbeitsagentur bei ihm, so dass er jetzt in der gleichen Stadt wie Paul und Finn lebte. Letzterer bewarb sich, nachdem Nelson ihm von der Stelle erzählte, dann auch für ein freiwilliges Sozialjahr und kümmerte sich nun um die Kinder in der Schule.

Gemeinsam fuhren sie ihre Route ab, halfen den Kindern an jeder Station in den Bus. Manche musste sie sogar im Rollstuhl hochhieven. Die Kinder mochten sie beide. Nelson aufgrund des ansteckenden Lachens und Finn, weil er während der Fahrt stets für die Musik sorgte – bei Mark Forsters *Chöre*, Rolf Zuckowskis *Vogelhochzeit* und selbst bei manchem Schlager-Hit sangen und klatschten die Kinder rhythmisch mit. Auch wenn die meisten Texte für sie rätselhaft blieben, die Musik verband sie. Der Schulbus wurde zu einem wahren Partybus.

Im Unterricht selbst war für Finn laut Stellenbeschreibung lediglich eine Assistentenrolle angedacht. Die war aber beileibe nicht unwichtig. Bei Kindern mit unterschiedlichsten Behinderungen, von Downsyndrom über Autismus hin zu schwerem ADHS, half jede Unterstützung. Auf zehn Schüler kamen drei Lehrkräfte, was deutlich zu wenig war, so dass Finn sich oft und gerne als volle Kraft einspannen ließ. Er mochte die Kids, ihre ehrlichen Gefühle und unverstellten Emotionen.

Seit einiger Zeit durfte er sogar zusammen mit zwei weiteren Lehrkräften die Sportstunde für Kinder, die Gehen und Stehen konnten leiten. Sie übten gewöhnlich das Fangen von Bällen, machten zarte Kräftigungsübungen mit Medizinbällen oder übten mit manchen Kindern das Balancieren oder gar Purzelbäume.

Heute lockte das schöne Frühlingswetter und die Lehrer entschieden prompt, den Unterricht nach draußen auf die Schulwiese zu verlegen. Die Kinder tobten und freuten sich. Für sie war jeder Ausbruch aus dem gewohnten Trott ein riesiges Abenteuer.

Sie bildeten einen Kreis zum Aufwärmen. Zu einer skurrilen Kombination aus Hampelmännern und Kniebeugen wurde getanzt.

Dann kramte Finn schließlich einen Fußball hervor. Die Kinder machten große Augen, als er ihnen den Ball behutsam zupasste.

Das erste Kind, ein dunkelhaariges Mädchen mit schönen blauen Augen, wusste nicht, wie es reagieren sollte. Der Ball stoppte im halbhohen Gras vor ihr und blieb dort unberührt liegen.

Finns zweiter Pass war an einen Jungen mit starker geistiger Behinderung adressiert, er versuchte die gesehene Bewegung nachzumachen, holte mit dem Fuß aus und verfehlte den Ball um Zentimeter. Durch den Schwung plumpste er in den weichen Rasen – und lachte aus vollem Herzen.

Schnell war Finn bei ihm und half ihm wieder zurück auf die Beine. Vielleicht war Fußball doch keine gute Idee von ihm gewesen?

Der dritte und letzte Versuch ging an ein älteres Kind mit Downsyndrom. Langsam passte Finn ihm den Ball zu. Er rollte auf den Jungen zu, der mit einem wunderschönen Pass mit der Innenseite des Fußes den Ball holpernd zurückspielte.

Er gluckste dabei vor Glück.

Wieder spielte Finn ihm den Ball zu und wieder kam er zurück. Nun wollten alle Kinder den nächsten Ball von Finn bekommen und riefen wild durcheinander. Nach einiger Zeit passten sie sich alle den Ball lachend gegenseitig zu.

Selbst der vorhin leicht überforderte Junge konnte den Ball mit der Pike erfolgreich in Finns Richtung bugsieren – er freute sich dabei unwahrscheinlich, klatschte in die Hände, als könnte er die ganze Welt umarmen.

Schließlich flog der Ball nach einem zu starken Schussversuch eines der Kinder weit hinaus über die Schulwiese Richtung Hibiskus-Hecke, die das Schulgelände von der Straße abtrennte.

Finn lief die paar Meter hinterher und stockte, als die Kugel vor einem Paar Füßen zum Stoppen kam. Er blickte überrascht auf und sah in Ingas Augen.

„Was machst du denn hier?", fragte er.

„Ich? Wir wollten uns doch um 12:30 Uhr im *Schmidtchen* treffen?", antwortete Inga lachend.

„Ist es schon so spät? Ich habe die Zeit aus den Augen verloren."

„Ja, gleich ist es Viertel vor", lachte Inga und zeigte auf die Kinder: „Was macht ihr denn da?"

„Wir spielen Fußball, weil es uns Spaß macht", antwortete Finn und merkte, wie ihm warm ums Herz wurde.

Einem Mädchen dauerte die Unterbrechung entschieden zu lang. Sie rannte auf Finn zu und bat ihn mit umständlichen Worten und Gesten, den Ball wieder zurück zu ihnen zu spielen. Finn bückte sich herunter und drückte ihr den Ball behutsam in die Hände:

„Geh schonmal zu den anderen! Ich komme gleich hinterher", versprach er ihr.

Sie schaute mit verkniffenem Blick zu Inga. Dann wieder zu Finn. Sie bedeutete Finn, sich noch näher zu ihr herunterzubeugen – und gab ihm einen Kuss auf die Wange, ehe sie schließlich zu den anderen zurücklief.

Finn lachte und Inga tat entrüstet:

„Muss ich etwa eifersüchtig werden?"

„Ach was! Warte bitte noch kurz. Wir spielen nur noch zu Ende und in zehn Minuten geht es los!"

Inga sah Finn zurück zu den Kindern laufen.

Minutenlang beobachtete sie ihn still und nahezu regungslos dabei, wie er mit den Kleinen den Ball hin und her passte. Wie sie gemeinsam lachten, zusammen tobten und das Fußballspielen feierten. Gerührt nahm sie auf einer nahegelegenen Bank Platz und wischte sich glücklich eine Träne aus dem Augenwinkel.